La Gardienne du Passage

Sybille Bastide

La Gardienne du Passage

Fiction historique

© 2020 Sybille Bastide

Éditeur : BoD-Books on Demand
12-14 rond-point des Champs-Élysées, 75008 Paris
Impression : Books on Demand, Norderstedt, Allemagne

Illustration : Sybille Bastide

ISBN : 978-2-3221-5792-1
Dépôt légal : Janvier 2020

*Pour Annie et Jean-Louis,
deux êtres de lumière qui veillent sur nous depuis la
Source de Vie...*

Avant-propos

Avant toute chose, mettons-nous d'accord sur un point essentiel : ce livre n'a jamais eu pour vocation d'être un livre scientifique ou historique. Même si j'ai essayé de coller au plus près avec les réalités archéologiques dont nous avons connaissance à ce jour, au travers de mes recherches, visites de musées et de sites mégalithiques dans différentes régions d'Europe, je ne prétends absolument pas détenir une quelconque vérité sur le peuple bâtisseur dont je décris l'histoire. Je vous demande donc par avance d'excuser mes anachronismes et d'accepter ma liberté d'interprétation.

Ce que j'ai voulu faire, au travers de ce roman, c'est rendre un hommage particulier à ces femmes et ces hommes de notre passé, nos ancêtres, pour l'extraordinaire héritage qu'ils nous ont laissé.

Toutes ces pierres utilisées pour l'édification de ces mégalithes, qu'elles soient taillées ou simplement déplacées, sont un témoignage de leur courage et de leur détermination.

Pour moi, l'édification de ces structures hors normes a forcément résulté de sociétés structurées bienveillantes, basées sur des relations d'entraide et d'interdépendance. C'est mon interprétation et elle n'engage que moi. J'ai du mal à croire que la coordination nécessaire pour ces constructions ait été facilitée par la violence et l'individualisme. Suis-je trop utopiste ?

Sur la question du comment, nous n'avons finalement que peu de certitudes sur les techniques utilisées. Des hypothèses, des tentatives de reproduction, il en existe beaucoup. Mais la réalité, c'est que ce peuple a laissé relativement peu d'indices et d'artefacts et malheureusement, aucune trace écrite, laissant le champ libre à notre imagination.

Sur la question du pourquoi, nous n'aurions rien à apprendre à ces gens. Ce serait même plutôt l'inverse. En effet n'avaient-ils pas déjà compris, à l'époque, que seuls la connaissance et l'art restent ? Qu'avons-nous appris de nouveau depuis ? Une possible illustration est l'engouement suscité par la reconstruction d'une célèbre cathédrale récemment partiellement détruite par un incendie en Europe. Pourquoi autant de personnes se sentent concernées et veulent participer à cet effort ? Si on laisse en dehors tout dispositif d'aide à la fiscalité, bien entendu… Une des raisons est probablement que les êtres humains veulent participer à quelque chose de plus grand qu'eux. Quelque chose qui leur survivra. Un témoignage qui sera toujours là, même des générations après, alors que leurs descendants auront oublié leur nom. L'éternité.

A nous de préserver l'extraordinaire patrimoine qui nous a été laissé en héritage. Ces mégalithes sont toujours debout, des millénaires après leur construction. Ils sont parmi les premiers symboles de l'humanité et nous devons les protéger. Si vous n'en avez jamais fait l'expérience, je vous recommande de vous approcher de l'un d'entre eux. Installez-vous tranquillement à proximité et prenez le temps d'écouter… Les pierres racontent.

Et d'ailleurs, le monument décrit dans ce roman existe bel et bien : il s'agit de Newgrange, en Irlande. Si vous avez l'occasion de le visiter, n'hésitez pas, c'est un moment magique de pure connexion avec nos racines.

J'espère que vous prendrez autant de plaisir à lire ce livre que j'ai pris de plaisir à l'écrire.

Affectueusement,

Sybille Bastide

Chapitre 1

S'éveiller

Courir.

Courir sans se retourner et surtout, ne pas s'arrêter. Il restait encore une centaine de pas à parcourir avant d'attendre son salut, ce grand arbre facile à escalader où elle passait des heures à observer et contempler.

Elle entendait le bruit de l'animal qui se rapprochait dangereusement, ses jambes étaient lacérées par les ronces et les buissons bas, son souffle devenait de plus en plus court, l'air lui manquait.

Mais qu'était-elle allée faire dans ce fourré sombre et touffu, quelle idée d'aller fouiner là où elle n'était pas attendue ? Plus que quelques pas et elle atteindrait son refuge. Pas le temps de tergiverser sur la façon de monter dans cet arbre, il fallait juste que soit le plus rapidement possible. Très vite, elle calcula qu'il faudrait s'accrocher d'abord avec les bras puis s'élancer pour monter ses pieds sur la branche la plus basse qui était déjà à une belle hauteur du sol.

Encore trois pas, puis deux puis, sur le dernier pas, elle bondit, saisit la deuxième branche la plus basse et jeta ses pieds sur la branche juste en dessous. Elle s'agrippa à une branche un peu plus haute et remonta ses jambes juste avant le choc avec la tête de la bête, qui de si près paraissait encore plus grosse qu'elle ne l'avait imaginée. Ses jambes évitèrent les défenses acérées de justesse.

Elle continua son ascension pour se trouver définitivement hors de portée de la rage de l'animal. Là, elle s'assit sur une branche et toute la tension accumulée ces dernières minutes se relâcha dans un fou-rire libérateur.

— Pardonne-moi, je ne voulais pas te faire peur ni te faire du mal et je comprends que tu voulais défendre tes petits, mais tu m'as fait une belle frayeur aussi, nous sommes donc quittes.

Ces mots ne furent pas prononcés à voix haute, seulement pensés. Âgée d'environ sept ans, Neala ne parlait presque pas. Elle avait ses propres voies de communication, surtout avec les animaux.

Dans son village les habitants la considéraient comme une petite fille étrange, un peu attardée peut-être, en tous cas, différente. Était-ce lié à sa naissance ? Au secret de ses origines ? A Sa famille si particulière, bénie et maudite à la fois ?

Une chose était sûre, les autres enfants ne recherchaient pas sa compagnie et elle le leur rendait bien. Solitaire et isolée, elle passait la majeure partie de son temps libre dans la forêt proche du village, cette forêt qu'elle connaissait par cœur mais qu'elle redécouvrait chaque jour avec un plaisir renouvelé, son domaine de prédilection.

Sa rencontre avec la laie avait été une erreur, elle savait qu'elle devait éviter les fourrés épais et sombres dans lesquels s'abritaient les sangliers la journée, mais la curiosité avait été la plus forte.

Pendant sa promenade elle avait entendu un bruit inhabituel, comme une plainte, elle s'était donc approchée de ce bosquet touffu, composé de ronces et de lianes entremêlées avec des arbustes, et elle était tombée nez à nez avec une laie et ses marcassins. Il y avait eu un instant d'étonnement des deux côtés, un instant pendant lequel le temps s'était suspendu, puis l'instinct de protection de la laie avait repris le dessus et elle avait chargé en direction de Neala.

En quittant les fourrés aussi vite que possible, la fillette s'était égratigné les jambes et les bras, ne portant qu'une simple tunique de peau d'agneau à cette période de l'année mais dans sa fuite, elle n'y avait pas prêté attention. Maintenant qu'elle était tranquillement perchée sur son arbre refuge et que la laie s'en était retournée dans ses quartiers, elle constatait les dégâts. Ses frêles bras étaient couverts de raies rouges et ses jambes n'étaient pas dans un meilleur état. Son souffle étant revenu à la normale elle sentait des picotements sur tous les membres et aussi sur sa joue droite qu'elle effleura doucement. Heureusement sa tunique n'avait pas été déchirée, sinon elle aurait eu des comptes à rendre à Ama !

Elle resta encore quelque temps à observer ce qui l'entourait, de l'ombre des feuilles qui semblaient danser au gré du vent aux papillons qui voletaient gaiement. Elle sentait la chaleur du soleil d'été à travers le feuillage de son arbre, entendait le chant des oiseaux et le bruissement des feuilles. La forêt avait cette odeur caractéristique des sous-bois chauds, un mélange de feuilles et de terre humides en train de sécher. Ses sens étaient à la fête, le temps n'avait plus cours.

Soudain un aboiement au loin la sortit de sa contemplation et elle décida de rentrer au village. Elle descendit sur la branche le plus basse et sauta de l'arbre. Elle reprit le chemin qu'elle partageait avec les animaux sauvages, si remarquable pour les enfants car il était à leur niveau, un peu moins évident pour les adultes.

Elle arriva à la lisière de la forêt, auprès des premiers champs cultivés du village. Là il y avait quelques personnes qui désherbaient les champs d'orge et de blé presque mûrs. Les moissons n'allaient plus tarder. Elle passa près d'eux en souriant, sans dire un mot, mais les adultes ne la remarquèrent même pas. Ou ils firent en sorte de l'ignorer. Elle était habituée à ce comportement et n'y prêtait pas attention.

Du fait qu'elle conversait très peu, les gens pensaient qu'elle n'était pas capable de parler. Et de toute façon, ils préféraient ne pas échanger avec elle. Ce qu'exprimaient ses yeux était déjà largement suffisant pour la plupart d'entre eux et ils n'avaient pas envie d'en savoir plus.

Elle avait en effet un regard très perçant dans lequel on pouvait lire une exceptionnelle clairvoyance. Comme si elle pouvait, d'un seul regard, lire les pensées des personnes. Ce regard mettait les gens mal à l'aise car ils se sentaient mis à nu en sa présence.

De plus, la couleur de ses yeux semblait à tous surnaturelle. En effet la plupart des habitants du village étaient bruns avec les yeux bruns et foncés, comme les habitants des villages environ et même de toute cette région du monde. Mais les siens étaient verts, d'un vert limpide et clair comme les jeunes feuilles des arbres au printemps. C'était rarissime et donc, inquiétant.

Personne ne comprenait la signification de cette différence et d'abord, y avait-il une signification ? Était-ce un signe que l'on devait interpréter ? Dans le doute, les habitants du village préféraient l'ignorer et avoir un minimum d'interaction avec elle. En plus de ses yeux si différents, une autre caractéristique physique différenciait Neala des autres villageois.

Si la plupart d'entre eux avaient les cheveux bruns ou complètement blonds et plutôt raides, les siens avaient une nuance couleur de châtaigne très particulière, qui virait vers le cuivré lorsqu'ils étaient éclairés par le soleil, on aurait dit qu'ils étaient de feu. En outre, ils ondulaient gracieusement pour former un amas de boucles scintillantes lorsqu'ils étaient détachés. Pour limiter l'impact de cette différence d'apparence, Ama avait cependant trouvé une parade : elle lui tressait les cheveux et cette tresse bien serrée qu'elle portait dans le dos dissimulait les éclats cuivrés et les ondulations.

Effectivement, elle était physiquement différente des fillettes de son âge et des femmes du village. Mais était-ce une raison suffisante pour la tenir à l'écart ? Est-ce que la laie qui l'avait poursuivie un peu plus tôt avait fait la différence entre elle et un autre être humain ? En se posant toutes ces questions elle arriva devant le logis d'Ama où sa sœur aînée Seena l'attendait en broyant du grain.

— Mais qu'as-tu fait ? demanda Seena d'un ton inquiet. Tu es couverte d'égratignures, même sur le visage, tu es pleine de sang, tu dois aller te soigner et tu ne dois pas aller dans la forêt toute seule, c'est dangereux pour les enfants et…

— Rentre, ordonna Ama depuis le pas de la porte.

Neala ne dit rien et entra. Ama la déshabilla et frotta ses blessures avec un onguent qui sentait fort et qui brûlait la peau, surtout au niveau des entailles.

La fillette serra les dents et continua de se taire en remettant sa tunique. Ama n'était pas très bavarde, elle ne parlait que lorsque c'était nécessaire et toujours avec beaucoup de justesse. Elle faisait partie des anciennes du village, respectées pour leurs connaissances et craintes pour leur jugement, souvent sans appel.

— Ama, pourquoi suis-je différente des autres enfants ?

La question de Neala fit sursauter Ama. Les mots de la petite fille étaient si rares qu'on oubliait facilement qu'elle parlait. De plus, en s'exprimant si peu, Neala aurait pu perdre le sens des mots ou leur prononciation mais ce n'était pas le cas. La question était troublante et il y avait un nombre incalculable de façons de l'éluder, mais Ama n'était pas de cette trempe-là.

Contrairement à ses semblables, elle pensait qu'il fallait répondre aux questions des enfants de la façon la plus honnête qui soit. Si un enfant posait la question, c'est qu'il était en mesure d'entendre la réponse, même si elle était difficile.

Elle s'assit sur un tronçon de bois qui faisait office de tabouret et dans la pénombre de la cabane de bois, elle inspira puis expira longuement. Et elle se mit à parler.

— De tous temps il a existé des personnes qui avaient un don, un pouvoir particulier. On ne sait pas comment, mais on sait pourquoi. Pour vivre en harmonie avec notre monde nous devons être connectés à la Source de Vie. Tous les êtres, la matière, le visible et l'invisible, tout ceci est connecté à la Source. Cependant certaines personnes savent se connecter plus facilement. Tu fais simplement partie des personnes qui savent.

— Moi ? Mais alors pourquoi personne ne me parle ? demanda Neala.

— Parce que, reprit Ama, cela fait peur, cela inquiète. Les personnes qui ne comprennent pas certaines choses en ont peur. Toi tu n'as pas peur, tu ne cherches pas à comprendre, tu sais, c'est tout.

— Fais-tu partie des personnes qui savent ?

— Oui.

— Donc toutes les personnes de la famille savent ?

— Non. Ta mère n'avait pas ce don et ta sœur ne l'a pas non plus.

— Et mon père ?

— Personne ne l'a connu à part ta mère mais elle n'a jamais rien dit à son sujet.

Puis Ama lui tourna le dos, la discussion était terminée.

Après le repas du soir, composé de galettes de blé, de lait de chèvre et de quelques framboises ramassées par Ama, Neala s'allongea sur sa paillasse et se mit à réfléchir.

Jusque-là, elle ne s'était jamais vraiment interrogée sur son existence : elle vivait dans un grand village au bord d'une rivière, ce village était entouré de champs cultivés d'orge et de blé et, plus loin, de forêts denses regorgeant de gibier et de diverses baies. Au village on avait des chèvres, des moutons, des chiens ainsi que quelques cochons et depuis qu'elle était née, elle n'avait jamais manqué de rien. La rivière au bas du village permettait d'avoir de l'eau pour se désaltérer et se laver, de plus elle était très généreuse en poissons.

Quand les hommes n'étaient pas dans les champs, ils travaillaient sur la colline au-dessus du village sur un gigantesque chantier auquel elle ne s'était pas vraiment intéressée. Elle savait juste qu'Ama, sa grand-mère, y montait tous les jours et que c'était quelque chose de très important pour elle. C'était d'ailleurs la seule femme à se rendre sur le chantier. Non pas que les autres n'y soient pas autorisées, il n'y avait pas d'autorisation ou d'interdiction de la part des uns ou des autres pour les tâches du village, mais elles avaient simplement beaucoup d'autres occupations, entre le travail aux champs, les animaux à garder et les enfants à soigner, les repas à préparer, la confection des vêtements et des ustensiles...

Pour Ama c'était différent. Elle était trop âgée pour travailler aux champs et elle avait de toute façon dans le village une place particulière, Neala s'en rendait bien compte. Les gens la traitaient avec respect, venaient souvent la voir pour qu'elle les soigne, les conseille ou les apaise, en peu de mots, sur une situation donnée.

A bien y réfléchir, Neala se dit qu'elle devait en découvrir un peu plus sur ce qu'il l'entourait. Plus elle pensait à tout cela, plus Neala réalisait qu'elle n'avait qu'une vision très limitée de son monde. Elle voulait savoir plus, découvrir plus. De la même façon qu'elle avait découvert au fil des années la forêt autour du village lors de ses promenades solitaires, elle voulait maintenant comprendre les personnes qui l'entouraient, leurs rôles et leurs interactions, et plus largement, son monde. Et aussi le secret de sa naissance.

Décidément, sa rencontre impromptue avec la laie ce jour-là avait déclenché une foule de questions : en observant cette maman qui protégeait ses petits, avait-elle inconsciemment pensé à sa propre mère ?

Laissant vagabonder son esprit au son de la respiration de sa sœur qui dormait juste à côté et du ronflement léger de sa grand-mère de l'autre côté de la pièce unique, envahie par l'odeur rassurante des braises chaudes, elle s'endormit.

Le lendemain matin, elle partit avec sa sœur et deux autres femmes ramasser des baies sauvages. C'était une activité pratiquée par les enfants du village dès leur plus jeune âge. Dès que les garçons grandissaient en taille et en force, ils rejoignaient les aînés dans les champs ou au chantier sur la colline.

Les filles faisaient des travaux plus adaptés à leur physique : elles participaient à certains travaux des champs mais s'occupaient principalement des animaux, gardiennage et traite, et elles partaient souvent à la cueillette de tout ce qui pouvait se manger ou s'utiliser comme matériau.

Chacun au village contribuait au bien-être collectif, en fonction de ses capacités et de son état.

Il y avait peu de personnes âgées, vivre longtemps signifiait à cette époque qu'on l'on était un survivant. Il fallait déjà avoir survécu à sa propre petite enfance, près d'un enfant sur deux étant emporté avant l'âge de cinq ans. Puis il fallait survivre aux blessures, aux infections, aux maladies et aux famines qui sévissaient parfois lorsque qu'un événement climatique ravageait les récoltes.

De plus pour les hommes s'ajoutaient les risques liés aux accidents de construction et aux chasses dangereuses et pour les femmes, la principale cause de mortalité était liée aux accouchements.

Les rares personnes qui réussissaient à atteindre l'âge mûr devenaient des enseignants précieux grâce à leur grande expérience de la vie. Même si ces personnes n'effectuaient pas les tâches quotidiennes telles que travail aux champs ou préparation des repas de la même façon que les autres villageois, leur expérience et la grande sagesse qu'elles avaient acquises tout au long de leur existence étaient d'une valeur inestimable.

Ce matin-là, en compagnie de Lanis et Breda, deux voisines de la génération d'Ama, Neala et sa sœur Seena se dirigeaient vers les berges de la rivière. Chacune portait un panier d'osier tressé ainsi qu'une sorte de natte souple en feuilles de roseaux, très pratique à enrouler pour transporter les longues tiges d'osier et de noisetier qui serviraient de matière première pour fabriquer d'autres contenants.

Alors qu'elles cheminaient dans une végétation clairsemée composée principalement d'arbustes et d'acacias, Lanis et Breda bavardaient en commentant les dernières nouvelles du village. Neala, quelques pas derrière elles, se dit que c'était l'occasion de démarrer sa quête d'informations.

— Connaissiez-vous Ailin, notre mère ? demanda-t-elle abruptement.

Les deux femmes s'arrêtèrent brusquement et se retournèrent, fixant Neala d'un air étonné, comme ayant oublié qu'elle pouvait parler.

— Bien sûr que nous la connaissions, répondit Lanis. C'était une jeune femme timide et rêveuse, qui était appréciée par tout le village.

Seena observait sa sœur depuis sa position, à l'arrière du groupe, se demandant où elle voulait en venir.

— J'aimerais connaître son histoire, reprit Neala.

— Mais enfin Neala, tu sais bien qu'Ama n'aime pas que l'on parle de notre mère, cela lui fait de la peine, dit Seena en fronçant les sourcils.

— Mais justement Ama n'est pas là et j'aimerais tellement savoir qui était notre mère, à quoi elle ressemblait, ce qu'elle aimait... Racontez-moi, s'il vous plaît ! supplia Neala

Les deux vieilles femmes se regardèrent et, bravant le regard désapprobateur de Seena, Lanis se mit à parler.

— Votre maman était une jeune fille frêle et sensible, timide, comme je l'ai dit, discrète, même secrète. Elle était brune avec de longs cheveux lisses, des yeux très noirs. Seena lui ressemble beaucoup. Quand elle est devenue femme, elle a pris pour compagnon Urlan, le père de Seena. C'était un homme solide et travailleur qui venait d'arriver au village pour participer au chantier. La grossesse pour Seena avait été très fatigante pour elle, elle ne sortait presque plus de chez elle. Très peu de temps après la naissance de Seena, Urlan a eu un accident sur le chantier et il n'a pas survécu à ses blessures.

On entendit Seena renifler, puis Lanis reprit :

— Ailin a été très affectée, elle avait du mal à nourrir son bébé, elle était très maigre. Mais Ama s'est occupée d'elle, elle l'a soignée et nourrie, elle s'est occupée de Seena et petit à petit Ailin a retrouvé la force de vivre. Un jour, quand Seena avait à peu près cinq ans, Ailin a disparu pendant plusieurs semaines. Personne n'a jamais su ce qui s'était passé. Puis elle est revenue, plus forte et plus belle que jamais, lumineuse, gaie, presque euphorique. Elle était enceinte de toi, Neala. Pendant toute sa grossesse elle avait une forme si éblouissante que personne n'aurait imaginé ce qui allait arriver... Lors de l'accouchement elle a beaucoup saigné, elle est morte quelques heures après ta naissance. Mais ce que je peux te dire c'est que quand tu es venue au monde, ta mère était la plus heureuse des femmes, même si elle connaissait par avance son destin.

— Comment cela, elle savait ? demanda Neala

— Oui, elle savait qu'elle ne survivrait pas à ta naissance, elle me l'a dit alors que j'étais près d'elle, quand le travail a commencé. Mais elle avait accompli sa mission, elle pouvait mourir en paix.

— Sa mission ? Mais n'était-ce pas de s'occuper de moi, qui avais tant besoin d'elle, plutôt que de mettre au monde un autre enfant qui allait la tuer ? se lamenta Seena, pleine de ressentiment.

— Seena, tu ne peux pas dire cela, dit Breda, outrée. Les femmes meurent en mettant au monde des enfants, c'est très fréquent malheureusement, et les enfants n'y sont pour rien. C'est comme ça, il faut l'accepter. Bon maintenant assez discuté, Lanis tu vois bien que cette histoire perturbe ces jeunes filles ! Seena, tu vas être en âge de prendre un compagnon et d'avoir ta propre famille, ce sera bientôt toi la mère, tu ne dois pas t'apitoyer sur ton sort. De plus votre grand-mère s'est toujours occupée de vous, vous n'avez manqué de rien. C'est une grande chance.

— Et mon père ? interrogea Neala

— Ton père, répondit Breda, on ne sait rien de lui. Ni qui il était, ni d'où il venait, ni à quoi il ressemblait. Enfin, on peut imaginer qu'il n'était pas de la région, vu ton apparence, dit-elle avec dédain. En tous cas ta mère n'en a jamais parlé, et personne n'a posé de questions non plus. Comme te l'a dit Lanis, ta mère était très secrète, elle a emporté ce secret avec elle. Regardez ! J'aperçois les mûres près de la rivière, allons-y. Remplissez vos paniers puis vous ramasserez les joncs que voici, vous enroulez la natte autour du fagot de joncs, ce sera plus facile pour les mettre sur votre épaule. Allez, au travail !

Le reste de la matinée se déroula dans le silence, tout juste troublé par le clapotis de la rivière et le bruit des insectes qui voletaient autour d'elles.

La chaleur devenait de plus en plus lourde et étouffante, laissant présager un orage d'été avant le soir.

Tout le petit groupe rentra pour la mi-journée, les bras chargés de trésors sucrés et de joncs bien solides.

Sur le chemin du retour, Neala, perdue dans ses pensées, faisait le bilan de ce qu'elle avait appris. Sa mère était donc une jeune fille sans particularité jusqu'au jour où elle avait disparu. Elle était revenue différente, lumineuse. Et elle avait une mission qu'elle devait accomplir, même si elle devait y laisser la vie. Sur son père, rien. Pas même une description physique. Que de mystères !

En arrivant au foyer, il y avait là une femme avec dans ses bras, un petit garçon de deux ou trois ans, très maigre et au visage fiévreux. Neala s'assit dans un coin de la cabane, sans bruit. Le visage d'Ama était empreint de gravité et de résignation.

— Juna, je ne peux rien faire pour ton fils, dit simplement Ama.

— Mais tu dois le soigner, tu peux le sauver ! s'écria Juna.

— Non je ne peux pas, et tu le sais. Une mère sait quand son enfant va mourir. Ne te mens pas à toi-même. Tu dois accepter ce que tu ne peux changer. Rien ne sert de lutter contre quelque chose sur lequel on n'a pas de prise. Il faut l'accepter. Tu pourras cependant soulager ses souffrances. Tu feras bouillir ces herbes et tu lui donneras l'infusion, tant qu'il l'acceptera. Tu resteras auprès de lui et tu le rassureras. Je viendrai te voir et je t'aiderai à l'accompagner.

Un long silence suivit ces mots, juste entrecoupé des halètements du garçonnet qui respirait laborieusement. Juna baissa la tête, ses épaules s'affaissèrent d'un coup, elle se leva et sortit en murmurant :

— Merci Gardienne.

Neala sentit les larmes rouler sur ses joues, son visage en feu, sa cage thoracique comprimée par cette émotion de tristesse et aussi ce sentiment d'injustice et d'impuissance. Sans se retourner, Ama prononça doucement ces mots, pour Neala et probablement aussi pour elle-même :

— Il faut accepter ce que tu ne peux changer...

Neala resta longtemps assise sur sol de terre battue de la cabane de bois. Lentement, la tristesse et la colère s'estompèrent, puis la curiosité reprit le dessus. Juna avait appelée Ama « Gardienne » et ce n'était pas la première fois qu'elle entendait ce mot pour s'adresser à sa grand-mère. Mais qu'est-ce que cela signifiait ?

Elle grignota un reste de galette et quelques mûres puis décida de partir en exploration.

Le village était en fait situé dans une anse de la rivière. Entre le village et la rivière, au sud et à l'est, se trouvaient les cultures d'orge et de blé puis des bois clairsemés composés essentiellement d'acacias et de buissons divers, caractéristiques des berges de rivière de cette région.

A l'ouest du village il y avait ce morceau de forêt touffue non défrichée dans laquelle Neala passait beaucoup de temps à se promener, seule. Cette partie de forêt, étant située entre la rivière et le camp des hommes, était habituellement peu fréquentée par les animaux sauvages qui préféraient éviter toute rencontre avec les humains s'ils n'y étaient pas forcés.

Après lui avoir appris les bases de la survie telles que savoir nager, connaître les plantes et baies toxiques, les comportements à adopter en cas de rencontre avec des animaux dangereux, Ama l'avait autorisée depuis peu à se promener dans cette forêt, estimant qu'il y avait peu de dangers.

Cependant elle lui avait défendu de partir en direction de la colline, au nord du village.

Jusqu'à ce jour, Neala avait toujours respecté cette interdiction sans la questionner. Mais aujourd'hui c'était différent. Déterminée à découvrir ce mystérieux chantier, elle prit la direction de la colline.

A cette heure chaude de la journée, le sentier qui montait à la colline, cheminant à travers un petit bois, était désert. La chaleur s'était intensifiée depuis le matin et de gros nuages gris s'étaient accumulés dans le ciel, pas une feuille ne bougeait.

La végétation, dense et touffue aux abords du village, devenait plus clairsemée tandis que l'on montait sur la colline.

Soudain, le chemin s'ouvrit sur une immense clairière, au sommet de la colline. Et là, un spectacle démesuré s'offrit à ses yeux.

Il y avait, au milieu de la clairière, un énorme ensemble de pierres grises qui, depuis le point d'observation de Neala, paraissaient se dresser tels des géants rassemblés.

D'abord interdite, Neala resta longtemps sans bouger à observer ce panorama qui semblait si irréel. Le ciel avait pris une couleur si sombre que les pierres, tout juste éclairées par le dernier rayon de soleil, étincelaient. Autour des pierres, Neala distinguait à peine les silhouettes des hommes qui s'affairaient autour, ils semblaient minuscules.

Sortant peu à peu de sa torpeur, Neala entendit les bruits provenant du chantier : le martelage des pierres et les cris des hommes qui s'interpellaient. Elle s'approcha, subjuguée.

— Que fais-tu ici ? tonna une voix derrière elle.

Elle sursauta violemment, dans sa contemplation elle n'avait pas entendu l'homme immense s'approcher derrière elle. Terrorisée, aucun mot ne sortait de sa bouche.

— Laisse-la, Rudd, répondit une voix familière.

Ama était là, toute proche de cette énorme pierre couchée qui paraissait marquer l'entrée d'un passage.

Après la pierre se situait une longue allée étroite, bordée de très grandes pierres élevées vers le ciel, qui menaient à une sorte de chambre dont on ne distinguait pas les contours car elle était dans la pénombre, recouverte de dalles de pierre superposées formant un toit très haut.

Neala essayait d'apercevoir le fond de l'allée à demi couverte.

— Les enfants n'ont rien à faire ici, rétorqua l'homme.

— Laisse-la venir, ordonna Ama d'une voix autoritaire.

Les hommes arrêtèrent leurs activités et, curieux, s'approchèrent peu à peu.

Neala avança de quelques pas et vient se placer au niveau d'Ama, devant la pierre couchée. Cette pierre était entièrement gravée de grandes spirales. Elle n'avait jamais rien vu de tel. Elle posa alors ses mains sur la pierre, qui, chauffée à blanc par le soleil, paraissait brûlante. Elle attendit quelques secondes et ferma les yeux. Elle sentait une énorme quantité d'énergie dans cette pierre, comme si toute l'énergie de la Source de Vie s'était accumulée là. Puis elle prit grande inspiration, et sans contrôler ni mentaliser son mouvement, elle leva ses deux mains au ciel, les paumes face à face.

Le ciel s'assombrit encore jusqu'à plonger le site dans une obscurité inquiétante.

Le vent, qui s'était levé un peu plus tôt, tomba et les arbres à l'orée de clairière cessèrent tout mouvement. On n'entendait pas un chant d'oiseau, même pas le souffle des hommes.

Tout à coup, le ciel se déchira d'un immense éclair, suivi presque immédiatement d'un coup de tonnerre assourdissant. La foudre frappa le sommet du bâtiment dans un feu d'artifice aveuglant. Les hommes reculèrent, effrayés par ce spectacle inattendu, et Neala s'écroula sur le sol, inanimée.

La pluie, telle un rideau épais, se mit à tomber si violemment qu'on ne voyait pas plus loin que quelques pas.

Tout alla très vite cependant. Rudd ramassa Neala et l'amena à l'abri dans la chambre au bout de l'allée de pierres levées. Ama le suivit, un énigmatique sourire de victoire affiché sur ses lèvres.

Rudd allongea Neala qui commençait tout juste à reprendre ses esprits.

D'un signe de la main, Ama, rassurée sur l'état de sa petite-fille, fit comprendre à celle-ci qu'elle ne devait rien dire.

— Tu vois, Rudd, je le savais. Ce sera la prochaine Gardienne, dit Ama, triomphante.

Neala avait l'impression que son corps brûlait de l'intérieur, ses membres n'étaient que douleur et sa tête, c'était pire que tout, elle semblait sur le point d'exploser.

Elle mourait d'envie de poser des questions, de comprendre ce qui venait de se passer et surtout de voir ce qu'il y avait dans cette pièce, mais elle n'arrivait pas à lutter contre cette brûlure qui la dévorait. Elle sentit une immense fatigue l'envahir et referma les yeux, tombant dans un état d'inconscience bien plus profond que le sommeil.

Elle se réveilla dans la cabane d'Ama, allongée sur sa paillasse, fiévreuse et fourbue, comme si elle avait été rouée de coups.

— Ama, que s'est-il passé ? Qu'est-ce que ce bâtiment ? Que veut dire « gardienne » ? Comment suis-je revenue ici ? Les questions de Neala se bousculaient dans sa tête et dans sa bouche, et le résultat n'était qu'un balbutiement incompréhensible.

— Chut, tout va bien, murmura Ama d'un ton rassurant. Tu dois te reposer, demain ça ira. Si je t'ai demandé de ne pas aller sur la colline c'est parce qu'il y a une raison. C'est trop tôt pour toi. Le jour viendra et ce jour-là, je t'expliquerai. Pour l'instant, pas de questions de ton côté et pas de réprimandes du mien.

— Mais quand ce jour viendra-t-il ?

— Pas avant que tu n'aies saigné. Sois patiente et maintenant, dors.

Épuisée, la petite fille sombra dans un profond sommeil.

Le lendemain elle n'avait presque plus de douleurs et la brûlure intense qui l'avait consumée la veille avait disparu. De plus, le violent orage avait rafraîchi l'air, on ne suffoquait plus. Le foyer était vide, le soleil déjà haut dans le ciel, elle se leva et partit à la recherche de Seena, probablement allée s'occuper des brebis.

Dès qu'elle sortit du logis, elle sentit que quelque chose avait changé. Les adultes qu'elle croisait la toisaient d'abord, puis tournaient la tête. Les enfants, eux, la regardaient avec insistance et crainte. Elle était passée de l'indifférence totale des villageois au centre de leur attention.

Qu'importe, elle ne pouvait rien y changer, elle devait donc accepter ce nouveau statut.

Elle retrouva Seena avec deux autres jeunes filles de son âge en train de rire bruyamment au milieu des brebis.

Le troupeau n'était pas grand, une douzaine de bêtes tout au plus, occupées à paître dans un champ d'herbe grasse non loin de la rivière. Les six agneaux avaient bien grandi depuis le printemps, ils restaient néanmoins proches de leur mère. Comme ils broutaient depuis quelques temps déjà, les villageois avaient commencé à traire les brebis pour récupérer leur lait, ils en faisaient des fromages acides mais nourrissants, une excellente source de protéines et de graisse.

Seena et ses amies étaient toutes les trois en âge de prendre un compagnon. L'affaire était simple : deux jeunes gens se plaisaient, ils s'unissaient lors d'un rituel auquel participait tout le village.

Puis, si l'homme était du village, la femme emménageait dans le foyer de la famille de l'homme. Quand il n'y avait plus de place dans le logis, le plus âgé des fils allait construire un autre foyer à la périphérie du village.

De la même façon, si l'homme venait d'un autre village ou d'une autre région, il construisait en général une nouvelle cabane dans le village d'origine de sa compagne.

Ainsi le village grossissait lentement, la surface réservée pour les champs cultivables étant la priorité par rapport à la surface réservée pour les habitations.

Ce système permettait de nombreux avantages : tout d'abord, tous les logements du village étaient occupés, il n'y avait pas de place perdue ni d'énergie gaspillée. De plus, chaque foyer comportant en moyenne entre huit et dix personnes, il y avait au sein de chaque foyer la plupart des savoir-faire pour faire vivre ses habitants.

Les trois amies discutaient donc de leur prochaine union. Seena avait déjà un prétendant, Drennan, et leur union était prévue pour la prochaine lune, juste après les moissons. Au vu de la situation particulière d'Ama, qui vivait seule avec ses deux petites-filles, il avait été décidé que Drennan viendrait vivre dans le foyer de Seena. Cela n'enchantait guère Seena, qui aurait préféré avoir son propre logis, mais obéissante et dévouée, elle comprenait que sa grand-mère vieillissante ne pouvait assumer seule son foyer et sa petite-fille de sept ans.

Marna, elle, hésitait entre deux hommes, l'un, encore frêle et chétif, avait à peu près son âge alors que l'autre, grand et fort, était nettement plus âgé mais venait de perdre sa compagne. Il avait à sa charge un enfant de quatre ans, ce qui faisait hésiter Marna.

Josi, elle, ne voulait pas d'un homme du village.

— Moi je veux attendre qu'un bel étranger vienne et m'emmène avec lui, loin d'ici, confia-t-elle.

— Enfin, tu sais que la coutume chez nous, c'est que la femme reste au village et c'est l'homme qui s'installe ici, s'exclama Marna.

— Alors je veux changer la coutume, défia Josi.

Neala suivait la conversation, amusée.

— Oh, tu peux te moquer, Neala, évidemment toi, tu n'es pas concernée, railla Marna.

Évidemment non, je suis beaucoup trop jeune, pensa Neala.

Elle prit le vase plein de lait qui avait été collecté par les jeunes filles et remonta au village. Elle apporta le vase à Juna, comme convenu la veille avec sa grand-mère. Arrivée devant le foyer de Juna elle n'osa rentrer. Elle se souvenait des terribles mots d'Ama la veille concernant le fils de Juna. Cependant celle-ci l'aperçut et lui dit :

— Merci pour le lait. Entre, ta grand-mère est ici. Ne sois pas timide.

Neala entra.

La pénombre contrastait avec la luminosité extérieure et il fallut un moment pour distinguer les contours à l'intérieur de la cabane.

Au centre elle apercevait les braises d'un feu mourant. Mais il n'y avait pas que le feu qui était mourant.

Au fond de la cabane était allongé le petit garçon, recroquevillé en position fœtale et juste à côté était assise Ama, immobile et silencieuse. La respiration du petit garçon était sonore et difficile, il gémissait dans son agonie.

Sans rien dire, Neala s'assit de l'autre côté du jeune malade, posa sa main sur son petit bras et fit le vide dans son esprit, se concentrant uniquement sur la respiration du garçon, les yeux fixés sur le sol. Au bout d'un moment, la respiration du garçonnet se fit plus régulière, il s'arrêta de gémir et se mit sur le dos. Il s'était endormi calmement et semblait apaisé.

Ama fit signe à Neala, elle se leva et dit à Juni :

— Il va dormir maintenant, nous reviendrons demain.

Le jour suivant, alors qu'Ama et Neala préparaient le repas, Juni arriva en courant.

— Gardienne, mon fils va mal, aide-nous ! s'écria-t-elle en pleurant.

Ama se leva et demanda à Neala de la suivre. En arrivant chez Juni, toute la famille était rassemblée dans le logis. En voyant Neala, Danio, le père du petit garçon voulut l'empêcher d'entrer.

— Danio, Neala sera la prochaine Gardienne, elle doit rester, dit simplement Ama.

Personne n'aurait contesté l'autorité d'Ama, pas même Collun, le chef du village. Danio la laissa donc entrer. Ama et Neala reprirent leur position de la veille. L'état du garçon s'était dégradé, sa respiration n'était plus que râles, son visage était en sueur et il tremblait en claquant des dents. Il était toujours en position fœtale. Ama se pencha vers lui, lui caressa doucement le front, murmurant quelques mots incompréhensibles. Soudain elle se redressa légèrement dit d'une voix profonde :

— Cleo, tu vas passer dans l'autre monde. Je suis là pour t'accompagner. Je suis la Gardienne du Passage et je vais t'accompagner dans ce voyage. Tu dois me faire confiance, toi ainsi que tes proches. Tout va bien se passer.

Puis Ama reprit sa litanie à voix basse, Neala mit de nouveau sa main sur le petit bras transpirant et recommença sa méditation silencieuse de la veille.

Peu à peu la respiration de Cleo reprit un rythme régulier, il cessa de claquer des dents et se détendit. Combien de temps restèrent-elles ainsi ?

La nuit était déjà tombée lorsque Neala ouvrit les yeux. Tout était calme dans le foyer, la famille de Cleo s'était endormie de l'autre côté de la pièce et Ama était toujours immobile près du garçonnet. Neala réalisa que sa main était toujours posée sur le petit bras mais celui-ci était froid. Cleo ne respirait plus, il était passé de l'autre côté.

Neala leva les yeux remplis de larmes vers Ama, espérant qu'elle allait réagir.

— Je sais, dit simplement Ama à voix basse, mais on doit rester encore un peu.

La fillette patienta sans bouger. Peu de temps plus tard, Juni s'éveilla. Elle s'approcha de son fils et, voyant qu'il ne respirait plus, elle le prit délicatement dans ses bras et se mit à geindre doucement. Toute la maisonnée s'éveilla et la tristesse collective s'empara d'eux. D'un signe de tête, Ama fit comprendre à Neala qu'il était temps pour elles de s'éclipser et de laisser la famille commencer leur deuil.

En sortant, la fillette prit une grande bouffée d'air frais, comme si cet air avait le pouvoir de la nettoyer de ses émotions et de sa fatigue.

En arrivant dans leur foyer, où Seena dormait déjà, Neala demanda :

— Ama, est-ce le rôle de la Gardienne, d'aider les gens à mourir ?

— C'est un des rôles de la Gardienne, oui. Les gens ont peur de mourir car ils ne savent pas ce qu'il y a de l'autre côté. S'ils ne sont pas accompagnés, ils sont angoissés et vivent leur propre mort de façon effrayante. C'est la même chose pour leur famille. Eux aussi ont besoin d'être accompagnés et soutenus.

— Mais toi, est-ce que tu sais ce qu'il y a de l'autre côté ?

Ama esquissa un sourire espiègle et dit :

— En tous cas je n'ai pas peur. Je suis prête, je l'ai toujours été. Peut-être que je n'ai pas peur parce que je suis la Gardienne, ou peut-être que je suis devenue Gardienne parce que je n'ai jamais eu peur de la mort, je ne sais pas. En tous cas je me sens à ma place quand j'accompagne les gens dans ce passage. Je sais que c'est ma mission. Et toi, comment te sens-tu ?

— Je suis surtout fatiguée.

— Te sens-tu en paix ?

— Je sens du calme à l'intérieur de moi. Mais je ne sais pas si je serai vraiment une bonne Gardienne car je suis triste et j'avais peur quand j'étais à côté de Cleo.

— C'est normal, tu as encore beaucoup à apprendre, tu n'as connu que sept hivers. Mais tu m'as beaucoup aidée aujourd'hui, je te remercie. Et je suis maintenant convaincue que tu seras une grande Gardienne.

Soulagée et même fière, Neala s'endormit le sourire aux lèvres.

Quand, le soir suivant fut organisée l'inhumation de Cleo, tout le village était rassemblé à la lisière du bois qui montait vers la colline.

C'était l'endroit qui avait été choisi pour enterrer les morts depuis quelques années. Un trou avait été creusé dans la terre, à l'abri des premiers arbres du bois, ce trou étant assez profond pour que les chiens et autres carnassiers ne puissent déterrer le corps et l'emporter pour le dévorer. Le corps du petit garçon, orné d'un collier de perles de terre cuite, fut déposé au fond du trou puis Danio, le père de Cleo, remplit le trou de la terre déposée sur le côté. Collun était juste à côté de lui, le visage grave et résigné.

La perte d'un enfant était très fréquente à cette époque mais elle était toujours vécue comme une injustice.

Mettre un enfant au monde était un grand risque pour les femmes, beaucoup mouraient en couches, pendant ou juste après la naissance. Plus le nombre de grossesses augmentait, plus le risque de décès des parturientes était élevé.

Et contrairement à leurs ancêtres, les femmes de cette période avaient plus d'enfants. En effet, avec la sédentarisation, les femmes étaient plus rapidement éloignées de leurs bébés, notamment à cause du travail aux champs. Dès qu'ils étaient âgés de quelques mois, ceux-ci étaient gardés au village et leur alimentation était, de fait, diversifiée plus tôt. Les femmes, qui cessaient d'allaiter, redevenaient rapidement fertiles.

C'était très différent à l'époque des groupes nomades de chasseurs cueilleurs, les femmes étaient en permanence avec leurs jeunes enfants et l'allaitement prolongé permettait rarement une nouvelle grossesse avant deux ou trois ans. C'était une des raisons pour lesquelles, avec les débuts de l'agriculture, la population avait autant augmenté.

Il y avait certes plus de naissance mais la mortalité, elle, était toujours très élevée. En dehors des risques similaires liés aux accidents et aux accouchements, la sédentarisation et surtout les échanges de biens entre les villages favorisaient les épidémies.

De plus, ce nouveau mode de vie rendait les êtres humains beaucoup plus dépendants de la nature : sécheresses et tempêtes pouvaient détruire les récoltes et mettre en péril l'équilibre fragile de ces villages.

Il arrivait parfois que les hommes parcourent de grandes distances pour chasser de grandes proies et nourrir le village mais en général, ils ne restaient que peu de temps éloignés de leurs habitations. Certaines années, la faim affaiblissait les plus fragiles qui étaient rapidement emportés par des maladies, surtout à la sortie de l'hiver lorsque les réserves de grains s'étaient taries.

Une fois le corps de Cleo recouvert de terre, les villageois s'en retournèrent ensemble dans leur foyer dans un cortège silencieux.

Malgré la brise tiède de fin d'été, l'atmosphère était froide et pesante. Personne n'avait envie de parler, pas même Seena et ses deux amies espiègles.

Tout le monde était triste pour Cleo et sa famille bien sûr mais surtout, comme souvent dans ces moments-là, chacun projetait sa tristesse et son angoisse sur sa propre situation. Qui serait le prochain ? Quelle famille serait frappée par le deuil ? Un deuil était vécu comme une fatalité mais ce constat n'empêchait pas une angoisse vis-à-vis de ce moment, autant pour la personne qui allait mourir que pour son entourage.

Neala ne s'était jusqu'alors jamais vraiment interrogée sur la mort. Les gens naissaient, vivaient puis mouraient, de la même façon que le ciel était bleu ou les feuilles des arbres étaient vertes après l'hiver.

Mais là, au milieu de cette assemblée qui marchait vers le village, marchant dans un groupe comme n'importe quelle autre personne, elle qui, en général, était si isolée, en retrait et ignorée, se retrouvait tout à coup partie intégrante de ce village dans lequel elle était née.

Ce sentiment d'appartenance monta en elle depuis le bas de son corps jusqu'à son cœur, dans lequel elle sentit une chaleur douce qui rayonnait à travers tout son être. La vie reliait tous ces gens. Mais étrangement, elle sentit que son rayonnement allait bien au-delà de son être. Comme si cette douce chaleur parvenait à traverser les autres êtres près d'elle, puis les arbres et les champs alentour, les logements, la rivière et les collines environnantes. En fait, tout était englobé dans cette tiédeur bienveillante.

En atteignant le village, l'atmosphère était détendue. Les gens avaient recommencé à parler, d'abord à voix basse, puis des rires timides étaient venus ponctuer les conversations. La vie reprenait le dessus. Était-ce la mort toute proche qui leur avait fait prendre conscience du cadeau de la vie ?

Plusieurs jours plus tard, Collun, le chef du village, décida, en concertation avec les anciens, qu'il était temps de commencer les moissons. Les épis étaient arrivés à maturité et Collun ne voulait pas prendre le risque que de nouveaux orages s'abattent sur leurs champs et détruisent leurs cultures. L'orage qui avait éclaté lors de l'incident de la colline avait en effet déjà endommagé une partie des épis, et il était probablement le premier d'une longue série d'orages de fin d'été qui marquaient habituellement cette période de l'année.

Presque tout le village était sollicité pour ces jours de moisson. Les hommes abandonnaient provisoirement le chantier de la colline, les femmes délaissaient leurs activités de cueillette et de fabrication de vannerie, seule la traite des brebis et des chèvres était maintenue car on ne voulait risquer de compromettre la production de lait.

Les épis étaient ramassés à la main, puis rassemblés en petites bottes, les grains étaient ensuite séparés des chaumes en étant battus sur le sol. Puis ces grains étaient stockés dans des pots de terre cuite fermés pour être protégés des rongeurs et autres vermines.

Les pots de terre étaient ensuite répartis dans les foyers, il n'y avait pas de stockage principal dans le village.

Ce système limitait les risques de destruction de la récolte due à un incendie par exemple. Les maisons étant en bois, un incendie ou une destruction partielle d'un bâtiment par une tempête étaient fréquents. De plus, cette répartition de la récolte permettait à chaque foyer de contrôler la quantité de grains restant et d'ajuster sa consommation pour tenir jusqu'à la récolte suivante. Bien sûr, si un foyer se trouvait en difficulté il pouvait compter sur la solidarité des villageois.

Il n'y avait pas de notion de propriété, ni des biens ni de l'espace. Chacun consommait en fonction de ses besoins, sans excès ni gaspillage, et chacun contribuait, en fonction de ses aptitudes, à répondre aux besoins de la collectivité.

Cette notion de collectivité était vitale : isolément, aucun d'entre eux n'était capable de survivre. Ensemble ils étaient moins fragiles et plus résistants.

Mais pour fonctionner, ces personnes, regroupées dans un village, avaient créé et maintenaient un ensemble de règles.

L'organisation était la suivante : chaque foyer avait son représentant, en général l'homme le plus âgé ou, s'il était trop affaibli, l'aîné de ses fils qui vivait avec lui. Dans certains cas, comme dans le cas d'Ama, le chef du foyer était une femme. Le village comportait une quinzaine de foyers en tout.

Pour les grandes décisions, chaque chef de foyer se rendait à la maison commune, une cabane de bois rectangulaire aussi mais de dimension supérieure. Collun, le chef du village, écoutait ce que chacun avait à dire puis, si besoin, il tranchait. C'était un chef respecté car ses décisions étaient rationnelles et justes, toujours prises dans l'intérêt collectif. Pour l'aider dans ses décisions, il lui arrivait de consulter Ama.

En tant que Gardienne, celle-ci avait une vision qui pouvait parfois sembler irrationnelle pour le commun des mortels, mais cette vision était toujours éclairée par sa puissante connexion à la Source de Vie.

Les recommandations qu'elle faisait étaient quelquefois surprenantes mais le sens de ces recommandations finissait toujours par être révélé.

Personne n'aurait osé la contredire. Au-delà de la crainte qu'elle inspirait dans ce rôle particulier qu'elle avait pour le passage des personnes dans l'autre monde, sa parole, rare et précieuse, était toujours pleine de sagesse et ses prémonitions se vérifiaient à chaque fois.

Elle n'était pas considérée comme un devin ou une voyante cependant. C'étaient surtout ses longues années d'observation et d'expérience qui lui permettaient de prédire, entre autres, certaines situations entre les personnes, les conditions climatiques ou les comportements des animaux.

Pour décider de la période des moissons par exemple, Ama avait pris en compte, en plus de l'observation des grains telle que la taille, la couleur et la forme, tout un ensemble d'informations sur l'environnement proche. Les jours qui étaient maintenant à peine un peu plus longs que les nuits, le cycle de la lune, la couleur des feuilles des arbres près de la rivière, et même les rats des champs qui se faisaient de moins en moins discrets près des cultures. Il était donc temps.

La récolte cette année s'annonçait prometteuse. C'était une bonne nouvelle, le village s'étant agrandi de trois foyers cette année, il faudrait plus de grains pour nourrir tout ce monde. Le chantier attirait les hommes des villages alentour, deux d'entre eux avaient trouvé une compagne dans le village et avaient bâti une cabane, le troisième foyer était celui du fils aîné de Collun : l'arrivée de son troisième enfant avait rompu l'équilibre du foyer de Collun, il n'y avait plus de place pour tous.

Durant les trois jours que durèrent les moissons, le rôle de Neala fut de mettre les grains d'orge et de blé dans les pots de terre.

Les enfants, avec leurs petites mains, étaient plus agiles et leur participation pour cette activité permettait de libérer les adultes pour les tâches plus physiques telles que couper les épis et les battre au sol. Neala travaillait avec d'autres enfants de son âge. C'était une des périodes de l'année où tout le monde travaillait côte à côte et où les animosités diverses s'estompaient. Du moins Neala le croyait-elle.

Alors qu'elle finissait de remplir un pot, assise à même la terre, Dugal, un des garçons les plus âgés du groupe vint se planter devant elle.

— Je ne veux pas de ce pot dans mon foyer, tu as touché ces grains, ils vont apporter la mort avec eux, lui dit-il avec dégoût.

Neala leva les yeux vers lui, surprise. Dugal se mit à rire d'un rire mauvais et chercha du regard ses camarades Mogan et Tuder, très proches.

— Tout le monde dit que tu vas être la Gardienne. Mais moi je n'y crois pas. Tu es trop laide pour ça, tu ferais peur à la mort elle-même !

Dugal et ses amis éclatèrent de rire. Puis le garçon renversa d'un coup de pied le pot que Neala venait de remplir. Neala regarda sans rien dire et leva de nouveau son regard franc et direct vers Dugal.

— Et cesse de me regarder comme ça !

— Et comment veux-tu qu'elle te regarde, avec ses mains ? demanda Seena qui venait d'apparaître derrière lui. Josi, dis à ton frère de cesser d'importuner ma sœur !

— Ils n'en font qu'à leur tête, lui et sa bande ! s'exclama Josi. Pourquoi crois-tu que je veuille quitter cet horrible village ? Il n'y a que des vauriens querelleurs ici !

— Que se passe-t-il ici ? tonna la grosse voix autoritaire de Collun. Les garçons, allez finir de battre les épis, la nuit ne va tarder à tomber. Et vous les filles, finissez de mettre ces grains dans les pots, c'est une vraie pagaille ici !

Neala, toujours silencieuse et résignée, ramassa le pot renversé et se remit au travail.

Elle avait déjà entendu, par le passé, des commentaires désobligeants sur son physique, ses yeux et ses cheveux. Cependant ces remarques avaient toujours été prononcées à voix basse, dans son dos ou lorsque les gens pensaient qu'elle était hors de portée de leurs mots.

Mais là c'était la première fois que quelqu'un s'en prenait ouvertement et directement à elle.

De plus, Dugal et ses amis étaient des garçons déjà grands et forts pour leur âge, ils ne se privaient d'ailleurs pas de démonstrations de force et d'intimidation envers les autres enfants. Ils étaient craints de tous les plus jeunes, les garçons se soumettant à leurs caprices ou défis parfois mesquins, les filles préférant autant que possible éviter leur contact.

Elle finit sa tâche et retourna dans le foyer d'Ama. La vieille femme était allongée et semblait très faible. Son visage ridé était fermé, tendu. Et, chose inhabituelle, rien n'indiquait qu'elle eut commencé à préparer le repas.

— Ama, que se passe-t-il ? s'écria Neala.

— Ce n'est rien, juste une fatigue passagère. Je ne suis plus aussi vaillante qu'autrefois et ces journées de moisson m'ont épuisée. Je vais me reposer et demain tout ira bien.

Neala s'allongea sur sa couche, dans l'autre coin de la cabane. Elle n'avait même pas faim.

— Qu'y a-t-il Neala ? interrogea Ama en se redressant.

Elle posait très rarement des questions et, si elle le faisait, c'est qu'elle sentait que quelque chose n'allait pas.

— Ama, pourquoi suis-je si laide ?

— Tu n'es pas laide, tu es différente. Cette différence peut paraître une faiblesse pour les autres mais ce doit être une force pour toi. Laisse-les dire.

— Mais pourquoi ne suis-je pas normale, comme ma sœur ? Personne ne l'insulte, elle. Tout le monde la trouve très belle.

— Que veut dire « normale » ? Ta sœur et toi vous êtes différentes. Elle va prendre un compagnon lors de la fête de fin des moissons dans trois jours. Elle va vivre sa vie de femme du village, travailler la terre et avoir des enfants, rien ne la distinguera d'une autre femme du village. Et dans peu de temps, personne ne se souviendra qu'elle a été belle. Ton destin à toi est différent. Et ce n'est pas étonnant que certaines personnes soient agacées ou même jalouses. Mais ne t'en occupe pas. Dès que Drennan arrivera dans notre foyer, tu commenceras ton apprentissage de Gardienne. Tu n'auras plus de temps pour traîner dans le village et te faire malmener par des personnes faibles.

— Faibles ? Comment peux-tu dire que Dugal et ses amis soient faibles ?

— Ah il s'agit de Dugal ? Ce garçon suit un mauvais chemin. Il en paiera les conséquences un jour.

— En attendant, il est beaucoup plus fort que moi et il me fait peur.

— Tu ne dois avoir peur de personne. Bientôt tu n'auras plus peur de personne. Ce seront eux qui te craindront. Tous les gens qui t'ont critiquée ou rabaissée reconnaîtront ton pouvoir. Et ce jour-là, ta puissance sera telle qu'elle n'aura pas de limites. Crois-moi.

Neala aurait bien voulu la croire mais pour l'instant, elle était terrorisée à l'idée de croiser Dugal et sa bande d'amis. Elle se mit sur le côté, face au mur de bois, mit ses deux mains jointes sous sa joue et ferma les yeux, enveloppée par la fumée qui s'échappait du foyer.

Les moissons terminées, il était maintenant venu le temps des célébrations. Célébration de la nouvelle récolte, qui était maintenant à l'abri dans les pots de terre cuite et répartis dans les familles, et célébration aussi des nouvelles unions, pour les jeunes gens qui s'unissaient pour la première fois, et pour les moins jeunes, qui recréaient un foyer à la suite de la disparition de leur compagne ou de leur compagnon.

On célébrait trois unions ce jour-là, parmi lesquelles celle de Seena, la sœur de Neala, et de Drennan, un jeune homme du village, au physique puissant et au caractère doux et posé. Les futurs couples étaient impatients de célébrer cette union, car cela signifiait la reconnaissance de cette union et le début de leur vie commune.

Les relations physiques avaient, la plupart du temps, déjà été expérimentées par les futurs compagnons. Avant la célébration de l'union, chacun était libre de faire les expériences sexuelles qu'il voulait, du moment que les deux protagonistes étaient d'accord.

Il était donc fréquent qu'une femme se mette en couple avec un homme alors qu'elle avait déjà un enfant.

A partir du moment où l'union était célébrée, les enfants de la femme étaient automatiquement adoptés par l'homme, qui devenait alors leur père officiel. De la même façon, si un homme perdait sa compagne, sa nouvelle compagne s'occupait de ses enfants à lui comme si c'eût été les siens.

Cette règle, appliquée dans cette région du monde, permettait que les enfants aient toujours l'attention et le soutien d'adultes qui se sentaient responsables d'eux. Et si un enfant se retrouvait orphelin, il y avait toujours un membre de la famille, oncle, tante, grands-parents, ou même voisins, qui en prenaient la responsabilité. Les enfants étaient l'avenir du village, beaucoup trop précieux pour qu'on les néglige ou qu'on les laisse livrés à eux-mêmes.

La cérémonie en elle-même était assez simple : le futur couple était présenté au chef du village et à la Gardienne à la tombée de la nuit. Si aucun d'entre eux ne s'opposait à l'union, chaque habitant prenait connaissance de cette officialisation qui signifiait que ces deux personnes n'étaient désormais plus libres.

S'il arrivait parfois qu'une personne en couple ait une histoire avec quelqu'un d'autre, personne n'en faisait grand cas tant que les foyers eux-mêmes étaient préservés. De toute façon, les gens travaillaient dur et avaient peu de temps libre à consacrer à toute forme de batifolage.

Une fois l'assentiment donné par le chef du village et la Gardienne, tout le village était invité à partager un repas festif au cours duquel une boisson, à base d'orge fermentée, était consommée, on l'appelait la boisson des fêtes. C'était un moment où les gens se retrouvaient, bavardaient, riaient, s'échangeaient des nouvelles et des informations sur leurs activités et leurs dernières découvertes, jusque tard dans la nuit. C'était un temps fort pour resserrer les liens entre les habitants du village.

Cet événement était préparé depuis la fin des moissons, plusieurs jours auparavant.

Pour l'occasion, les hommes avaient tué un cochon et avaient préparé les quartiers de viande, abats et divers morceaux tels que les pieds, le groin, les oreilles et le gras de la peau. Tout ceci servirait de base à de succulents plats préparés par les femmes, supervisées par les personnes âgées et expérimentées. Au préalable, les hommes avaient dépecé l'animal afin de récupérer sa peau et de la tanner pour l'utiliser dans diverses fonctions telles que la confection de vêtements, de liens tressés et de sacs. Rien ne serait perdu, l'animal sacrifié pour le banquet des humains serait entièrement utilisé.

On avait aussi préparé la boisson des fêtes, à base d'eau de la rivière et d'orge fraîchement récoltée que l'on laissait fermenter pendant plusieurs jours. Cette boisson, au goût aigre et légèrement sucré, faisait le bonheur de ceux qui la consommaient avec modération, et le malheur de ceux qui en abusaient.

Un grand nombre de galettes à base de blé avaient été préparées, on avait même pour l'occasion récolté un rayon de miel dans le creux d'un arbre. L'essaim avait été déniché par Drennan, le futur compagnon de Seena, dans la forêt proche du chantier. Ce miel, délice sucré qui ravissait petits et grands, était très rare et n'était consommé que pour les fêtes et rassemblements.

Tout était maintenant prêt et la tombée de la nuit annonçait le début des festivités. Les villageois se rassemblèrent peu à peu autour de la maison commune qui s'ouvrait sur une placette où chacun pouvait s'installer.

Neala arriva avec sa grand-mère et sa sœur. Ama vint se placer à l'entrée de ce bâtiment, aux côtés de Collun qui était déjà arrivé.

Seena, qui pour l'occasion avait défait sa tresse traditionnelle et avait, avec l'aide de ses amies, arrangé ses cheveux en un demi chignon compliqué, était magnifique. Elle portait une tunique longue, faite de peaux d'agneaux cousues entre elles, qui contrastait avec la tunique courte habituellement portée par les enfants. Elle n'était plus une enfant. Par cette cérémonie elle deviendrait une femme et tout le village reconnaîtrait son nouveau statut. La fierté se lisait sur son visage radieux.

Neala enviait sa sœur, admirée de tout le village, et se mit à rêver du jour où ce serait son tour. Comment s'habillerait-elle ? Se coifferait-elle ? Mais surtout, qui serait le jeune homme à ses côtés ? Serait-il aussi fort que Drennan ? Aurait-il le visage si doux ? En tous cas une chose était sûre, ce ne serait pas ce vaurien de Dugal qu'elle apercevait de l'autre côté de l'assemblée et qui ricanait avec ses comparses, à l'affût d'une bêtise à faire ou d'une méchanceté à dire !

Neala avait pris place près de Breda et Lanis, les deux vieilles amies d'Ama.

Les deux femmes avaient perdu leur compagnon depuis longtemps et leurs enfants étaient morts ou avaient quitté le village. N'ayant personne de leur famille pour les prendre en charge, elles vivaient dans le foyer de Collun, le chef du village, et contribuaient, dans la mesure de leurs moyens diminués, à la survie et l'équilibre du foyer. Elles s'occupaient des jeunes enfants, allaient parfois ramasser des fruits ou des matériaux près du village et participaient à l'élaboration des repas.

Avec Ama, elles étaient en fait les trois personnes les plus âgées du village.

Neala s'était toujours sentie à l'aise avec Breda et Lanis. Comme Ama, elles ne posaient que peu de questions mais répondaient volontiers si on leur demandait leur avis ou un conseil. Jusqu'à présent la fillette les avait appréciées pour leur calme apaisant. Depuis peu, elle avait compris que ces vieilles dames étaient la mémoire vivante du village, qu'elles savaient tout ce qui s'était passé, et au-delà du village, qu'elles connaissaient les histoires et les légendes de leur peuple. Et que cette mémoire était la force de leur peuple, qu'elle devait être transmise si on voulait la conserver.

— Comment s'est passée votre cérémonie à vous ? demanda la fillette.

Les deux vieilles dames se regardèrent et sourirent.

— C'était il y a très longtemps, répondit Lanis. Lors de ma première cérémonie, nous vivions dans un village plus petit et plus proche de la mer. La cérémonie se faisait sur la plage. Le village s'était rassemblé, mon compagnon et moi nous étions le seul couple à s'unir ce jour-là. Il y avait beaucoup de vent et c'était un des premiers jours de tempête qui annonçait la fin de l'été. J'étais tellement contente de devenir enfin une femme ! Bien sûr j'avais déjà saigné depuis plusieurs lunes et j'avais aussi, comme on dit, expérimenté les garçons, mais là c'était différent. De plus, on allait avoir notre foyer à nous, car le logis de mon compagnon était trop peuplé. Il avait déjà construit une petite cabane pour nous, à la périphérie du village côté plage, j'étais tellement impatiente ! Ces souvenirs me réchauffent le cœur. Ce qui s'est passé ensuite est moins drôle, puisque quelques mois plus tard l'embarcation sur laquelle il se trouvait a chaviré lors d'une tempête et, avec deux de ses amis du village, ils ont disparu en mer.

— C'est terrible, murmura Neala, ses grands yeux verts pleins de compassion.

— C'est comme ça, on ne peut rien y changer, dit Lanis, fataliste. Ensuite j'ai eu d'autres compagnons, j'ai vécu deux autres cérémonies mais elles ne sont pas aussi vives dans ma mémoire que la première.

— Et toi, Breda ? interrogea Neala

— J'ai aussi eu plusieurs cérémonies, deux en fait. Pour la première, je venais tout juste de saigner. Je n'avais pas encore, comme a dit Lanis, expérimenté les garçons. Il y avait eu une grande épidémie cette année-là et beaucoup d'enfants en bas âge étaient morts. Le chef du village avait donc décidé d'unir au plus vite les jeunes gens pour multiplier les chances de nouvelles naissances. On ne m'a pas demandé mon avis et je n'étais pas prête. J'ai été unie à un homme qui était beaucoup plus âgé que moi, qui venait de perdre sa compagne et ses deux jeunes enfants lors de cette épidémie et son seul but était de remplacer ses enfants. Il me harcelait sans cesse, plusieurs fois par jour, et me frappait quand je saignais en me disant que j'étais incapable de lui donner des enfants. J'étais simplement trop jeune et terrorisée. J'ai fini par être enceinte mais j'ai perdu le bébé. Il est devenu fou et m'a tellement battue qu'il a failli me tuer.

Neala regardait Breda avec intensité et sentait la rage et le dégoût monter en elle.

— Le chef du village, heureusement, est intervenu et l'a chassé du village. Pendant plusieurs années j'ai été isolée, mise de côté, les gens me parlaient très peu, comme si toute cette histoire était ma faute et que je devais en porter la responsabilité et plus encore, me sentir coupable. Puis un beau jour, un jeune homme d'un village voisin est arrivé, il m'a remarquée et a osé venir vers moi. Très rapidement nous avons demandé à nous unir et j'ai enfin pu vivre ma vie de femme et avoir des enfants. Quand il a été emporté quelques années plus tard par un mal mystérieux survenu après une blessure, je n'ai plus voulu reprendre de compagnon.

— Merci pour vos histoires, dit respectueusement la fillette. Et Ama ? Avez-vous assisté à sa cérémonie ?

— Ama ? dit Lanis avec étonnement. Mais elle n'a pas eu de cérémonie, c'est la Gardienne !

Ce qui semblait évident pour Lanis et Breda ne l'était pas du tout pour Neala. Alors qu'elle allait poser la question, Ama et Collun se levèrent, la cérémonie allait commencer.

Les trois couples se levèrent et se mirent face à Collun et Ama, dos à la foule qui restait assise. Juste avant de se retourner, Seena avait adressé un signe de tête et un sourire discret à ses amies Marna et Josi qui se tenaient quelques pas plus loin. Les conversations s'arrêtèrent.

Alors Collun dit simplement, d'une voix forte et audible pour tous :

— Ces jeunes gens souhaitent s'unir. Gardienne, t'y opposes-tu ?

Un long silence se fit. Ama observa longuement chacun des six jeunes gens, attendant une réaction, un signe qui aurait pu compromettre une union. Rien ne se passa.

— Non, répondit enfin Ama.

— Et vous, habitants de ce village, vous y opposez-vous ?

Quelques brouhahas s'élevèrent mais personne ne se leva ni ne s'exprima à voix haute. On n'entendait quelques commentaires murmurés.

— Très bien, ces trois couples sont donc maintenant unis. Ces femmes et ces hommes ne sont plus libres et tout le village en a pris connaissance. Allons donc célébrer ces unions et remercier la Source de Vie, la Terre et le Ciel. Grâce à leur générosité et au travail de tout le village, nos réserves sont pleines pour l'hiver.

Un cri d'allégresse monta dans l'assistance. Chacun se leva et se dirigea vers son foyer pour apporter ce qui avait été préparé. Tout fut mis en commun sur la place devant la maison commune à côté de laquelle deux grands feux avaient été allumés pour griller les grosses pièces de cochon.

Neala revint avec les galettes de blé et miel qu'elle avait préparées avec sa grand-mère et sa sœur. Les jeunes enfants, sachant ce qu'il y avait dans le plat, ne la lâchaient pas des yeux. Elle posa le plat près de tous les autres mets qui avaient été rassemblés au centre de la place. Le mélange d'odeurs de toutes ces victuailles leur mettait l'eau à la bouche, certains avaient déjà commencé la dégustation.

Bientôt tout le monde se régalait de tous ces plats, rares pour la plupart. il était en effet exceptionnel de manger, dans un même repas, plusieurs plats de viande et de poisson, fraîchement pêchés dans la rivière, des galettes de diverses préparation, du fromage de chèvre et de brebis, des fruits frais et autres noix et même des galettes couvertes de miel !

La boisson des fêtes aussi coulait à flots. Les conversations devenaient bruyantes et le son des rires s'élevait dans la nuit. Neala s'était mise en retrait, sur le côté de la maison commune, elle avait ainsi une vue d'ensemble de la foule qui se pressait autour des plats et s'asseyait par petits groupes non loin des deux grands feux.

Ama s'approcha et s'assit près d'elle.

— Que penses-tu de tout ça ? demanda-t-elle.

Un peu prise au dépourvu, Neala répondit :

— Je vois tous ces gens qui s'amusent et cette bonne humeur et cela me rend heureuse, même si je préfère les observer plutôt que d'être avec eux.

Puis elle ajouta :

— Au travers de cette joie je ressens aussi une certaine tristesse. Pour tous ceux qui ne sont plus là, qui sont passés de l'autre côté, tels que Cleo, ma mère, tous les absents. Je me dis qu'ils auraient bien aimé être là. Est-ce normal de ressentir de la tristesse un jour pareil, Ama ?

— Oui, bien sûr. Mais dis-toi que ces gens qui nous ont quittés sont toujours là.

— Comment ça ? Je vois bien qu'ils n'y sont pas, je sais qu'on a mis le corps de Cleo dans la terre et qu'il ne peut pas revenir.

— Leurs corps ne sont plus là mais leur énergie, elle, est retournée à la Source de Vie. Et rappelle-toi, nous sommes tous connectés à cette Source de Vie. Tous les êtres vivants et non vivants en font partie, nous sommes tous reliés les uns aux autres. Et c'est bien ce que tu as ressenti quand tu as touché la pierre gravée, n'est-ce pas ?

Neala ne dit rien, elle ferma les yeux et se replongea dans ce moment si intense qui s'était déroulé quelques jours plus tôt. Elle sentit un picotement dans les paumes de ses mains, elle entendit les rires joyeux de ses semblables, elle sentit l'odeur de braises, de viande grillée et de boisson des fêtes, elle ressentit une douce chaleur qui l'enveloppa toute entière.

— Oui, dit-elle doucement. Je ressens la Source de Vie qui circule en moi et autour de moi, et qui englobe tout. Je ressens la présence de ma mère.

— C'est normal, ta mère vit au travers de toi et sera éternellement avec toi, comme tous tes ancêtres. Un jour ce sera mon tour de passer de l'autre côté, et je continuerai à t'accompagner à chaque instant.

— Non Ama ne me dis pas ça ! Je ne veux pas que tu me laisses ! s'écria la fillette au bord des larmes.

— Mais chaque être vivant naît, vit et puis meurt, c'est dans l'ordre des choses et on n'y peut rien changer, il faut l'accepter. De plus, je viens de te dire que je t'accompagnerai toujours ! Fais-moi confiance, lui dit-elle d'un air complice et entendu.

— Seras-tu là pour ma cérémonie d'Union ?

Ama regarda sa petite-fille et poussa un soupir. Puis sans dire un mot, elle se leva et retourna près des villageois, laissant la fillette à ses réflexions. Neala était en effet très intriguée : pourquoi sa grand-mère ne lui avait-elle rien répondu ? Ce n'était pas dans son habitude. Était-ce parce qu'elle ne connaissait pas la réponse ou, au contraire, parce qu'elle connaissait la réponse et que ce n'était pas ce que Neala voulait entendre ?

Toute en proie à ses questions, elle se fit tout à coup bousculer par un petit groupe d'adultes. Elle reconnut, à la lueur des flammes du foyer le plus proche, Danio, le père de Cleo, qui était soutenu par deux hommes et suivi par Juni, sa compagne, qui maugréait.

— Tu as trop abusé de la boisson des fêtes Danio, tu ne tiens plus debout et demain tu seras très malade. Et quelle idée de défier Collun de la sorte ? Il a été très bienveillant avec toi car il sait que tu viens de perdre ton fils, mais cela ne te donne pas tous les droits ! Moi aussi j'ai perdu mon fils et vais-je agacer tout le monde pour autant ? Et en plus je vais devoir m'occuper de toi dans les jours qui viennent car tu seras trop faible pour te lever, avec tout ce que tu as absorbé...

Le petit groupe s'arrêta brusquement pour laisser Danio vider le contenu de son estomac sur ses pieds.

— Et en plus tu te vomis dessus, mais quelle misère ! geignait Juni.

Neala avait du mal à comprendre les adultes quelquefois. Que Danio soit malheureux c'était compréhensible, mais qu'il se rende malade lui-même, c'était à n'y rien comprendre.

— Mais quelle idée, dit-elle à voix haute sans s'en rendre compte.

— Il veut oublier, lui dit Josi qui s'était assise près d'elle.

— Oublier ? En se rendant malade ? demanda Neala.

— Il n'a pas vraiment voulu se rendre malade, expliqua Josi. La boisson des fêtes rend joyeux ceux qui en boivent. Au début. Puis si on en boit trop, on oublie ce que l'on fait, ce que l'on dit, ce que l'on vit et même qui on est. Quand on est très malheureux on peut trouver un certain réconfort. Mais ce réconfort ne dure pas. Parce que cette boisson est un poison pour notre corps, donc quand on en boit trop, le corps la rejette. Et par la suite on reste malade, parfois plusieurs jours, et surtout on est encore plus triste que ce que l'on était avant.

— Pauvre Danio, il aurait dû éviter cette boisson des fêtes.

— Le problème c'est que quand on commence à en boire, il est très difficile de s'arrêter. De plus cette boisson affaiblit la volonté et transforme les personnes. Le plus doux des hommes peut devenir une brute méconnaissable, la plus agréable des femmes peut devenir une harpie hurlante. Et ceux qui en abusent peuvent commettre des actes qu'ils n'auraient jamais commis en temps normal.

Sur ces paroles, sa voix se met à trembler et son regard se durcit.

— Je rentre, j'en ai assez vu, et je te conseille d'en faire autant. Il n'est pas recommandé pour les filles et les femmes de traîner tard quand les hommes ne sont plus eux-mêmes, crois-moi, lui dit Josi d'un ton amer en se levant.

La place s'était en effet vidée de la foule, il ne restait alors que quelques groupes épars qui parlaient trop fort et riaient trop fort. Derrière un des foyers, Neala aperçut Dugal et sa bande qui faisaient des grands gestes et riaient à gorge déployée. Elle se dit que, effectivement, il était temps de rentrer.

En arrivant dans son foyer, elle entendit des bruits de rires étouffés. Sur la couche de Seena, elle devina dans la pénombre des corps qui s'agitaient sous la grande peau d'auroch qu'Ama avait offerte à Seena aujourd'hui.

D'abord inquiète, elle se rappela soudain que Drennan vivait maintenant ici et qu'il était le compagnon de sa sœur.

Épuisée de sa longue journée, la tête pleine de toutes les images et de toutes les histoires qu'elle avait entendues, Neala s'allongea sur sa couche de l'autre côté de la cabane de bois et s'endormit au son des halètements de Seena et Drennan.

Quand le village s'éveilla le lendemain, le temps avait changé. Le fond de l'air était désormais plus frais, presque froid, et cette sensation était augmentée par l'humidité pénétrante qui s'était installée. Une bruine fine enveloppait le village et accentuait l'ambiance morose de lendemain de fête.

Des plats vides traînaient ici et là, les chiens se disputaient les os qui avaient été jetés au hasard la veille, la mauvaise humeur se lisait sur les visages des rares villageois que croisait Neala.

Les hommes n'iraient pas au chantier ce jour-là, c'était certain. La fillette se dit que c'était un jour parfait pour une promenade seule en forêt.

Elle sortit donc du village en direction de l'ouest et, traversant rapidement les champs fraîchement fauchés, elle atteignit la lisière de la forêt. Au passage elle se régala de quelques prunes sauvages mûres à souhait ; personne n'étant levé au logis elle n'avait pas osé faire de bruit et était sortie directement, le ventre vide.

Les grands arbres l'abritaient de la bruine, le vent frais n'avait pas encore atteint les sous-bois ; la température était donc encore agréable.

Elle gagna rapidement son arbre refuge, celui qui l'avait abritée quelques jours plus tôt lorsque la laie l'avait chargée.

Elle grimpa avec habileté et s'assit sur sa branche favorite.

Là, elle prit le temps de faire le bilan de ces derniers jours passés.

Que d'aventures, de découvertes, d'émotions depuis sa rencontre avec la laie !

Tout d'abord elle avait eu ces informations au sujet de sa mère Ailin, grâce à Lanis et Breda, les deux amies d'Ama.

Puis il y avait eu la découverte de ce monument de pierres levées, si grandiose et mystérieux, si attirant et inquiétant à la fois. La foudre avait frappé au moment où Neala prenait contact pour la première fois avec ce site, et Ama avait interprété ce signe comme une confirmation de son futur destin de Gardienne.

Ensuite il y avait eu le décès du petit Cleo, et Neala avait aidé sa grand-mère à l'accompagner jusque dans son passage de l'autre côté, c'était sa première expérience de future Gardienne.

Ensuite, les moissons puis la cérémonie de l'union au cours de laquelle sa sœur était devenue une femme. Et pendant cette fête, il y avait eu d'autres informations, sur la vie de Lanis et de Breda, et les commentaires perturbants de Josi sur les comportements des hommes.

Et tout au long de ces derniers jours, l'attitude de sa grand-mère qui avait changé. C'était probablement le plus marquant. D'ordinaire très peu bavarde et limitant ses conversations au strict minimum, elle s'adressait désormais à sa petite-fille comme à une adulte ou plutôt, une apprentie.

Oui, voilà, c'était ce qu'elle était devenue, une apprentie.

D'ailleurs Ama ne lui avait-elle pas dit qu'elle devait commencer cet apprentissage de Gardienne au plus tôt ? Et en fait, en quoi cet apprentissage consistait ? Est-ce qu'elle allait vraiment devenir Gardienne, comme Ama ? Cela signifiait-il qu'un jour elle devrait remplacer Ama ? Y arriverait-elle ? C'était un très grand défi, une lourde responsabilité et en même temps, une grande fierté d'avoir été choisie par la Source de Vie pour cette mission.

Les questions se bousculaient dans la tête de la fillette et en même temps, au milieu de ses amis les arbres, perchée sur sa branche, entourée de senteurs de sous-bois humides et de crépitement de gouttelettes de pluie qui tombaient sur les feuilles, une grande sensation de plénitude s'empara d'elle. Oui, c'était sa mission, et elle mettrait toute son énergie à l'accomplir.

Chapitre 2

Grandir

L'hiver s'était installé pour de bon, Neala s'en rendit vraiment compte en se réveillant ce matin-là. L'air dans le logis était glacé, elle pouvait même apercevoir les nuages de vapeur qui sortaient de sa bouche lorsqu'elle expirait.

Elle rabattit sa couverture faite d'un assemblage de peaux de moutons à la fourrure épaisse et s'extirpa de sa couche. Elle dormait presque entièrement habillée en cette saison, elle enfila juste ses sandales faites de cuir solide et attachées par des lanières de cuir souple, par-dessus la fine peau d'agneau qui protégeait ses pieds et ses mollets du froid.

Le jour se levait à peine mais on pouvait déjà deviner que le ciel était très couvert, seule une faible luminosité transperçait l'épaisse couche de nuages.

Elle sortit de la cabane pour chercher de quoi raviver le feu dont il ne restait que quelques braises. Elle mit à chauffer une sorte de vase en céramique rempli d'eau, à la périphérie des braises encore rouges. Cette eau chaude, dans laquelle on tremperait les galettes de blé, permettrait à toute la maisonnée de se réchauffer avant d'attaquer la dure journée qui les attendait.

Le foyer s'était en effet agrandi, Seena avait mis au monde deux magnifiques garçons. Le premier, Brino, était maintenant âgé de quatre ans environ, et son jeune frère, Milen, avait tout juste quelques mois. Les deux garçons avaient la vigueur de leur père et faisaient le bonheur de toute la famille.

Pour Seena, la première grossesse avait été une période très difficile. Elle s'était vite affaiblie et avait très rapidement dû rester alitée, trop épuisée pour travailler. Ama et Neala s'étaient occupées d'elle, pendant que Drennan travaillait sans relâche pour s'assurer que le foyer ne manquerait de rien.

Les mois avaient passé, le village s'inquiétait énormément pour la future maman et, si beaucoup craignaient qu'elle ne puisse mener sa grossesse à terme, la plupart étaient persuadés qu'elle ne survivrait pas à l'accouchement.

Les femmes du village s'étaient relayées pour la veiller quand le terme avait approché. Puis, quand le travail avait commencé, on était allé chercher Ama et Neala.

Pendant des heures interminables Seena avait pleuré et geint, essoufflée, à bout de forces, incapable d'expulser le bébé. Impuissantes face à la douleur et au découragement de sa petite-fille, Ama avait fini par lui donner une infusion de mélange de plantes calmantes et champignons hallucinogènes, infusion réservée aux cas extrêmes.

Seena s'était endormie, épuisée. Neala, qui avait mis ses deux mains sur le ventre de sa sœur, avait remarqué qu'il se durcissait très fort sur un rythme régulier. Prise d'un fol espoir, elle avait fait signe à Ama de se tenir prête, et au moment où elle avait senti la contraction arriver, elle était montée à genoux sur le ventre prêt à exploser.

La tête du bébé, dont on apercevait le sommet depuis quelque temps déjà, s'était libérée vivement sous la pression du poids de Neala. Celle-ci avait souri à Ama et elles avaient attendu la contraction suivante. Elles avaient recommencé la manœuvre, Neala qui appuyait sur le ventre de tout son poids et Ama qui facilitait le passage des épaules.

Le bébé était alors sorti, très bleu mais déjà très vif, et il s'était mis à crier. La jeune maman avait mis un moment à reprendre ses esprits et quand elle s'était enfin éveillée, son petit garçon était bien calé contre elle, dans des peaux de mouton, et tétait tranquillement.

Depuis ce jour-là, Seena avait porté un regard différent sur sa jeune sœur. Jusqu'alors, elle avait une attitude plutôt arrogante voire exaspérée vis-à-vis de cette fillette très discrète, presque muette, souriante mais très peu intéressée par le quotidien de la vie.

Elle avait compris et accepté après cet événement que sa sœur n'était pas une petite fille comme les autres, que sa différence était sa richesse et elle ne l'avait plus jamais regardée comme une petite sœur idiote et encombrante.

De cet épisode était né une complicité et un respect mutuel qui allait bien au-delà du lien familial. Si Seena et Neala étaient toujours très différentes en termes de centres d'intérêts et chemins de vie, il n'en restait pas moins que ce lien, qui s'était consolidé au fur et à mesure des années, était ce jour-là devenu indestructible.

Drennan avait été lui aussi très reconnaissant de l'intervention de Neala et Ama. Il avait parfaitement conscience que sans elles, sa compagne et son fils seraient morts, sans l'ombre d'un doute. Grand gaillard de bonne composition, discret et travailleur, ce n'était certes pas un grand bavard et il n'avait pas pour habitude de discourir sur ses sentiments. Mais Neala avait senti depuis ce jour-là un respect et une bienveillance nouveaux, ainsi qu'une attitude presque protectrice à son égard.

Globalement, cet événement avait renforcé les liens de toutes les personnes du foyer. Le petit garçon, qui avait été prénommé Brino, était vu comme un miracle par les villageois et il était adoré de tous. Il était devenu, à quatre ans, un petit garçon espiègle qui n'en faisait qu'à sa tête.

Quand, quelques années plus tard, Seena avait été de nouveau enceinte, Ama et Neala l'avaient observée avec inquiétude, traquant le moindre signe de faiblesse de sa part, mais tout s'était bien passé. Elle ne s'était pas affaiblie, elle avait continué ses activités quotidiennes, y compris la surveillance des moutons, jusqu'à la naissance qui, cette fois-ci, s'était déroulée normalement. L'arrivée tranquille de Milen avait été un soulagement pour tous.

Les journées du foyer étaient bien organisées. Certaines activités variaient selon le rythme des saisons mais au global, la préparation des repas et le soin aux animaux faisaient partie des tâches quotidiennes, en général effectuées par les femmes. Les hommes, eux, s'occupaient des travaux plus physiques tels que retourner la terre des champs, déboiser pour créer de nouveaux champs et fournir du bois de chauffage, chasser du gibier pour compléter les repas et bien sûr, travailler sur la construction de l'immense monument au sommet de la colline.

Pendant la saison froide il y avait peu de travail dans les champs, on laissait la terre se régénérer. La plupart des hommes passait donc les courtes journées au chantier, à transporter et tailler les immenses pierres qui composeraient la structure de l'édifice.

Ce matin d'ailleurs, Drennan était parti dès l'aube rejoindre des camarades sur le chantier. Il n'avait pas attendu de raviver le feu pour boire quelque chose de chaud, il avait juste emporté quelques galettes qu'il mangerait en chemin pour pouvoir profiter au maximum de la lumière du jour.

Neala rentra dans le logis après un passage à la fosse d'aisance. L'eau avait eu le temps de chauffer et le reste de la maison s'était éveillé, Brino sautillait autour de la pièce, Milen étant déjà accroché au sein de sa mère.

Ama se leva doucement, ses articulations douloureuses, sensibilisées par le froid, lui rappelant son âge respectable. Elle dut s'y reprendre à plusieurs reprises pour se mettre debout. Elle prit ensuite son bol rempli d'eau chaude et distribua des galettes.

— Neala, nous devons aller sur la colline aujourd'hui, tu te souviens ? demanda Ama.

— Oui Ama, répondit la jeune fille. Si tu te sens suffisamment en forme pour grimper alors je serai très contente de t'accompagner.

— Bien sûr que je suis en forme ! s'agaça Ama. Ce ne sont pas quelques douleurs qui vont m'empêcher d'accomplir ma mission. Et je dois vérifier l'alignement aujourd'hui. Est-ce que le temps est toujours aussi nuageux dehors ?
— Oui, c'était le cas il y a quelques instants en tout cas.
— Bon... Tant pis, on y va quand même.
— Très bien, je suis prête.

Elles quittèrent rapidement le foyer, Neala se calant sur le pas ralenti d'Ama. Elles s'éloignèrent du village et atteignirent la lisière du bois.

L'air était glacé, même les oiseaux n'avaient pas l'énergie de chanter. L'épaisse couverture de nuages était toujours là et cela semblait profondément contrarier Ama. Il y avait très probablement une bonne raison mais Neala n'avait pas encore osé demander pourquoi, devant l'air renfrogné de sa grand-mère. Elles cheminèrent dans le bois dans lequel la plupart des arbres s'étaient dépouillés de leurs feuilles.

En arrivant dans la clairière au sommet de la colline, Neala fut frappée par la même vision de grandeur et de démesure qu'à chacune de ses visites. Il y avait pourtant plusieurs lunes qu'elle était autorisée à accompagner Ama sur le chantier. Mais son sentiment en arrivant sur les lieux était toujours le même : elle se sentait écrasée par le gigantisme du monument, et en même temps, irrésistiblement attirée par cet édifice.

L'autorisation d'accompagner Ama correspondait avec un événement bien particulier : elle était en effet devenue, au sens de la nature, une femme.

Elle avait d'abord été très inquiète de ce sang qui s'était mis à couler le long de ses cuisses, de ces crampes au bas ventre qui n'auguraient rien de bon. Elle savait pourtant que c'était le sort de toutes les filles qui devenaient des femmes puisqu'elle avait maintes fois entendu Seena et ses amies en parler, mais elle n'avait jamais réfléchi que cela lui arriverait un jour.

Pourtant, lors de sa première visite foudroyante en haut de la colline, Ama lui avait dit qu'elle ne pourrait revenir que lorsqu'elle aurait saigné. Elle avait alors enfoui ces paroles dans un coin de sa tête et n'y avait plus prêté attention. Aussi, lorsque ce jour des premiers saignements était arrivé et une fois que sa sœur l'eut rassurée sur son état en lui expliquant comment le gérer, les mots d'Ama lui revinrent en mémoire. Et c'est ainsi que dès le lendemain, fière et intimidée à la fois, elle avait accompagné sa grand-mère sur le chantier.

La construction avait beaucoup évolué en quelques années. Le magnifique rocher gravé gardait toujours l'entrée, tel un animal couché protégeant un trésor. L'allée de pierres géantes était maintenant entièrement recouverte de larges pierres aplaties et au fond de l'allée, la chambre et ses trois alcôves étaient désormais entièrement plongées dans le noir. A part les dalles de recouvrement, ce qui avait beaucoup évolué était l'extérieur du monument. Celui-ci s'entourait en effet maintenant d'un immense cercle de rochers qui englobait le passage couvert. Cette construction, en plus de faire fonction de barrière protectrice, rajoutait à l'immensité de l'édifice. Une bonne partie de la clairière du sommet de la colline était donc maintenant occupée par le monument.

Neala avait pu faire le tour de l'édifice et regarder les pierres de bordure de très près mais elle n'avait pas été autorisée à entrer dans le passage couvert. Elle n'avait que quelques images de la chambre du fond et n'avait aucun souvenir de forme, taille ou couleur. Cet endroit demeurait un mystère pour elle.

Au début surpris de sa visite, les hommes s'étaient, au fil des mois, habitués à sa présence. Sa silhouette fine se promenant autour des pierres et sa longue tresse aux reflets flamboyants faisaient partie intégrante du décor.

Les premiers jours, Rudd, l'immense gaillard dirigeant les travaux, bâti comme les gigantesques pierres qu'il déplaçait, grommelait sans cesse dès qu'il l'apercevait.

— Ce n'est pas un endroit pour une enfant, c'est dangereux, certaines pierres ne sont pas stabilisées et la sculpture de certaines d'entre elles projette des éclats sur des grandes distances, avait-il dit à Ama d'un ton autoritaire.

— C'est la future Gardienne, elle doit se familiariser avec cet édifice, c'est elle qui en aura la responsabilité plus tard, avait répondu Ama en guise d'explication.

— En tous cas moi je ne prends pas la responsabilité s'il arrive un accident, avait rétorqué Rudd en haussant les épaules

— Ne sois pas inquiet, Rudd, elle restera près de moi et loin de tout danger, avait promis Ama.

Et effectivement, Neala passait la majeure partie de son temps de visite assise à distance raisonnable des activités dangereuses, à observer la construction et la gravure des motifs dans certaines pierres.

Pour graver les pierres, les hommes les plus habiles utilisaient des outils faits de pierres polies enchâssées dans des manches de bois de cerfs. Il fallait une grande dextérité pour utiliser ces outils et seulement trois hommes étaient dédiés à cette tâche de gravure.

Parmi eux, Danio, le père du petit Cleo décédé quelques années plus tôt, était, et de loin, le plus habile. Neala pouvait passer des heures à l'observer travailler, frappant sans relâche avec son marteau pour voir les motifs émerger peu à peu de leur gangue de pierre. C'était un pur ravissement. C'était comme s'il débarrassait la pierre principale de tous les éclats de pierre qui empêchaient le motif d'être vu à l'air libre. Son travail, en quelque sorte, rendait la liberté au motif. Neala était fascinée par l'adresse de cet homme. Quand il travaillait, il était tellement concentré que son visage se vidait de toute expression. Il fusionnait littéralement avec la pierre qu'il taillait.

— Comment Danio fait-il pour faire apparaître d'aussi beaux dessins ? avait un jour demandé Neala à Ama, alors qu'elles étaient assises non loin de lui.

— D'abord, il travaille la pierre depuis très longtemps. Il a accumulé des saisons entières d'expérience. Ensuite, quand il travaille la pierre, il ne fait rien d'autre, il ne pense à rien d'autre. Il est tellement concentré qu'il peut sentir la pierre, l'endroit exact où il doit frapper. Et cette attention lui permet d'être guidé par la Source.
— La Source de Vie ?
— Oui.
— Mais que vient-elle faire ici ?
— La Source de Vie nous guide dans tous nos actes quand nous fixons notre attention, quand nous ne sommes pas distraits par autre chose que notre geste. Ce n'est pas que dans la sculpture de Danio, c'est aussi dans chacun des gestes de notre quotidien. Quand tu ramasses des fruits ou que tu retires les mauvaises herbes des plantations, quand ta sœur nourrit son bébé ou quand Lanis tresse ses paniers.
— Mais mes fruits ne seront pas plus gros ou plus juteux parce que je suis concentrée sur ma cueillette !
— Ils seront plus savoureux, parce que tu les as ramassés avec intention. Parce que tu prends conscience du cadeau qui t'est fait par la Source de Vie.
— Mais Danio, quelle est son intention ?
— Il veut honorer la Source de Vie et pour cela, il donne le meilleur de ce qu'il peut.
— Mais les autres aussi veulent donner le meilleur, pourquoi leurs dessins ne sont-ils pas aussi réussis ?
Ama se mit à rire.
— Parce qu'en dehors de l'expérience et de la concentration, il y a aussi le talent. Tout le monde a des talents dans des domaines très divers. Parfois les personnes ignorent qu'elles ont un talent et c'est dommage. Quand elles comprennent où sont leurs talents et qu'elles les exercent encore et encore dans la plus grande des concentrations, alors elles transforment ces talents en quelque chose de magique.
— Comme Danio ?

— Comme Danio. Observe-le mais ne le dérange pas. Ne le coupe pas de la Source de Vie à laquelle il est connecté quand il travaille.

— Ama, quels sont mes talents ?

— Tu es la Gardienne du Passage. Ton rôle est primordial, tu aides les gens à passer du monde des vivants à l'autre monde. Et pour ceci, toi aussi tu es connectée à la Source de Vie.

— Et cet édifice, à quoi sert-il alors ?

Ama se tut un moment, cherchant les mots les plus justes.

— Cet édifice nous permettra de faciliter la connexion avec la Source de Vie. En unissant nos talents pour bâtir un monument gigantesque et magnifique, nous remercions la Source de Vie et nous nous rapprochons d'elle pour mieux fusionner avec elle. En tant que Gardienne, tu facilites aussi la connexion entre les hommes et la Source.

Neala était alors tombée dans un profond silence, observant Danio exercer tout son talent dans la gravure d'une spirale.

Et par ce froid matin d'hiver, en arrivant au sommet de la colline, Neala se rappela cette conversation qui s'était déroulée quelque temps plus tôt. Aujourd'hui il n'y avait pas de bruits de martèlement. Tous les hommes étaient rassemblés vers l'entrée du passage, près de la pierre couchée.

— Alors ? cria Ama de loin, trop impatiente pour prendre le temps de s'approcher.

— Trop sombre, Ama, répondit Rudd, visiblement dépité.

— Je m'en doutais mais je gardais espoir... commenta-t-elle. Je ne sais pas si je vais tenir une année de plus, je sens mes forces m'abandonner, même ma petite-fille me l'a fait remarquer ce matin.

Neala regarda sa grand-mère, horrifiée.

— Mais enfin Ama je n'ai rien dit de tel ! C'est juste qu'il fait très froid ce matin et que le froid nous engourdit tous ! Je n'avais pas le courage de venir jusqu'ici et c'est toi qui as eu la force pour nous deux, tu es la personne la plus solide et la plus volontaire du village !

— Cela ne m'empêche pas de vieillir, je ne peux rien contre ça, et cette vérification que je voulais faire aujourd'hui devra attendre l'an prochain, avec ou sans moi.

A ces mots Neala baissa la tête et se plaça légèrement en retrait par rapport au groupe. Ce que venait de dire sa grand-mère était vrai. Ama faiblissait rapidement. Son amie Breda était morte l'hiver précédent, terrassée par une violente toux assortie d'une forte fièvre. Ama n'avait rien pu faire d'autre que de l'accompagner dans son passage vers l'autre monde.

Neala avait assisté au décès de Breda, comme à tous les autres décès qui s'étaient produits dans le village depuis ces dernières années. Mais elle avait bien senti que celui-ci avait particulièrement affecté Ama.

Elle qui, auparavant, était si droite, grande et fière, avec sa longue tresse de cheveux grisonnants se balançant élégamment dans le dos, s'était, en l'espace de quelques semaines courbée, tassée, et même sa tresse s'était transformée en un amas de cheveux désordonnés. Elle ne se déplaçait plus qu'avec un grand bâton qui lui servait de canne, à pas lents. Les visites du chantier, autrefois quasi quotidiennes, s'étaient espacées, et même les promenades éducatives s'étaient raréfiées, Ama prétextant que la formation de Neala était complète.

Évidemment Neala n'avait pas voulu voir cette déchéance, elle avait pensé que c'était la tristesse d'avoir perdu son amie qui, temporairement, avait abîmé Ama. Mais aujourd'hui elle prenait la vérité en pleine figure, comme ce vent glacial qui venait de se lever.

— Ama, laissons-les travailler, et rentrons.

Neala n'arrivait pas à croire qu'elle avait prononcé ces mots à voix haute. Comment avait-elle osé s'imposer de la sorte devant sa grand-mère et devant tous les hommes ? Elle attendit la réprimande mais rien n'arriva. Elle en conclut que tout le monde était d'accord avec sa proposition. Ama la regarda droit dans les yeux, on pouvait y lire un mélange de colère, de renoncement mais aussi de soulagement. Elle n'ajouta rien et suivit sa petite-fille, s'accrochant plus que jamais à son grand bâton.

Le jour suivant, il avait été convenu que, malgré le froid persistant, Neala accompagnerait Seena et ses deux amies pour aller cueillir des branches de noisetier, très utiles pour les objets de vannerie. L'hiver était en effet la saison propice pour fabriquer les outils et les ustensiles, le temps passé pour travailler aux champs étant fortement réduit.

Marna s'était finalement unie à l'homme plus âgé qu'elle et déjà père, elle avait eu un enfant, âgé maintenant d'environ trois ans et elle était enceinte de quelques mois.

Josi, elle, avait toujours le projet de quitter le village. Elle se méfiait des hommes et leur montrait clairement qu'elle n'avait aucune sympathie pour eux. Face à cette jeune femme si peu avenante, aucun n'osait se lancer dans l'aventure de la séduction. Elle vivait donc toujours dans son foyer, avec ses parents, son frère Dugal toujours aussi désagréable, ainsi que d'autres membres de la famille.

Les quatre jeunes femmes prirent la direction de la forêt, équipées de liens de laine grossière avec lesquels elles feraient des fagots. Devant, Seena discutait avec Marna d'histoires de grossesses et de jeunes enfants ; elles étaient suivies de près par Neala. Josi se tenait à l'arrière, très peu intéressée par ces sujets qui ne la concernaient pas.

— En tous cas, s'écria Neala à Marna, j'espère être aussi en forme que toi lors de mes grossesses !

Marna et Seena se regardèrent, interdites.

— Mais toi tu n'auras pas d'enfants, annonça Josi qui s'était rapprochée. Son ton était catégorique, sans appel.

— Pardon ? Mais pourquoi dis-tu ça, demanda Neala, l'air surprise.

— Ta grand-mère et ta sœur ne te l'ont pas dit ? interrogea Josi sur un ton mauvais.

— Josi, ça suffit, coupa Seena.

— Mais enfin Seena, de quoi parle-t-elle ? Tout le monde a l'air de connaître quelque chose qui me concerne mais dont je ne suis pas au courant ! Pourquoi ne pourrais-je pas avoir d'enfants ? demanda Neala sur un ton de défi.

— Personne ne t'a dit ? Très bien, je vais le faire moi-même, puis que personne n'a eu l'honnêteté de t'en parler, déclara Josi. Ne me regarde pas comme ça, Seena, ta sœur a le droit de savoir. Vous auriez dû le lui dire depuis longtemps. Voilà Neala, tu n'auras pas d'enfants car aucun homme ne voudra s'unir avec toi. Pour deux raisons : d'abord parce que tu es la Gardienne et que cette position particulière effraie les hommes. Tu fais le lien entre les vivants et les morts et les gens ont peur de ça, de ce pouvoir spécial. La deuxième raison c'est que tu as un physique particulier, différent, qui ne plaît pas aux gens du village. Je ne t'apprends rien en te disant cela, tu l'as déjà remarqué par toi-même. Il n'y a donc aucune chance pour que tu t'unisses un jour, et donc tu n'auras pas d'enfants.

A ces mots Neala se figea complètement. Puis elle regarda désespérément en direction de sa sœur, qui en général la défendait toujours, à la recherche d'un démenti, d'une remontrance vis-à-vis de Josi pour lui avoir dit des choses fausses. Mais rien. Pas un regard, même de soutien. Seena regardait ses pieds.

Alors tout à coup Neala comprit le sens de certaines phrases qu'elle avait entendues, certaines remarques. Tout devenait clair et impitoyable. Toutes ses projections de jeune fille s'effondraient. De façon définitive et certaine, elle devenait, ce matin-là, écartée du destin commun des gens de son village. En quelques mots très durs, Josi lui avait révélé que pour le reste de son existence elle serait seule, isolée, à part, exclue. Elle était abasourdie. Elle sentit ses yeux se remplir de larmes et un grand froid l'envahir.

— Allons ce n'est pas si grave, lui dit Josi d'une voix radoucie. Moi non plus je n'aurai probablement pas de compagnon, ni d'enfants, et je n'en fais pas un drame.

— Mais pour toi, c'est ton choix. Alors que dans mon cas, j'aurais rêvé partager des moments avec un compagnon et avoir des enfants, répondit Neala, la voix tremblante.

— C'est comme ça, tu dois accepter ce que tu ne peux pas changer, dit alors Seena à voix basse. Et elle reprit son chemin à travers bois, remettant le petit groupe en marche.

Neala ne prononça plus un mot de la journée. En ramassant les branches, plongée dans ses pensées, elle fit le point sur ce qu'elle avait appris ce matin.

Était-ce vraiment ce matin qu'elle l'avait appris, d'ailleurs ? Si elle y réfléchissait bien, est-ce qu'au fond d'elle-même, elle ne le savait pas déjà ? Elle savait qu'aucun garçon du village ne s'intéressait à elle, ça c'était certain. Tous l'ignoraient et pas un n'avait cherché à rentrer en communication avec elle.

Mais après tout, il n'y avait pas que ce village, n'est-ce pas ? Mais son physique particulier et sa position de Gardienne feraient fuir les garçons des villages alentour de la même manière. Et si elle quittait le village, comme Josi en avait le projet ? Cela lui était impossible. Sa mission était de mener à bien les travaux d'édification du monument. Josi avait donc raison, elle n'aurait jamais de compagnon ni d'enfants.

Mais, et Ama, elle avait bien eu une fille après tout ? Elle devait éclaircir ce point dès que possible.

En rentrant le soir elle demanda :

— Ama, pourquoi une Gardienne ne peut pas s'unir ni avoir des enfants ?

La vieille dame était déjà allongée sous ses peaux de mouton, pensive.

Après un long moment de réflexion elle répondit d'une voix lasse :

— Personne ne veut s'unir avec une Gardienne. Les gens pensent qu'une Gardienne amène ses proches plus rapidement dans l'autre monde.
— Mais c'est faux ! Toutes les personnes qui vivent dans ton foyer sont en bonne santé !
— C'est une croyance de notre peuple, tu ne peux rien y changer, accepte-le.
— Mais toi, tu as bien eu une fille, n'est-ce pas ?
— C'est vrai. Mais je n'avais pas de compagnon. Ce que je peux te dire c'est que le père de ta mère n'était pas un homme du village. Et je peux te dire aussi que ceci est arrivé avant que je ne sois reconnue Gardienne. Cela n'aurait pas été possible après. Une fois que j'ai été nommée Gardienne, aucun homme ne m'a plus regardée comme une compagne potentielle, ni même comme une femme. J'étais devenue un rôle, je n'étais plus une personne. Toi, tu as été reconnue Gardienne très jeune. Ton rôle et ta place ont été identifiés depuis longtemps, personne ne t'envisage comme compagne. Mais tu verras, le rôle de Gardienne t'apportera bien plus que n'importe quel autre rôle, et bientôt tu n'auras plus le temps de penser à ce que tu aurais pu être.

Ama avait probablement raison mais en attendant, Neala se sentait triste et vide. Elle s'endormit au son des babillements de son neveu, les yeux remplis de larmes en se disant que jamais elle ne mettrait au monde un enfant.

Le surlendemain, Ama demanda à la jeune fille d'aller ramasser des écorces d'un arbre qui poussait près de la rivière.

Depuis plusieurs années déjà, Ama avait transmis à Neala toute sa connaissance des plantes, comment les reconnaître, quelles parties utiliser pour quels usages. Ama tenait cette connaissance des informations qu'elle avait reçues des membres de sa famille, et également d'autres Gardiennes des villages alentour.

Elle avait aussi accumulé au cours de sa vie un grand nombre d'expériences, elle avait pu ainsi tester ce qui marchait et ce qui ne marchait pas, vérifier les utilisations des différents végétaux dans des conditions particulières, où et comment poussaient ces végétaux. En bref, elle avait amassé une inestimable quantité d'informations sur le milieu dans lequel elle vivait et elle avait passé une grande partie de son savoir à sa petite-fille.

Ce matin néanmoins, elle se sentait trop fatiguée pour aller à la rivière et de toute façon, elle faisait complètement confiance à Neala pour trouver ces fameuses écorces qui, utilisées en décoction, étaient très efficaces contre la toux.

Neala quitta donc le foyer dès le jour levé, un panier en jonc tressé au bras. Le fond de l'air était encore plus froid que les jours précédents, tout le paysage était recouvert d'une fine couche de gel. Le ciel était chargé de nuages.

Bien emmitouflée dans une étole de peau de mouton, elle se dirigea vers la rivière. En arrivant près des bosquets d'arbres qui séparaient les champs de la rive, elle entendit un petit pas trotter derrière elle.

— Brino, que fais-tu là ? gronda la jeune fille.

Elle venait d'apercevoir le petit garçon dissimulé derrière un buisson.

— Brino, je t'ai vu, sors de là et rentre tout de suite au village !

— Mais je veux venir me promener avec toi, objecta le garçon.

— Je ne vais pas me promener, je vais chercher des écorces près de la rivière et tu sais que c'est dangereux d'aller là-bas. Tu pourrais tomber dans l'eau gelée et je ne peux pas te surveiller. De plus ta mère doit s'inquiéter de ne pas te voir, rentre vite si tu ne veux pas que je me fâche !

Déçu, le petit garçon retourna sur ses pas en direction du village.

Sachant que son neveu était espiègle et peu obéissant, Neala vérifia qu'il avait bien renoncé à son escapade puis elle reprit son chemin.

A quelques pas de là, dans les bosquets, elle eut la mauvaise surprise d'apercevoir Dugal en compagnie de ses deux acolytes, Mogan et Tuder, en train de remonter vers le village. Ils venaient vérifier les pièges qu'ils avaient posés quelque temps plus tôt.

— Tiens, mais voici notre future Gardienne ! s'exclama Dugal, sarcastique.

Les yeux fixés sur le sol, Neala passa devant eux sans dire un mot. De toute façon tout le village était habitué à son silence et d'autre part, elle n'avait pas du tout envie de discuter. Mais Dugal ne l'entendait pas de cette oreille.

— Alors il parait que tu n'auras jamais de compagnon ? Comme c'est triste ! Mais en même temps, ce n'est pas étonnant, tu es tellement laide, cracha Dugal d'un air dégoûté, encouragé par les ricanements de ses comparses.

A ces mots Neala se retourna et, blessée au plus profond d'elle-même, baissa la tête et repartit.

Dugal avait probablement entendu sa sœur Josi parler de la situation de Neala, il ne servait donc à rien de discuter avec lui. Elle voulait juste s'en aller loin de ce grossier personnage.

— Attends, cria-t-il en revenant vers elle et en lui frappant l'épaule lourdement.

Surprise par la douleur du coup, Neala se retourna.

— Qu'est-ce que tu me veux ? demanda la jeune fille, inquiète.

— J'ai une idée. Puisque tu n'auras jamais la chance d'avoir un compagnon, je veux bien te faire un cadeau et te faire connaître les joies du sexe, dit Dugal vicieusement.

Sidérée, Neala n'arrivait plus à s'exprimer.

— Là, maintenant, tout de suite, ajouta-t-il en accrochant fermement ses mains sur les frêles épaules de la jeune fille.

— Non, laisse-moi ! s'écria tout à coup Neala qui venait de retrouver sa voix. Laisse-moi tranquille !

Dugal arracha l'étole de peau de mouton qui lui couvrait les épaules.

— Mais tu ne peux pas refuser, c'est une chance unique pour toi, personne d'autre n'acceptera de te faire cet honneur, dit Dugal d'un ton carnassier tout en resserrant la poigne sur ses épaules

— Je ne veux pas ! Ne me touche pas ! cria Neala tout en se débattant pour se libérer.

D'un coup Dugal la frappa violemment au visage. Sonnée, Neala essaya de garder l'équilibre tout en se dégageant et réussit à faire un pas. Mais Dugal l'attrapa par l'arrière de sa tunique qui se déchira sous le choc et la jeta sur le sol.

Ses deux acolytes, qui jusque-là s'étaient contentés de ricaner, se regardèrent, inquiets.

— Laisse-la partir, Dugal, tu peux avoir d'autres filles moins farouches, dit Mogan d'un ton conciliant.

— Tais-toi et viens m'aider à la tenir si tu veux en profiter aussi, répondit Dugal tout en maintenant Neala qui se débattait sur le sol gelé et s'écorchait les membres et le dos sur les cailloux pointus.

— Hors de question, laisse-la ! cria Mogan en essayant de relever Dugal

Celui-ci lui balança alors un poing énorme dans la mâchoire, l'assommant sous le choc.

— Tuder, retiens-moi cet idiot ou je lui fais la peau ! hurla Dugal

Il était devenu fou furieux. Il était à califourchon sur Neala et s'était mis à la frapper sans retenue pour qu'elle arrête de hurler.

— Tu vas la tuer, laisse-la ! Tu vois bien qu'elle ne veut pas ! cria Mogan qui, toujours sonné et allongé sur le sol, n'avait ni la force ni l'envie de se confronter à Dugal qui avait pris des allures de taureau enragé.

— Mais moi je veux ! s'écria alors Dugal haletant, déjà victorieux, révélant son sexe dressé, surexcité par le combat qu'il était en train de mener.

Il se jeta alors sur Neala qui s'était recroquevillée sur elle-même, épuisée, le visage et le corps ensanglanté, et qui, dans un dernier espoir de protection, sombra dans l'inconscience.

— Lâche la ! rugit soudain une voix terrible.

Surpris, Dugal se redressa et eut une vision effrayante, surnaturelle. A quelques pas au-dessus d'eux se tenait, à contre-jour, une silhouette immense, armée d'un bâton, le visage à peine visible entouré d'un immense halo de cheveux blancs.

— La Gardienne ! s'exclama Dugal en se relevant.

Ama venait en effet de surgir en haut du chemin, accompagnée de Seena et de Brino qui la suivaient d'un peu plus loin. Elle était plus droite et plus puissante que jamais, les yeux exorbités de colère.

— Rentrez chez vous en attendant votre jugement ! hurla-t-elle. Déguerpissez !

Les trois garçons ne se le firent pas répéter deux fois. Même Mogan, encore sous le choc de son coup à la mâchoire, se releva péniblement et rejoignit ses camarades en trottinant.

Ama s'agenouilla près de Neala. Elle évalua rapidement les blessures et rabattit sur elle sa tunique sur son corps ensanglanté et meurtri. Elle mit la peau de mouton autour de ses épaules. La jeune fille essaya d'ouvrir les yeux, tournant ver Ama son visage tuméfié.

— Ama, j'ai mal, murmura-t-elle dans un souffle.
— Je sais. Mais tu dois te lever et je dois t'examiner.
— J'ai trop mal et trop froid.
— Allons, debout. Seena, viens m'aider à relever ta sœur.

Seena était en larmes à quelques pas, elle essayait de consoler Brino qui était lui aussi sous le choc de la scène terrible. Elle s'approcha et aida Neala à se relever délicatement.

— Seena, tu vas ramener Brino puis tu viendras allumer un grand feu au bord de la rivière. J'interdis à quiconque du village de s'approcher d'ici, est-ce clair ?

— Oui Ama, je reviens tout de suite.

Elle prit son fils dans les bras et s'en alla en courant en direction du village.

Une fois debout, Neala fut incapable de marcher. Elle était frigorifiée et chaque partie de son corps la faisait souffrir.

— Allons, suis-moi, demanda fermement Ama, la tirant par le bras.

Très lentement, chaque pas étant une souffrance, elles se dirigèrent vers les berges de la rivière. Le temps qu'elles atteignent la rive, Seena était déjà revenue et un grand feu brûlait auprès d'elle.

— Merci Seena, tu peux maintenant rentrer au village auprès de tes enfants, nous reviendrons avant la tombée de la nuit.

Seena partie, Ama demanda à Neala de se dévêtir entièrement puis de se plonger toute entière dans la rivière.

— Mais Ama, l'eau est glacée, je vais mourir de froid ! protesta Neala qui avait retrouvé un peu de vie.

— Tu dois te purifier et laver toute trace de cette agression. Tu vas avoir très froid mais tu te sentiras mieux après. Je ne te demande pas de nager, juste de te mettre entièrement dans l'eau, chevelure comprise, et de ressortir te réchauffer auprès du feu.

N'ayant plus de force pour résister, Neala fit ce que sa grand-mère lui demandait. En plongeant un pied dans l'eau glacée elle se retourna vers sa grand-mère et la regarda d'un air implorant.

— Allez ! l'encouragea-t-elle.

Alors Neala se laissa couler dans la rivière. Elle ressortit au bout de quelques instants et, au bord de l'évanouissement, vint s'asseoir péniblement sur les peaux de mouton qu'Ama avait installées près du feu. Le vent avait cessé, on n'entendait que le craquement du feu et le clapotis de la rivière, aucun bruit d'animal ni d'humain.

— Je dois t'examiner et te soigner, dit alors Ama.

Elle fit alors allonger sa petite-fille et commença un examen minutieux. Neala était déjà couverte de bleus mais son bain dans la rivière avait effacé la plupart des traces de sang. Son dos était rempli d'entailles faites par le sol caillouteux, elle avait plusieurs côtes cassées, ses jambes et ses bras étaient aussi en piteux état mais ne semblaient pas fracturés. Seule sa main gauche avait énormément enflé, ce qui laissait présager une fracture. Au fur et à mesure, Ama nettoyait les plaies et appliquait des onguents sur les ecchymoses. Quand Ama voulut examiner son intimité, Neala eut un franc mouvement de recul.

— Allons, je sais que c'est désagréable et douloureux mais je dois m'assurer qu'en plus de t'avoir agressée, ce monstre de Dugal ne t'a pas mise enceinte.

— Quoi ? Non pas ça ! s'écria la jeune fille.

— C'est ce que je veux vérifier. S'il y a un risque alors tu utiliseras les plantes que je te recommanderai. Laisse-moi faire.

Alors Neala fit de son mieux pour se détendre et laisser Ama finir son examen. Une fois la vérification achevée, Ama regarda sa petite-fille avec un sourire malicieux.

— Aucun risque de grossesse, déclara-t-elle, convaincue.

Devant l'air interloqué de Neala, elle lui dit :

— Je vais t'expliquer.

Une fois réchauffées et correctement emmitouflées dans leurs peaux, les deux femmes quittèrent la berge de la rivière et se dirigèrent vers le village. C'est alors que les premiers flocons de neige se mirent à virevolter dans le silence environnant.

Arrivée dans leur foyer, Neala se coucha sur sa paillasse, dans la position la moins douloureuse pour ses côtes, sa main et ses nombreux hématomes et, bien protégée dans sa grande couverture de peaux de mouton, elle ferma les yeux.

Elle ne voulait plus réfléchir et encore moins revivre ces moments terribles de la journée. Elle aurait voulu s'endormir et se réveiller en pensant que ce n'avait été qu'un cauchemar mais les douleurs l'empêchaient de trouver le sommeil.

Brino s'était allongé auprès d'elle, anormalement silencieux, le visage triste, son pouce dans la bouche. Tout à coup Drennan arriva dans la cabane. Il était furieux, très agressif. Personne ne l'avait vu dans cet état.

— Est-ce vrai ce que l'on raconte au village ? J'espère que ce n'est pas le cas sinon je les tue de mes propres mains, lui et ses compères ! Neala, montre-toi ! hurla Drennan.

— Drennan, laisse-la, elle est épuisée et elle souffre beaucoup, expliqua Ama calmement.

— Alors c'est donc vrai ? Mais quels monstres peuvent faire une chose pareille ? S'attaquer ainsi à une jeune fille sans défense ! Je m'en vais les corriger !

— N'en fais rien, Collun s'en chargera. C'est à lui que revient cette charge et il est déjà au courant.

— Mais que s'est-il passé exactement ?

Alors Seena prit la parole :

— Neala allait seule à la rivière. En chemin elle s'est rendu compte que Brino la suivait donc elle a voulu le renvoyer au village. Mais désobéissant comme il est, ton fils a suivi sa tante en se cachant. Quand un peu plus tard il a compris qu'elle avait des problèmes, il a couru pour venir nous chercher. Nous avons fait aussi vite que possible mais Dugal s'était déjà acharné sur elle.

— J'espère que la punition de Collun sera à la mesure de cet acte abject. Et si ce n'est pas le cas je vous garantis que je leur ferai regretter cette ignoble attaque ! dit Drennan en serrant les dents.

Petit à petit, la maisonnée se calma et après quelques galettes avalées, tout le monde alla se coucher. Dehors, la neige continuait à tomber et la fine couche commençait déjà à amortir les bruits de l'extérieur, plongeant le village dans un épais silence.

Le lendemain matin, Neala n'essaya même pas de se lever. Tous ses membres la faisaient souffrir, les blessures dans son dos cuisaient et elle avait du mal à respirer tant sa cage thoracique était douloureuse. Son visage était tuméfié mais pire que tout, elle se demandait sans cesse pourquoi. Pourquoi elle, qu'avait-elle fait pour déclencher une telle colère, une telle agressivité de la part de Dugal ? Des questions culpabilisantes qui revenaient en boucle dans sa tête et qui étaient bien pires que la douleur physique qu'elle subissait.

Elle ne voulait rien avaler, ni parler ni bouger. Elle était comme morte.

Dans l'après-midi, Josi passa la voir. Seena l'avait vu plus tôt et lui avait expliqué ce qui s'était passé et la façon dont sa petite sœur était prostrée dans son silence et sa douleur. Josi s'assit près d'elle et de Brino, qui n'avait quasiment pas quitté sa tante depuis la veille. Neala ne leva même pas les yeux vers elle.

— Neala, je sais ce que tu vis, dit doucement Josi. J'ai vécu la même chose.

A ces mots Neala tourna légèrement la tête et regarda Josi.

— Te souviens-tu du soir de la fête d'union de ta sœur, quand je t'ai dit de ne pas traîner près des hommes qui n'étaient plus eux-mêmes ? J'avais une bonne raison pour te mettre en garde.

Alors, lentement, elle se mit à raconter.

— Je devais avoir à peu près ton âge. Je venais tout juste de saigner et je n'avais pas connu d'homme. Un jour, des gens des villages alentour sont venus pour célébrer le retour du printemps. Il avait été décidé cette année-là que notre village accueillerait la fête. C'était une très belle fête d'ailleurs, avec énormément de choses à manger. Et à boire aussi. Je ne me suis pas méfiée quand un groupe de trois hommes que je ne connaissais pas m'a suivie lorsque je rentrais chez moi. Ils m'ont attirée vers les bois pour je ne sais plus quel prétexte. Et là, ils m'ont... forcée, en me disant que si je résistais ou si je criais ils me tueraient. Ils m'ont fait très mal mais qu'est-ce que j'aurais pu faire ? Je n'étais pas assez forte pour me battre avec eux. Et de toute façon, les gens du village étaient eux-mêmes sous l'emprise de cette boisson, certains sont même passés à côté et personne n'a réagi. Alors j'ai serré les dents, et je n'ai rien dit, à personne, jusqu'à aujourd'hui.

Seena, qui s'était approchée, était atterrée.

— Comprends-tu maintenant pourquoi je ne veux pas de compagnon et pourquoi je veux quitter ce village maudit ? Je n'arrive pas à croire que ce soit mon propre frère qui t'ait fait ça ! ajouta-t-elle, pleine d'amertume.

Elle fut interrompue par l'arrivée dans la cabane de Mogan qui tenait dans ses bras une peau de mouton enroulée.

— Que fais-tu ici ? rugit Josi. Tu viens contempler ton œuvre ? Sors d'ici avant que je ne t'arrache les yeux !

— Laisse-le Josi, il a essayé de me défendre hier, dit Neala d'une voix faible. Regarde le bleu sur sa mâchoire, Dugal l'a frappé tellement fort qu'il l'a assommé. Approche, Mogan. Que veux-tu ?

Impressionné et à moitié rassuré, le jeune homme s'approcha de Neala, réalisant que c'était en fait la première fois qu'ils se parlaient. Josi s'écarta, lui laissant de la place.

— Neala, je voudrais m'excuser. Je m'en veux terriblement, dit timidement Mogan.

— Mais pourquoi ? Tu as été le seul à essayer de me défendre, et de ça je te remercie.

— J'ai fait preuve de faiblesse, et ce depuis longtemps, avec Dugal. Je me rends compte que je l'ai suivi dans ses actes de méchanceté. Oh d'abord ce n'était pas grand-chose, quelques réflexions, ricanements, vexations. C'était marrant, au début. Mais déjà ça, je n'aurais pas dû l'accepter. Je ne me suis jamais opposé à lui, jusqu'à hier. Il a toujours pensé que je le suivrais partout et dans tout. Mais hier, dès qu'il t'a bousculée, j'ai réalisé qu'il allait trop loin. Quand je me suis opposé à lui, ça l'a rendu fou. Et c'est avec cette folie qu'il s'est attaqué à toi. Je n'aurais jamais pensé qu'il fasse une chose pareille, je m'en veux de ne pas avoir réagi avant et aussi de ne pas avoir réussi à te défendre.

Un silence pesant s'installa.

— Si cette agression t'a permis de te réaliser tout ça, c'est déjà une bonne chose, dit doucement Ama.

— Il n'y a pas que ça, continua Mogan J'ai aussi compris que des hommes avaient la capacité de détruire physiquement des femmes. Et je n'ai pas envie de devenir un tel homme. Je veux protéger, et non pas détruire.

A ces mots, Josi se mit à le regarder avec surprise. Se pourrait-il que ce jeune homme soit différent de ceux qu'elle avait rencontrés jusqu'alors ? Que cette terrible attaque dont il avait été témoin lui ait fait prendre conscience que la brutalité de certains faisaient des dégâts irréparables ?

— Il n'y a pas que physiquement que des hommes peuvent détruire des femmes, murmura-t-elle en regardant le sol.

Interloqué, Mogan n'ajouta rien, mais se rappelant soudain ce qu'il avait dans les bras, il déballa la couverture et un minuscule museau en sortit, apeuré.

— Je l'ai trouvé ce matin près d'un arbre déraciné, dit-il en tendant un chiot beige orangé à Neala. Il est trop jeune pour être sevré, je ne sais pas pourquoi la mère l'a abandonné mais ce qui est sûr c'est qu'il ne survivra pas quelques heures de plus dans la neige. J'ai pensé que si tu arrivais à le nourrir et qu'il survivait, il te tiendrait compagnie.

— Est-tu sûr que la mère l'a abandonné et qu'elle ne va pas revenir le chercher ? demanda la jeune fille en attrapant le chiot.

— Oui, il n'y avait pas de traces fraîches dans la neige donc la mère n'était pas revenue depuis la veille au moins. Elle ne reviendra pas. Elle sait probablement qu'il est trop faible pour survivre, elle n'aura gardé que les plus vigoureux.

— C'est triste, dit Neala. Je vais faire ce que je peux pour le garder en vie. Merci Mogan d'avoir pensé à moi, c'est un très beau cadeau.

Josi regarda Mogan se lever et partir, intriguée par le comportement du garçon. Peut-être allait-elle réévaluer sa croyance selon laquelle tous les hommes étaient des brutes cruelles, après tout.

— Il faut nourrir ce chiot. Josi, viens-tu m'aider à trouver un peu de lait auprès des chèvres ? demanda Ama.

Neala prit le chiot tout contre elle, sous les yeux intéressés de Brino qui aurait bien voulu caresser le petit animal.

— Attends qu'il grandisse un peu et tu pourras jouer avec lui, promit Neala.

Puis elle ferma les yeux et reconsidéra les derniers événements.

D'abord Josi qui se confiait à elle, alors qu'elle avait été jusque-là si secrète et distante. Ensuite Mogan qui était venu s'excuser mais surtout, la vigueur retrouvée d'Ama.

En réfléchissant bien c'était incroyable : la veille, Ama avait tout juste la force de se lever. Puis quand cet atroce événement était arrivé, elle avait trouvé la force de venir, presque en courant, pour la sauver. Puis elle l'avait soignée près de la rivière, et après leur très longue discussion, elles étaient rentrées sous les flocons de neige et maintenant, elle allait chercher du lait pour le chiot ? Tout ceci était impensable. C'était comme si Ama, sous la violence de l'agression subie par sa petite-fille, avait rajeuni d'un coup.

En revenant, Ama obligea Neala à partager le bol de lait avec le chiot en lui disant qu'elle devait montrer l'exemple et reprendre des forces.

Neala s'assit tant bien que mal, mit un peu de lait sur son doigt et l'approcha du museau du chiot. D'abord effrayé, le chiot s'intéressa rapidement à ce liquide chaud et sucré et quand il comprit comment laper, il ne s'arrêta qu'une fois repu.

La jeune femme meurtrie se mit alors debout, engourdie par le froid et la douleur. En regardant au dehors elle vit qu'une épaisse couche de neige recouvrait tout, transformant totalement le paysage.

— Collun a prévu de réunir le village demain matin, expliqua Ama. Tu devras y être aussi.

Épuisée par l'effort qu'elle venait de fournir pour se lever et aussi par l'idée de ce qui l'attendait le jour d'après, Neala retourna s'allonger.

Le matin venu, tout le village était rassemblé devant la grande maison commune. Les visages, emmitouflés sous d'épaisses peaux qui les protégeaient des flocons de neige, étaient graves. Tout le monde savait ce qui s'était passé deux jours auparavant et tous savaient aussi que les conséquences seraient lourdes.

Collun s'avança vers eux, accompagné de près d'Ama.

— J'ai demandé à vous voir tous, malgré le froid et cette neige qui tombe sans interruption depuis deux jours. Il s'est passé des choses très sérieuses et il est grand temps de rappeler à tous quelques règles élémentaires qui sont le fondement de notre village. Approche, Dugal ! cria-t-il d'une voix forte et agacée. Vous aussi, Mogan et Tuder. Et toi aussi, Neala, je veux que tout le monde te voie.

La jeune fille se détacha lentement du groupe formé de sa sœur Seena, de son compagnon et de leurs enfants et vint se placer près d'Ama. Pour se donner du courage, elle avait emmené son chiot, bien protégé dans une fourrure qu'elle avait enroulée pour former un petit nid douillet.

Elle se retourna vers la foule. Elle avait décidé de ne plus se tresser les cheveux comme le faisaient les femmes du village. Son visage, encadré par une cascade ondulante auburn, était terrifiant. Un de ses yeux était à moitié fermé, toute la zone ayant viré au violet et même noir. Sa mâchoire était gonflée d'un côté et son front ainsi que ses joues étaient parsemées d'entailles et d'égratignures qui commençaient tout juste à cicatriser. Un murmure de désapprobation s'éleva dans l'assistance.

— Montre ton dos ! ordonna Collun.

Neala s'exécuta, elle se tourna et retira la peau de mouton qui couvrait ses épaules et descendit sa tunique jusqu'à la taille, gardant la fourrure contenant le chiot près de sa poitrine. Là, l'indignation fut totale.

— Mais comment a-t-on pu...
— Mais quel monstre...
— Pauvre fille, c'est terrible...

Son dos n'était qu'une superposition de bleus, hématomes et entailles plus ou moins profondes. Même Dugal, qui était sorti du groupe pour s'approcher de Collun, semblait horrifié.

Elle se rhabilla bien vite et se retourna de nouveau pour faire face à Collun, évitant soigneusement le regard de Dugal.

— Dugal, comment comptes-tu justifier un tel comportement ? explosa Collun.

Il était hors de lui. Il n'avait pas vu Neala jusqu'alors, il avait simplement écouté ce qu'on lui avait rapporté. Mais de voir la jeune fille dans un tel état l'avait rendu fou de colère.

— Ben je... Je ne voulais pas lui faire de mal, je voulais juste qu'on s'amuse un peu, répondit maladroitement Dugal.

— S'amuser ? Est-ce qu'elle t'a donné l'impression qu'elle s'amusait ? hurla Collun. Est-ce qu'elle s'amuse, là, avec toutes les blessures que tu lui as faites ? Réponds !

— Ben, non.

— Non quoi ?

— Non elle ne s'amusait pas. Mais je ne sais pas ce qui m'a pris, je ne me contrôlais plus. Je ne comprenais pas pourquoi elle me résistait.

— Mais d'où t'est venue l'idée qu'elle avait envie de la même chose que toi ? continua Collun sur ton toujours aussi fort.

— Ben je me suis dit que, comme en tant que Gardienne elle n'aurait pas de compagnon, elle voudrait sûrement connaître les relations entre hommes et femmes, avança doucement Dugal.

Un nouveau murmure de désapprobation s'éleva dans la foule.

— Mais lui as-tu seulement demandé son avis ? rugit Collun, outré. Qu'est-ce qui te donne le droit de décider pour les autres ?

Dugal comprit alors qu'aucune justification, aussi farfelue soit-elle, ne serait recevable. Il baissa les yeux vers le sol et attendit que Collun se calme. Celui-ci prit une grande inspiration et s'adressa à l'assemblée.

— Ce qui s'est passé est très grave. Mais cela me permet de vous rappeler à tous, concernant les relations intimes, les trois règles essentielles qui sont les bases de notre communauté.

Il laissa un silence pour accentuer l'importance de son discours à venir.

— Premièrement, à part entre compagnons unis, les relations entre les membres d'un même foyer sont formellement interdites. Pas de relations intimes entre parents et enfants, entre frères et sœurs. La Source de Vie interdit ces relations, la preuve c'est que les enfants nés de ces unions contre nature sont souvent malades et meurent en bas âge.

Nouveau silence, pour laisser aux villageois le temps d'intégrer ce rappel. Il reprit :

— Deuxièmement, les relations intimes avec les filles trop jeunes sont interdites aussi. Quand je dis trop jeunes, je ne parle pas uniquement des premiers saignements. Une jeune femme, pour avoir des relations intimes, doit avoir plus ou moins atteint sa taille adulte. Pour la simple et bonne raison que quand une femme tombe enceinte trop tôt, elle risque de ne pas pouvoir expulser le bébé et donc de mourir en couches. Cette règle, c'est juste du bon sens !

Il reprit son souffle et continua :

— Troisièmement, et c'est cette règle qui est en cause aujourd'hui, pour qu'il y ait relations intimes il faut que les deux soient d'accord ! Et ce n'est pas parce qu'une femme vous sourit qu'elle est d'accord ! Personne ne doit préjuger de ce que l'autre veut, ce doit être clair et sans interprétation possible. Et si ce n'est pas le cas, alors il ne s'agit plus de relations intimes, c'est une agression. Et ça, je ne le tolérerai pas dans notre village ! tonna-t-il alors que jusque-là, il avait employé un ton plutôt pédagogique. Il reprit :

— Notre village a été choisi par la Source de Vie pour édifier le plus magnifique des monuments, il y a bien longtemps de cela. Et c'est Ama, ici présente, qui a déterminé l'endroit où devait être érigé ce bâtiment. La construction principale est presque achevée maintenant. Mais cet édifice a pu se faire uniquement parce que tout le village, je dis bien tout le village, a apporté sa contribution. Les hommes en soulevant des pierres toujours plus lourdes, et les femmes en nourrissant tout le village. C'est uniquement par cette collaboration que nous pourrons atteindre notre but et honorer la Source de Vie. Et pour cela, nous avons besoin de toutes les énergies et il est hors de question de se disperser en querelles ou agressions. Nous devons rester unis et solidaires si nous voulons y arriver. Jusqu'à présent et depuis le début de la construction, la Nature a été généreuse avec nous, avec des récoltes abondantes et des enfants vigoureux. Mais tout ceci pourrait changer, tous se souviennent d'hivers rigoureux où les animaux ne pouvaient plus se nourrir à cause de la neige et mouraient de faim, et les hommes avec ! Et si vous avez besoin d'une preuve que la Nature rejette tout acte de malveillance, en plus à l'encontre de notre future Gardienne, il n'y a qu'à regarder l'épaisse couche de neige qui recouvre notre village, nos champs et les bois ! Et de ça je te rends responsable, Dugal ! Quant à vous, Mogan et Tuder, vous avez singulièrement manqué de courage pour n'être pas intervenus de façon plus efficace.

A ces mots, Mogan et Tuder baissèrent les yeux, honteux.

— Votre comportement, agressif pour l'un et trop passif pour les deux autres, a, d'une certaine façon, pris quelque chose au village. Vous allez devoir rendre au village en travaillant beaucoup plus que tout le monde. Dorénavant, en plus de vos tâches habituelles dans votre foyer, vous irez tous les jours sur le chantier, sous les ordres de Rudd notre chef de chantier. Rudd, j'attends de toi qu'après leur journée de travail, il leur passe l'envie d'attaquer les femmes !

A ces mots l'ambiance se détendit un peu, quelques-uns osèrent même un rire discret. Collun termina avec ces mots :

—Dugal, je pourrais te chasser du village pour ce que tu as fait. Je ne le ferai pas, parce que j'ai besoin de toutes les forces disponibles pour mener à bien notre mission. Mais sache qu'au moindre écart de conduite, je te chasserai sans préavis. Tu n'auras pas d'autre chance. Sache aussi que, même si tu es en âge de le faire, je ne t'autoriserai pas à prendre de compagne avant deux hivers, cela te laissera le temps de réfléchir sur ce que tu as fait. Et maintenant rentrez chez vous si vous ne voulez pas finir gelés !

La séance était levée. Les commentaires allaient bon train mais personne ne s'éternisa pour épiloguer sur le jugement de Collun. La neige continuait à tomber dru, Neala rentra au bras de sa grand-mère, son chiot délicatement serré contre elle.

— Il va falloir donner un nom à ce chiot, dit Ama en arrivant.

— Vu sa couleur, je pensais l'appeler Feu, répondit Neala.

— Très bien, bienvenue à Feu alors, annonça Ama.

Toute la famille se retrouva dans le logis pour partager leur repas. La matinée avait été longue et tous étaient frigorifiés, un bon bol de bouillon chaud fut très apprécié.

Deux jours plus tard, après une période de quasi hibernation pendant laquelle elle ne se leva que très peu et ne mangea presque rien, Neala décida que sa période de réclusion était terminée.

Elle se leva, s'habilla chaudement en insistant sur la protection de ses jambes et de ses pieds pour se protéger de la neige, démêla et coiffa longuement sa magnifique chevelure auburn de sa main valide, se couvrit d'une peau supplémentaire et sortit.

Son visage avait commencé à dégonfler et les ecchymoses avaient pris une couleur jaunâtre plus discrète. Les personnes qu'elle croisa la saluèrent avec un mélange de gêne et de compassion, tous furent en tous cas bien plus attentionnés et chaleureux qu'à l'accoutumée.

Elle prit la direction du chantier. Elle n'y était pas montée depuis plusieurs jours et elle avait hâte d'être auprès de cet imposant édifice qu'elle chérissait tant. La couche de neige était impressionnante, dépassant largement la hauteur des genoux. Et la neige tombait toujours.

En chemin, encouragée par l'air glacial qui l'aidait à clarifier ses idées, elle fit la rétrospective de ce qui s'était déroulé depuis plusieurs jours.

La faiblesse d'Ama d'abord, la dernière fois qu'elles étaient montées au chantier, l'avait énormément affectée. Puis cette agression, si injuste, lui avait amené tant de questions auxquelles elle ne pouvait répondre. Elle avait fini par lâcher prise, les choses étaient ainsi, elle n'était pas responsable.

Ce dont elle était certaine, c'est que le discours de Collun avait été bénéfique pour tout le village. Le comportement inacceptable de Dugal était aussi le résultat d'un certain laisser aller, rappeler régulièrement les lois était nécessaire et c'était le devoir de tous. Cette intervention avait aussi permis à Neala de réaliser que tout le village avait pris en compte ce qui s'était passé. Et la punition de Dugal était une forme de réparation pour ce qu'il lui avait fait subir.

Bien sûr elle n'oublierait jamais ce qui s'était passé, son corps commençait tout juste à se réparer. Mais viendrait le jour où il ne resterait que les cicatrices, certes sensibles, mais plus la douleur. Autant pour les blessures physiques que pour les blessures psychologiques, en tous cas c'est ce que lui avait promis Ama. Merveilleuse Ama, qui s'était précipitée pour la sauver, qui avait dépassé toutes ses faiblesses et son épuisement pour voler au secours de sa petite-fille et ensuite, réparer les dégâts du mieux qu'elle pouvait.

En pensant à tout ceci, Neala sentit son visage se détendre et l'ébauche d'un sourire apparaître. Malgré le froid, elle sentait son cœur et son esprit se réchauffer. Ama, Seena, Brino, Josi, Mogan et maintenant Feu qui était resté collé à elle depuis qu'elle l'avait accueilli et qui avait gémi quand elle avait quitté le foyer ce matin, tous ces êtres qui lui avaient témoigné de l'affection, elle sentait ces vibrations d'amour qui la mettaient en joie.

Lorsqu'elle arriva en haut de la colline, son sourire rayonnant éclaira les hommes qui travaillaient dans le froid et l'humidité de la neige. Tous la saluèrent, à commencer par Rudd qui lui dit combien il était content de la voir.

Elle fut très surprise d'un tel accueil de la part d'un homme habituellement taciturne et renfrogné. Elle le remercia chaudement puis vint se placer devant la pierre couchée si richement ornée de ces magnifiques spirales.

Elle retira la peau qui recouvrait ses cheveux, laissant les flocons de neige se poser dessus, leva ses deux mains au ciel et ferma les yeux, orientant son visage vers le ciel.

Tous les hommes cessèrent le travail et l'observèrent.

Alors, lentement, les nuages s'écartèrent pour laisser passer un très timide rayon de soleil, qui devint de plus en plus franc. Le visage inondé de soleil, Neala sentit les larmes de purification couler sur son visage et soudain, enfin, la neige cessa de tomber.

Chapitre 3

Mûrir

Près de deux années s'étaient écoulées depuis ces événements.

Le village avait repris le rythme des saisons et chacun son rôle, ses activités.

Neala avait maintenant atteint sa taille adulte, même si elle était restée plutôt petite et mince.

Elle gardait sa longue chevelure étincelante détachée. Ainsi libérée, sa crinière ondulante, flottant dans les airs, accompagnait sa démarche légère. Désormais offerts aux éléments naturels, ses cheveux s'étaient décolorés avec les rayons du soleil et, d'un ton auburn foncé au départ ils s'étaient éclairés de reflets orangés flamboyants.

Sa silhouette, si particulière et unique, était connue et reconnue de tous. Elle était toujours suivie de près par son fidèle magnifique chien, Feu, dont le poil était à peine un peu plus clair que les cheveux de sa maîtresse.

Elle avait peu à peu pris sa place de Gardienne du Passage. Ama s'était très vite affaiblie après l'agression dont avait été victime sa petite-fille.

Si au moment même elle avait montré une force et une énergie impressionnantes, elle avait ensuite rapidement décliné.

De tout l'hiver de l'agression, elle n'était pas montée jusqu'au chantier, laissant à Neala le soin de surveiller la construction, lui expliquant ce qui devait être vérifié, les alignements des pierres à respecter.

Au printemps suivant, les travaux s'étaient fortement ralentis, les cultures étant la priorité à cette période. Ama avait réussi à grimper deux fois, au prix d'un immense effort. Puis la période des récoltes était arrivée, occupant tout le village.

La saison froide était très vite revenue et Ama avait demandé, un matin d'hiver, à visiter le chantier. Comme elle était incapable de faire le trajet, Neala avait demandé à quatre des hommes les plus robustes de porter Ama sur une litière faite de branches attachées par de fins liens de cuir.

Ils étaient partis avant le lever du jour, par un vent glacial, suivis de près par le fidèle Feu qui ne quittait jamais sa maîtresse.

En arrivant au sommet, Ama avait constaté que le temps était toujours couvert, comme depuis plusieurs jours, et qu'aucun rayon de soleil ne se montrerait avant des heures. Alors elle avait demandé à Neala de l'accompagner dans le passage couvert, entre les immenses pierres dressées.

En s'enfonçant dans le passage étroit, Neala avait eu une étrange sensation, encore plus glaciale que le vent qui soufflait au dehors. Quand elles furent arrivées dans la chambre en forme de croix et au plafond si haut, Ama avait eu ces mots :

— Quand je passerai de l'autre côté, je te demande de brûler mon corps et de mettre mes cendres dans cette chambre, auprès de cette vasque. Et je te demande de le faire à l'aurore du jour le plus court de l'année, quel que soit le jour où je vais mourir.

— Bien, Ama, avait répondu Neala, résignée.

Depuis ce jour-là, Ama s'était comme libérée d'un poids.

Elle s'était peu à peu laissée glisser dans la déchéance, autant physique qu'intellectuelle. Elle restait allongée des jours entiers sans bouger, se nourrissant à peine, communiquant très peu. Les seuls moments où elle avait fait l'effort de se lever, les mois suivants, avaient été quand on était venu la chercher pour accompagner un villageois sur le point de mourir. Alors elle s'allongeait auprès du mourant, psalmodiant et murmurant des heures durant, jusqu'au moment où la personne poussait son dernier soupir. Bien-sûr Neala l'avait assistée pour chacune de ses visites, proposant une décoction pour soulager la personne quand elle le pouvait.

Mais ce matin-là, en se réveillant, Neala sentit que quelque chose avait changé. Elle s'approcha d'Ama et ne put entendre qu'un râle discret et laborieux et non pas la respiration profonde et régulière à laquelle elle était habituée. Essuyant ses larmes d'un revers de la main, elle comprit que le moment tant redouté n'était pas loin.

Oh bien sûr elle s'était faite à l'idée qu'un jour Ama passerait de l'autre côté, c'était de toute façon ce qui arrivait à tous. Mais il y avait une énorme différence entre la vision pragmatique du monde, que Neala comprenait parfaitement et selon laquelle tous les êtres vivants mouraient un jour, et la perspective de la perte d'Ama, sa grand-mère bien aimée, Gardienne de leur village et surtout, la personne qui lui avait tout enseigné, tout transmis, qui l'avait protégée depuis le jour de sa naissance.

Neala réveilla doucement sa sœur Seena qui dormait auprès de Drennan, son compagnon, et de leurs deux enfants, Brino et Milen.

— Seena, je crois qu'Ama ne va pas bien, murmura Neala.

Seena se leva sans bruit et vint se placer près d'Ama.

— Elle a du mal à respirer en effet, constata Seena, ne peux-tu pas lui donner une décoction pour lui dégager le souffle ?

— Elle n'a rien bu depuis hier et elle n'a rien mangé depuis trois jours. Je crois que c'est la fin, Seena.

— Mais enfin, ce n'est pas possible ! On doit pouvoir faire quelque chose pour l'aider !

— Oui, on va rester près d'elle et l'accompagner de l'autre côté.

— Mais non, je ne peux pas rester à côté sans rien faire ! Elle a peut-être seulement pris froid, elle va se remettre !

— Seena, je vois bien que tu ne veux pas accepter, mais il faut se rendre à l'évidence, Ama va mourir.

— Tu dis n'importe quoi ! C'est parce que tu as l'habitude de ton rôle de Gardienne que tu voudrais que tout le monde meure autour de toi !

— Mais penses-tu vraiment que je me réjouisse du constat que je suis en train de faire ? Enfin Seena, je suis aussi triste que toi ! Mais je vois bien ce qui est en train de se passer, je ne ferme pas les yeux et je sais que tout ce qu'on peut faire c'est être là, avec elle, et l'aider à passer de l'autre côté.

— Je ne veux plus écouter tes bêtises !

Sur ces mots, Seena attrapa brusquement ses deux enfants et sortit.

Neala resta seule auprès d'Ama. Elle s'installa près de sa paillasse, posa délicatement sa main sur le frêle avant-bras de la vieille dame et lui murmura doucement :

— Ama, je sais que tu souffres et que tu es épuisée. Tu as accompli ta mission parmi nous, tu t'es occupée de notre mère, puis de nous, tu as aussi été la Gardienne de tout notre village pour plusieurs générations. Grâce à toi, notre village est en train de finaliser un magnifique édifice à la gloire de la Source de Vie. Tu peux être fière de tout ce que tu as fait. Mais même si cela me rend extrêmement triste de le dire, je crois que le moment du passage est proche pour toi, et je veux vivre ce moment avec toi, t'accompagner comme tu l'as fait pour moi depuis le jour de ma naissance. Je vais rester auprès de toi le temps qu'il faudra.

Le visage inondé de larmes, Neala s'assit en tailleur et commença à fredonner une litanie qu'elle avait souvent entendue lors de ses séances d'accompagnement avec Ama. Feu s'installa auprès d'elle.

La respiration de la vieille dame se calma, devenant moins laborieuse et plus régulière. Neala devina qu'elle s'était endormie, elle continua son murmure, à peine audible, en se balançant très légèrement d'avant en arrière, ce qui l'apaisait.

Un long moment passa avant que Seena ne réapparaisse.

Quand elle pénétra dans la cabane elle fut d'abord très inquiète du silence qui régnait mais elle se rassura dès que Neala lui dit qu'Ama dormait.

— Tu vois, dit Seena, sa respiration n'est plus saccadée, il n'y a plus ce râle que l'on entendait ce matin. Elle va mieux, elle aura même probablement faim et soif quand elle se réveillera.

Neala n'ajouta rien, concentrée sur sa méditation et ne voulant pas ôter l'espoir de sa sœur.

Dans la soirée, Ama commença à bouger. Seena se précipita pour lui proposer un bouillon et Ama trempa ses lèvres dans un bol de céramique rempli d'un breuvage tiède. Ce geste remplit Seena d'espoir et elle chercha à entrer en contact avec le regard de Neala mais celle-ci ne leva pas les yeux. Elle connaissait trop bien les étapes qui précédaient la mort.

Souvent, les personnes agonisantes avaient, peu de temps avant leur décès, un sursaut de lucidité, ce qui rendait les espoirs les plus fous à leur entourage.

Mais la plupart du temps, ces quelques moments d'amélioration étaient le préambule de la dernière phase avant le passage dans l'autre monde.

En effet après s'être hydraté les lèvres, Ama se mit à parler. Ses mots étaient chevrotants, elle les prononça presque dans un soupir :

— Mes filles… le passage est proche pour moi… et sachez que je ne suis… ni triste… ni inquiète. J'ai fait… ce que j'avais à faire. Je suis maintenant fatiguée… j'ai vécu bien plus longtemps que… la plupart des gens. Je vous ai appris… ce que je savais et… je vais retourner… à la Source de Vie. Neala, je te demande… de faire brûler mon corps et… de mettre mes cendres… dans cette magnifique… allée de pierres qui mène… jusqu'au centre du bâtiment.

— Brûler ton corps ? Mais Ama, personne n'a fait ceci au village ! s'exclama Seena, abasourdie.

— Je sais, mais c'est nécessaire... pour intensifier la connexion... entre cet édifice et la Source de Vie. Neala, je te demande de le faire... le matin du jour où le soleil se lève le plus tard... c'est très important. Pour ceci tu devras utiliser... les marques qui ont été faites... là-haut sur la colline.

— Bien Ama, je ferai ce que tu me demandes, promit Neala.

Là-dessus, Ama sourit furtivement puis referma les yeux. Seena observait la scène sans mot dire. Elle ne pouvait se résoudre à ce qu'elle entendait.

— Mais enfin pourquoi parle-t-elle de deuil ? Elle va mieux, elle ne va pas mourir ! s'exclama-t-elle.

Neala ne prit pas la peine de la contredire, elle ferma les yeux aussi et reprit son balancement régulier auprès de sa grand-mère.

A la nuit tombée, le souffle d'Ama se fit plus court et les râles reprirent. Seena s'approcha, regarda sa sœur d'un air interrogateur. Mais il n'y avait rien à ajouter. Au fond d'elle-même, Seena savait très bien ce qui se passait. Elle s'assit quelques instants près d'Ama.

— S'il y a des choses que tu veux lui dire, c'est le moment, lui suggéra Neala.

Elle en profita pour se lever quelques instants pour se dégourdir les jambes puis revint prendre son poste. Seena s'était déjà éloignée, le visage baigné de larmes. Neala caressait doucement la main d'Ama, au son mélodieux d'une tranquille chanson douce. Puis tous finirent par s'endormir, malgré les râles qui devenaient de plus en plus forts.

Au petit matin, Neala s'éveilla en sursaut, allongée près d'Ama. Le silence était assourdissant. Il dura quelques secondes puis le râle d'Ama déchira le calme de la maison. C'était comme si elle essayait de respirer sous l'eau. Des gargouillis parvenaient jusqu'aux oreilles de Neala, terriblement inquiétants, presque surnaturels.

Pour avoir assisté à beaucoup de décès malgré son jeune âge, la jeune fille savait que la fin était proche. Certains signes ne trompaient pas. Malgré les épaisses fourrures qui la recouvraient presque entièrement, Ama avait les mains glacées. Son souffle laborieux était de plus en plus superficiel, moins efficace, ses forces l'abandonnaient.

Neala trempa une peau d'agneau dans un bol et essaya d'humecter les lèvres de sa grand-mère mais elle n'obtint aucune réaction. Combien de temps cela allait-il durer ? Quelques instants ? Une journée ? Quelques jours ?

Neala avait remarqué que si certaines étapes vers le passage étaient communes à toutes les personnes, les durées pouvaient énormément varier. Il fallait juste attendre patiemment que la mort, inexorable, décide du moment qu'elle avait choisi.

La jeune fille se leva un court instant, sortit prendre un peu d'air frais puis retourna reprendre sa longue prière chantonnée. Seena avait emmené ses enfants chez une voisine et Drennan était parti sur le chantier de la colline, le cœur lourd car il savait qu'il ne reverrait probablement pas Ama vivante.

Au milieu de la matinée, le souffle d'Ama se ralentit, devint très irrégulier, avec de longues pauses. Plusieurs fois Neala pensa que c'était terminé, mais le souffle repartit, erratique. Jusqu'au moment où le silence total se fit. Ama était passée de l'autre côté.

Neala patienta un long moment auprès du corps d'Ama, sachant que le passage n'était pas instantané. Le rôle de la Gardienne était justement de s'assurer que la personne passait en toute sécurité de l'autre côté.

Elle entama une longue méditation d'accompagnement dans laquelle elle se visualisait, tenant la main d'Ama, le long d'un chemin sombre au bout duquel elles apercevaient une source lumineuse. Là, Ama s'approcha de la source étincelante et, se retournant, fit un grand sourire de gratitude à Neala avant de se dissoudre dans la source de lumière. Neala s'en retourna, seule, triste mais apaisée, et revint petit à petit dans la réalité du présent.

Quand elle ouvrit les yeux, elle comprit qu'un long moment s'était déjà écoulé depuis la mort d'Ama. Seena était là, ainsi que Drennan, Collun et sa compagne Adna. Tous étaient assis autour du corps d'Ama.

— Elle est partie, dit simplement la jeune fille. Collun, Ama a demandé que l'on brûle son corps puis qu'on mette ses cendres dans l'édifice, un jour bien précis. Acceptes-tu ?

— Bien-sûr, Gardienne, il sera fait selon sa volonté, dit gravement Collun après un temps de réflexion.

Gardienne ? Collun l'avait appelée Gardienne ? Neala avait sursauté à cette appellation. Elle n'avait toujours pas réalisé que le décès de sa grand-mère la propulsait dans son nouveau statut. Elle n'était pas prête, trop jeune, trop triste, trop peu expérimentée… Tout ceci était trop lourd à porter.

Et pourtant, avait-elle le choix ?

Tout le monde attendait ses instructions, malgré son jeune âge, c'était désormais elle, l'experte du Passage. Comme le lui avait dit Ama un jour, l'expert n'est pas celui qui sait tout, c'est celui qui en sait un peu plus que les autres ! Elle se leva donc, prit une profonde inspiration et s'adressa aux personnes présentes, d'une voix claire et posée :

— Je vais rester veiller le corps d'Ama cette nuit. Ceux qui le désirent pourront rester un moment, tant qu'ils voudront. Demain à la fin de la journée, nous transporterons son corps sur la civière qu'elle utilisait pour aller sur la colline, puis nous ferons brûler son corps sur un grand feu qui aura été préparé auparavant, à la lisière de la forêt, près de l'endroit où sont enterrés nos proches. Tous ceux qui le souhaitent sont invités à venir mais personne n'est obligé. Il n'est pas dans nos rituels d'incinérer nos morts et je comprends que cela vous surprenne mais Ama le voulait ainsi.

Attendant que quelques commentaires à voix basse finissent d'être échangés, elle reprit :

— Ensuite je calculerai le jour le plus favorable pour disperser les cendres d'Ama dans le passage du monument comme elle l'a demandé. Je vous informerai dans deux jours de la date prévue. Pour cette cérémonie tout le village sera invité à participer. Ce sera l'occasion de se familiariser avec notre magnifique édifice. Les travaux ont bien avancé, tout le monde a, à sa façon, participé à cette construction. Ama aurait probablement souhaité une grande cérémonie pour cette inauguration, nous lui rendrons cet hommage tous ensemble.

— Doit-on prévenir les villages environnants ? demanda Collun.

Neala réfléchit un instant avant de se prononcer :

— Oui, c'est une bonne idée. Beaucoup d'hommes des villages alentour ont participé à la construction, soit directement sur le chantier, soit en partageant des outils ou des techniques pour la taille des pierres. De plus, tout le monde connaissait et appréciait Ama et je suis certaine que beaucoup souhaiteraient l'accompagner dans ce dernier voyage.

— Très bien, je les préviendrai.

— Merci, Collun.

Épuisée, la jeune fille se rassit près de la dépouille d'Ama. Elle n'avait presque rien mangé ces deux derniers jours et s'adresser à cette petite assemblée fut son ultime effort de la journée. Seena lui apporta une galette de blé ainsi que quelques morceaux de viande séchée. Neala prit la galette mais refusa la viande. Elle but quelques gorgées de bouillon puis s'allongea pour la dernière nuit près de sa grand-mère bien aimée.

Dès le lever du jour, elle commença les préparatifs pour l'incinération. Elle habilla délicatement Ama de sa longue tunique de cérémonie, en cuir d'agneau très fin et très clair. La vieille dame avait énormément perdu de forces ces derniers temps, elle n'avait plus que la peau sur les os et ne pesait presque rien. Neala prit toutes les précautions du monde pour procéder à l'habillement, les membres d'Ama semblant tellement fragiles que la jeune fille avait peur de les briser en les manipulant.

Ensuite, Neala entreprit de peigner et tresser les longs cheveux blancs emmêlés. La tâche ne fut pas aisée mais la jeune femme était contente du résultat. Elle ajouta le collier préféré d'Ama, composé de perles de céramique et de coquillages sur un très fin lien de cuir. Elle attacha une lanière de cuir tressé autour de la taille en guise de ceinture. Enfin, elle recouvrit le corps d'une couverture faite de peaux de loups assemblées entre elles.

Puis la jeune fille décida qu'il était temps de préparer la deuxième phase des obsèques.

Bravant le vent glacial qui s'était levé, elle alla voir Juni qui vivait quelques cabanes plus loin, et lui demanda de l'argile afin de confectionner un grand plat. Juni était une experte dans la confection de céramiques, elle faisait des plats, des bols et des contenants de toutes tailles, pour tous les usages mais surtout d'une régularité impressionnante. Chacune des pièces qu'elle fabriquait était une œuvre d'art.

Neala lui expliqua ce qu'elle souhaitait faire et Juni prit le temps de lui expliquer les rudiments de la céramique. Puis Neala se mit à l'ouvrage et bientôt, le tas de boue qu'elle avait devant elle se transforma en un grand plat arrondi, certes moins régulier que ceux de Juni, mais tout de même acceptable.

Avant de le mettre à cuire dans le grand foyer à demi couvert prévu à cet effet, Neala entreprit de décorer son plat d'un ensemble de motifs géométriques. Elle passa un long moment à sculpter des motifs et symboles dans l'argile fraîche, complètement absorbée dans sa tâche. Quand elle considéra que le plat était terminé, Juni le contempla, bouleversée :

— Je n'ai jamais rien vu de tel, c'est magnifique ! D'où t'es venue l'idée de faire de tels dessins ?

— Je ne sais pas, j'ai laissé faire mes mains, probablement ont-elles été guidées par Ama, répondit simplement Neala.

Elles mirent le plat à cuire et Neala prit le chemin de l'orée du bois, là où l'incinération avait été prévue.

Là, Collun, Drennan et d'autres hommes avaient amassé un grand tas de bois et ils étaient en train de disposer les grosses branches afin de préparer un large bûcher. La nuit n'allait pas tarder à tomber, tout était maintenant prêt.

Neala retourna dans son foyer, accompagnée de quatre hommes dont Drennan. Ils installèrent le corps d'Ama sur la litière qu'elle avait utilisée pour sa dernière visite au chantier.

Neala prit soin de recouvrir le corps à l'aide de la fourrure de loups tout en laissant le visage dégagé. Les quatre hommes soulevèrent la litière sans difficulté et la portèrent, suivis du grand chien, jusqu'au bûcher où ils la déposèrent respectueusement. Collun avait informé les villageois et la grande majorité des adultes se trouvaient là, auprès du bûcher.

Le vent était tombé en même temps que la nuit. Il faisait très sombre, seule la lueur de la torche que portait Collun éclairait les visages les plus proches. Sur ceux-ci on pouvait lire un mélange de tristesse et d'inquiétude. Personne au village n'avait jamais assisté à une incinération, chacun se demandait s'il serait capable de supporter la vue d'un corps humain en train de brûler.

Collun s'approcha de Neala et lui tendit la torche, en effet il lui avait été évident que c'était à elle d'allumer le bûcher.

La jeune femme fit un signe à sa sœur, celle-ci détourna le regard et alla se cacher derrière son compagnon Drennan. Seena n'aurait pas supporté de participer à cette mise à feu, la terreur se lisait clairement sur ses traits.

Neala n'ajouta rien et se dirigea vers le bûcher avec sa torche. Elle enflamma le tas de bois en plusieurs endroits et bientôt un immense brasier se mit à crépiter.

Contrairement à ce qu'avaient craint les villageois, on ne voyait pas grand-chose du corps qui brûlait. De plus, la chaleur dégagée par le brasier était plutôt bienvenue, par ce froid glacial.

Ce que Neala n'avait pas prévu, c'était l'odeur qui accompagnait la crémation. Une odeur âcre de chair grillée et de poils de fourrure brûlés qui lui soulevait le cœur. La plupart des gens n'y prêtèrent guère attention, habitués aux odeurs de viande grillée qui composaient une grande partie de leurs repas. Mais Neala n'avait jamais eu d'attirance pour la viande d'une manière générale, elle préférait largement les plats à base de céréales, poissons et laitages divers. Et aujourd'hui plus que jamais, cette odeur de chair calcinée lui révulsait l'estomac.

Cependant elle ne fit aucun commentaire, elle s'assit simplement près du brasier avec son chien Feu, assez près pour en ressentir la chaleur mais à l'abri des fumées étouffantes. Certains villageois l'imitèrent mais la plupart, dont sa sœur, quittèrent les lieux et rentrèrent chez eux. Elle se mit alors à fredonner un air doux et mélancolique, telle une longue prière répétée à l'infini.

Quand il ne resta que des braises, Neala sortit de sa transe musicale et prit le chemin de son foyer.

Le lendemain, après une nuit de sommeil agité, la jeune femme passa chez Juni récupérer le plat confectionné la veille, que la cuisson avait rendu encore plus beau, et retourna près du brasier.

Il ne restait pas grand-chose, à part quelques bûches non entièrement consumées et un gros tas de centres au milieu. Neala entreprit de ramasser la couche superficielle de cendres à l'aide d'un bol pour la mettre dans le grand plat. Avec les cendres, elle attrapa quelques fragments d'os calcinés ainsi que quelques perles du collier d'Ama qui avaient résisté au feu.

Elle avait parfaitement conscience que tout ceci était symbolique et qu'il n'était pas question de récupérer l'intégralité des cendres d'Ama. De toute façon celles-ci étaient intimement liées aux cendres des bûches.

Neala comprit à ce moment-là que quelle que soit la forme, le corps retournait à la terre, qu'il soit calciné ou non. Et ensuite, est-ce que les corps nourrissaient la terre, afin que celle-ci puisse à son tour nourrir les végétaux qui nourriraient les animaux ?

Complètement plongée dans ses réflexions, Neala n'entendit pas Collun qui s'approcha du bûcher. Elle sursauta en l'entendant.

— Neala, peux-tu me dire quand aura lieu la cérémonie dans le passage de l'allée couverte ? Je voudrais informer les villages alentour dès que possible.

— Je dois vérifier les marques et les alignements d'abord, je te le dirai dès ce soir.

— Très bien, répondit Collun en partant.

Après avoir mis le plat contenant les cendres à l'abri dans la cabane, Neala entreprit la montée de la colline. Elle n'était pas venue depuis plusieurs jours et dès son arrivée elle remarqua le changement.

Les hommes, en préparation de la cérémonie, avaient nettoyé la clairière des débris de cailloux qui la jonchaient auparavant. L'entrée était parfaitement propre, sa majestueuse pierre couchée était dégagée de tous gravats.

Même si Neala savait qu'il faudrait encore des années pour finaliser le monument, celui-ci donnait l'impression d'être prêt, paré à recevoir les restes de celle qui l'avait conçu.

Le cercle de pierres contiguës qui le délimitait montrait qu'elles étaient maintenant parfaitement positionnées. Les pierres plates enchevêtrées qui formaient le plafond étaient partiellement recouvertes de terre. Entre l'allée couverte et la bordure de grosses pierres se trouvait dorénavant une quantité phénoménale de terre mêlée à des roches, cette couche épaisse dépassait largement la hauteur d'un homme.

Cependant Neala avait discuté très souvent avec Ama pour savoir exactement quelle hauteur de remblai manquait encore pour déclarer l'édifice complet. Et la tâche était loin d'être terminée.

En attendant, n'importe quelle personne qui viendrait sur le chantier pour la première fois serait complètement abasourdie par la démesure de ce bâtiment. Rien de tel n'existait aux alentours, Neala en était certaine. Ama avait vraiment eu un incroyable génie, de faire sortir un tel édifice de son imagination. Et évidemment, les hommes qui l'avaient réalisé n'étaient pas en reste.

En s'approchant de l'entrée du passage, Neala tomba sur Dugal qui achevait de déplacer quelques pierres. Elle lui fit un signe de tête pour le saluer, signe auquel il répondit à peine. Depuis l'agression qu'il avait commise deux ans auparavant, ils avaient limité leurs échanges au strict minimum.

Dugal s'était énormément investi dans la construction du bâtiment. Comme Collun l'avait demandé, il y avait passé toute son énergie et petit à petit, au contact des pierres et des autres hommes du village, il s'était assagi et avait transposé toute sa force destructrice dans la réalisation du bâtiment.

Au début personne ne lui adressait la parole, il était isolé de tous, même de ses deux comparses qui autrefois le suivaient partout. Puis petit à petit, tous avaient constaté les efforts qu'il faisait pour faire avancer la construction. Il ne se plaignait jamais, toujours volontaire pour les tâches les plus dures ou les plus dangereuses. Les hommes apprécièrent ce changement de comportement et il fut accepté au sein du groupe. Néanmoins une certaine réserve était toujours là, personne n'ayant oublié les événements passés.

Si ces événements avaient signé la mise au ban de Dugal, ils avaient toutefois, étrangement, permis à sa sœur Josi de retrouver confiance dans les hommes.

En effet elle avait été très touchée du témoignage de Mogan le lendemain de l'agression de Neala. Les deux jeunes gens s'étaient peu à peu rapprochés et Josi avait confié à Mogan la traumatisante agression dont elle-même avait été victime.

Le jeune homme avait montré beaucoup d'empathie pour la jeune femme et, gagnant sa confiance un peu plus chaque jour, il lui avait fait part de son désir de devenir officiellement son compagnon. D'abord effrayée, Josi avait refusé puis, encouragée par ses amies, elle avait fini par accepter à la seule condition qu'ils quittent le village. Josi avait toujours exprimé son désir de quitter son village natal et de voir du pays, Mogan ne s'y était donc pas opposé. Voilà donc quelques mois qu'ils s'étaient unis et qu'ils étaient allés s'installer dans un village proche de la mer, non loin de là.

Pour Dugal en revanche, pas d'union en vue. D'une part, Collun le lui avait interdit et d'autre part, même si quelques jeunes femmes du village lui témoignaient de l'intérêt, il ne semblait pas prêt. Ces longues journées de travail en solitaire, pendant lesquelles il s'était retrouvé face à lui-même, lui avaient fait réaliser à quel point son comportement déviant pouvait être dangereux, pour lui-même et pour les autres.

Ce n'était d'ailleurs pas un hasard s'il acceptait les tâches les plus dangereuses. Quelque chose au fond de lui le poussait vers ce danger, cet interdit, cette poussée d'adrénaline qui lui donnait tant de plaisir et qui le faisait se sentir vivant. Mais il ne voulait plus que les autres en fassent les frais. Il se tenait donc relativement isolé de ses semblables. Quant à Neala, elle lui faisait tout simplement peur, donc il l'évitait autant que possible.

Dès qu'il la vit s'approcher, après lui avoir rendu son salut de la tête, il s'éloigna vers une autre tâche.

Laissant Feu, son grand chien fauve, à l'entrée, la jeune femme pénétra dans le passage sombre et, à l'aide d'une torche, atteignit la chambre en forme de croix. Dans le fond se trouvait l'énorme vasque taillée dans une roche dure.

De là elle observa un moment le passage en direction de la sortie. D'ici on n'apercevait pas l'extérieur. Comment tout cela allait se réaliser ? Serait-il possible qu'Ama se soit trompée ? En proie à de violents doutes, Neala marcha en direction de la sortie et retrouva Feu qui l'attendait sagement.

Là, elle vérifia les marques gravées sur les instructions d'Ama quelques années auparavant sur diverses pierres. Le soleil, qui avait fait une timide apparition, était à son point le plus haut de la journée, ce qui était parfait pour vérifier les ombres et confirmer les calculs.

Satisfaite, Neala reprit le chemin vers le village et annonça à Collun que la cérémonie aurait lieu à l'aurore, dans trois jours.

Le chef du village acquiesça sans poser de questions, il y avait bien longtemps qu'il avait cessé de chercher à comprendre les calculs cosmiques, solaires ou lunaires qui déterminaient les dates des grands événements du village. Pour tout ceci il s'en remettait complètement aux Gardiennes et à leur savoir ancestral qui se transmettait entre elles, et uniquement entre elles. Il avait comme principe « chacun sa spécialité », et il appliquait à la lettre ce principe.

Il rassembla trois autres hommes et ils partirent immédiatement pour informer les villages les plus proches et les inviter à la cérémonie qui ferait office d'inauguration de l'édifice.

La jeune femme, de son côté, rentra chez elle pour démarrer les préparatifs de la célébration.

Trois jours plus tard, la nuit commençait tout juste à abandonner sa lutte contre le jour quand Neala entreprit de gravir le chemin vers la colline.

Elle avait vêtu la longue tunique de cérémonie en cuir d'agneau qu'Ama lui avait offerte quelques mois auparavant.

Sur ses épaules, elle avait ajouté une peau de renard roux dont la queue et les pattes descendaient sur sa poitrine. Elle avait longuement peigné ses cheveux la veille, ils étaient brillants et ondulaient tels une cascade de feu sombre. Elle portait d'une main le grand plat contenant les cendres et de l'autre une torche pour éclairer son chemin dans la pénombre. Feu la devançait de quelques pas, connaissant exactement leur destination.

Arrivée dans la clairière elle s'arrêta un instant. Le moment était magique : le jour commençait tout juste à poindre à l'est, on pouvait encore apercevoir les étoiles dans le ciel, du bâtiment on ne distinguait qu'une masse sombre et terriblement imposante, l'endroit était complètement désert et le silence, total.

Après quelques instants de contemplation immobile, Neala reprit sa route. Tout devait être prêt pour la cérémonie.

Laissant sa torche et son chien devant l'entrée, elle s'aventura, après une brève prière silencieuse, dans le passage. Là, très lentement, entièrement concentrée sur sa tâche et sans aucune distraction physique ou mentale, elle entreprit de disperser quelques poignées de cendres dans l'allée bordée des immenses pierres. Elle maintint ses yeux fermés pendant toute l'opération, se dirigeant uniquement avec son instinct et sa mémoire.

L'opération dura un long moment et durant tout ce temps, Neala s'efforça de rentrer en connexion avec l'esprit de sa grand-mère et d'une façon plus globale, avec la Source de Vie.

Arrivée dans la chambre en forme de croix, elle posa le plat contenant le reste des cendres dans la grande vasque de pierre et prit place derrière la vasque, face à l'entrée du passage. Là elle s'assit en tailleur et poursuivit sa méditation. Totalement absorbée, elle ne prit pas garde aux bruits extérieurs dus à l'arrivée massive des villageois. Seul comptait le mantra qu'elle répétait en continu dans sa tête : « je suis la Source de Vie, je suis la Source de Vie… »

Soudain elle ouvrit les yeux, frappée par le changement de luminosité qui venait de se produire. Quelques secondes auparavant tout était sombre dans le passage. Et là, miraculeusement, un rayon de soleil venait d'apparaître sur la terre battue du passage. Lentement, ce rayon avança, avança jusqu'à Neala et vint frapper la vasque qui se trouvait devant elle. Ivre de joie, Neala se dirigea vers l'extérieur et là, aperçut une immense foule de personnes qui attendait, silencieuse, les visages graves et interrogatifs. Parmi cette foule, beaucoup de visages étaient inconnus.

Arrivée devant l'entrée du passage, Neala leva ses bras au ciel, magnifique dans la lumière du soleil avec ses cheveux étincelants, elle s'écria :

— La Source de Vie s'est manifestée ! Elle a reconnu nos efforts dans la construction de ce bâtiment et nous fait l'honneur de sa présence !

Un cri de joie s'éleva dans l'assistance, suivi d'un crépitement d'applaudissements. Tout le monde s'embrassait, se congratulait, cette joie partagée était démultipliée.

Rapidement, Neala invita Collun, Rudd ainsi que les principaux bâtisseurs à venir admirer le spectacle à l'intérieur. Il fallait faire vite, cela n'allait pas durer.

Très impressionnés, presque inquiets, les hommes pénétrèrent dans l'allée et se rendirent dans la chambre et purent admirer, à leur tour, le rayon de lumière positionné sur la vasque. Interdits, ils se regardèrent sans dire un mot puis laissèrent s'exprimer leur joie en se tapant dans le dos.

Ils ressortirent aussitôt et Collun, à son tour, invita d'autres personnes à venir contempler ce phénomène unique. Beaucoup de personnes, terrorisées à l'idée de rentrer dans ce passage sombre, restèrent à l'extérieur. Pour tous, ce bâtiment était sacré mais la plupart estimaient que leur place n'était pas à l'intérieur et préféraient garder le mystère. Collun respectait parfaitement ce point de vue mais, considérant que ce bâtiment était une œuvre commune, il ne voulait pas priver ceux qui le souhaitaient d'un spectacle aussi inouï.

Au bout de quelques instants, le rayon de soleil commença à décliner, quitta la vasque et se retira lentement du passage qui redevint totalement obscur.

Tout le monde se retrouva sur l'esplanade devant l'entrée et Collun s'adressa à eux :

— Chers tous, je vous remercie de vous être déplacés aujourd'hui pour partager cette célébration du passage de notre Gardienne Ama dans l'autre monde, et aussi pour découvrir ce merveilleux bâtiment qu'elle a conçu il y a très longtemps et que nous bâtissons depuis. Aujourd'hui nous avons eu la preuve, si quelqu'un en doutait, du génie d'Ama, et pour ceci, nous la remercions.

Sur ces mots un grand silence se fit. Chacun prit le temps de se remémorer Ama, cette sagesse pure, cette force tranquille, cette source de savoir sans limite. Après quelques instants Collun reprit son discours :

— Cet édifice est notre remerciement à la Source de Vie, pour tout ce qu'elle nous apporte, chaque jour. Si Ama a voulu que le rayon du soleil éclaire la totalité du passage à cette période, ce n'est pas un hasard. Ces quelques jours sont les jours les plus courts de l'année. Dès demain, le soleil se lèvera plus tard. Bien sûr on ne le ressentira pas avant plusieurs jours. Mais le cycle s'est inversé. C'est d'ailleurs ce qui est gravé ici, sur cette pierre couchée, devant l'entrée du passage. Cette spirale représente aujourd'hui. Demain, la spirale part dans l'autre sens. Je sais que tout ceci est compliqué pour tous, moi y compris. Alors retenez simplement ceci : Ama voulait le plus beau et le plus sacré des bâtiments en l'honneur de la Source de Vie et, avec l'aide de tout le village, elle a réussi !

Toutes les personnes se mirent à applaudir en poussant des cris de joie.

— Pour nos invités des villages alentour, sachez que ce bâtiment n'a pas été fait uniquement pour glorifier notre village. Cet édifice doit être la fierté de toute notre région, tous ceux qui veulent célébrer la Source de Vie seront les bienvenus ici. Dorénavant, ce sera Neala, notre nouvelle Gardienne, qui prendra la suite d'Ama. Neala a reçu l'enseignement d'Ama et a déjà fait ses preuves en tant que Gardienne. Je vous remercie de l'accueillir avec respect et bienveillance. Et maintenant, allons partager un bon repas au village !

De nouveaux cris d'allégresse se firent entendre et les gens commencèrent à bouger pour redescendre vers le village.

Neala fit signe au chef du village et lui dit qu'elle n'avait pas l'intention de se joindre à eux. Elle voulait rester ici pour poursuivre sa méditation et ses prières, ce que Collun comprit parfaitement. Elle attendit que toutes les personnes aient quitté la clairière et demeura seule devant la bâtisse. De gros nuages étaient apparus, le site auparavant plein de vie et baigné de lumière était maintenant sombre et froid, désert et silencieux.

Les premières gouttes de pluie glacée s'écrasèrent sur le sol et Neala, plus seule que jamais, fondit en larmes.

Chapitre 4

Voyager

Plusieurs mois s'étaient écoulés depuis le décès d'Ama.
Neala vivait maintenant toute seule dans une petite cabane sur les hauteurs du village, proche du chemin qui montait à la clairière, bâtie à son intention par Drennan et ses camarades.
En effet, peu de temps après la mort de la vieille dame, la sœur de Drennan, ainsi que son compagnon et leurs trois enfants, étaient venus emménager temporairement dans l'ancien foyer d'Ama, étant trop à l'étroit dans leur propre foyer qui abritait deux autres familles. Dès lors, l'ambiance avait complètement changé, sans personne âgée pour réguler les débordements d'énergie des enfants, ceux-ci s'en donnaient à cœur joie, entre jeux, espiègleries et chamailleries, pour maintenir une ambiance de surexcitation quasi permanente.
Pour Neala, pour qui le calme et la sérénité étaient des besoins vitaux et, bien qu'elle sache que cette situation ne devait durer que quelques temps, les conditions de vie étaient rapidement devenues étouffantes. Même si elle adorait ses neveux et si tous les habitants du foyer la traitaient avec respect, elle s'était, au fil du temps, sentie de trop. Elle n'avait définitivement pas les mêmes rythmes de vie, ni les mêmes aspirations. L'atmosphère était devenue pesante et un soir, elle avait abordé la question de son départ auprès de Seena et Drennan.
Au début, ces derniers s'étaient sentis presque vexés de cette discussion. Puis au fur et à mesure de la conversation, ils avaient compris puis accepté les arguments de Neala.
Celle-ci avait simplement besoin de paix et de tranquillité pour mener à bien ses longues réflexions et méditations

pendant lesquelles elle se connectait à la Source de Vie. Ces méditations l'aidaient à prendre des décisions quant aux questions de la vie quotidienne, concernant les dates les plus propices à certaines cérémonies, les protocoles de soins à suivre pour soulager les souffrances. Elle recevait aussi souvent des personnes malades et il n'était pas facile de s'en occuper au milieu des turbulences des cinq enfants.

De plus, elle avait depuis longtemps déjà fait le deuil d'une possible maternité, et même d'une possible union. Elle resterait seule et remplirait totalement ses fonctions de Gardienne. Son statut ne nécessitait donc pas la présence d'autres parents pour s'occuper de futurs enfants, et elle-même n'ayant plus de parents âgés, sa présence dans un foyer n'était pas requise.

Enfin, quand Drennan lui demanda comment elle s'approvisionnerait en nourriture et plus particulièrement en viande, sachant qu'elle ne chassait pas ni n'élevait d'animaux. Neala lui fit remarquer qu'elle ne mangeait plus de viande depuis longtemps. Autant elle n'avait que très peu plaisir à en manger avant le décès d'Ama, autant le souvenir des odeurs de chair grillée lors de l'incinération du corps avait mis un point final à sa consommation de viande.

Pour assurer sa sécurité elle comptait sur son grand chien, Feu, qui ne la quittait jamais. Si celui-ci était doux et joueur avec les enfants du village, il pouvait aussi se montrer très menaçant s'il pressentait le moindre danger, comme cela s'était produit à plusieurs reprises lors de promenades en forêt.

N'ayant plus d'arguments à opposer à son départ, Drennan proposa de lui construire une petite cabane dès la fin de l'hiver. Neala en avait choisi l'emplacement, guidée par ses méditations, puis elle avait tracé les contours et dessiné les plans elle-même.

De forme rectangulaire comme toutes les cabanes du village, la sienne était plus petite, surtout en longueur, vu que de toute façon elle n'était destinée qu'à la jeune fille et à son fidèle compagnon à quatre pattes.

Neala avait orienté la porte vers le sud, pour faire entrer un maximum de luminosité, mais elle avait aussi demandé, fait exceptionnel dans le village, d'ajouter deux petites fenêtres, une près de la porte et une autre sur le côté est pour pouvoir profiter du lever du soleil.

Tout d'abord, Drennan s'était opposé à ces modifications qu'il jugeait extravagantes, prétextant que les vents qui soufflaient régulièrement dans cette région provoqueraient de grands courants d'air dans la cabane qui ne jouerait plus son rôle protecteur. Mais à ceci, Neala trouva la parade : elle entreprit de fabriquer, à l'aide de roseaux et de joncs, des panneaux rigides qu'elle pourrait fixer sur les fenêtres en cas de vent ou de pluie.

Elle lui fit la démonstration sur l'ouverture qui servait de porte dans leur propre foyer, un soir de tempête.

Convaincu de l'efficacité du dispositif, Drennan prit donc en compte les deux ouvertures supplémentaires, à la grande joie de Neala.

Sa maisonnette, lumineuse et aérée, se trouvait en périphérie du village, à l'orée du bois qui montait vers la colline. Dès la première nuit, Neala s'y était sentie bien. Évidemment, l'absence des bruits familiers de respirations, ronflements et chuchotements avait été assez déroutante au début. Mais la jeune femme s'en était vite accommodée et avait très rapidement apprécié sa sérénité.

Les gens du village, eux, ne comprenaient pas très bien pourquoi la jeune femme souhaitait vivre à l'écart de sa famille.

Son attitude anticonformiste dérangeait, en effet personne au village ne vivait seul.

Les femmes surtout s'en étaient offusquées au début, jugeant ce comportement d'une part irresponsable, pour des raisons de sécurité vis à vis des bêtes qui pourraient rôder ou de tout autre danger, mais aussi très antisocial.

Sur ce point-là cependant, son rôle de Gardienne lui procurait quelques privilèges et notamment, le droit de vivre différemment. Collun avait été informé de son choix de vie, Neala avait justifié son choix et il l'avait finalement accepté. De ce fait, personne n'avait rien trouvé à redire, en tous cas ouvertement, mais en sourdine, les commentaires allaient bon train.

Vivant seule avec son chien, Neala ne vivait pas complètement isolée pour autant. Elle rendait visite régulièrement à sa sœur et se rendait de foyer en foyer quand ses services étaient requis. Les gens passaient rarement la voir et cela lui convenait parfaitement. Ainsi, elle choisissait elle-même les moments où elle était en contact avec ses semblables.

Elle continuait aussi ses visites à l'édifice, dont la hauteur ne cessait d'augmenter au fur et à mesure des ajouts de couches de terre et de pierres au-dessus de l'allée couverte.

La jeune femme passait aussi beaucoup de temps en forêt, à ramasser diverses plantes pour s'en nourrir ou pour en faire des remèdes.

Ses journées étaient bien remplies mais cette solitude, qu'elle recherchait la plupart du temps, devenait parfois envahissante, écrasante. Dans ces moments-là, Neala se réfugiait dans des séances de connexion avec la Source de Vie qui s'apparentaient à de longues périodes de transe. Elle en ressortait la plupart du temps épuisée, mais sereine et heureuse.

On entrait dans la période la plus chaude de l'année et ce matin-là, quand Neala sortit de chez elle pour sa rituelle visite au chantier, elle sentit vraiment la différence. Même s'il était encore très tôt, le soleil était déjà haut dans le ciel et ses rayons avaient commencé à réchauffer la terre et les arbres environnants.

La veille encore, le temps était gris et maussade, tout juste tiède. Mais aujourd'hui s'annonçait une journée étouffante.

En atteignant le sommet de la colline, Neala aperçut les hommes du chantier, déjà en sueur, en grand conciliabule près de l'entrée du passage.

— Que se passe-t-il ? demanda-t-elle à Rudd, le chef du chantier.

— Certains pensent que la hauteur de l'édifice est maintenant suffisante et qu'il faut cesser de rajouter de la terre et des pierres, répondit-il.

— Mais ce n'est pas ce qui a été prévu par Ama, souligna la jeune femme, surprise.

— Mais Ama est morte maintenant, et on sait que le bâtiment remplit les fonctions qu'on attendait, alors pourquoi continuer ? lança une voix.

— On est épuisés et on a les champs à travailler, renchérit une autre voix.

— Si on ajoute du poids tout va s'écrouler, ajouta encore une voix.

— Mais enfin qu'est-ce qui vous prend à tous ? interrogea Neala d'une voix aussi forte que possible. Vous savez très bien que ce bâtiment n'est pas fini, et qu'Ama soit vivante on non n'y change rien. Notre village a une mission à terminer, quel que soit le temps que cela prendra. Maintenant, je vois que la chaleur aujourd'hui est écrasante et je sais que vous avez des tâches urgentes à faire, avec la belle saison qui commence tout juste. Rentrez donc chez vous et nous déciderons plus tard à partir de quand nous nous remettrons au travail ici.

Sur ce, elle congédia les hommes. Seul Rudd resta, pour discuter avec elle de la suite des événements.

— Tu dois comprendre, les hommes sont exténués, lui dit-il. Les journées sont très longues en ce moment, entre le chantier et les travaux des champs. Et les nuits, elles, sont trop courtes pour permettre de récupérer.

— Mais je comprends parfaitement, et en aucun cas je ne souhaite que quelqu'un s'épuise au risque de se blesser ou de faire une erreur grave. Il reste encore des années de construction, alors il nous faut garder cet équilibre entre l'effort pour ce chantier et la vie quotidienne au village.

Rudd acquiesça et se mit à regarder au loin, comme s'il ne savait pas comment aborder un autre thème.

— Y a-t-il autre chose que je dois savoir ? lui demanda la jeune femme doucement.

— Écoute, ça me gêne de te dire ça, mais il y de plus en plus de contestation au sein des bâtisseurs.

— Comment ça ?

— Certains pensent qu'on devrait arrêter là la construction.

— Mais enfin…

— Tu les as entendus toi-même. Plusieurs arguments circulent, en fait beaucoup d'hommes pensent que ça n'a plus de sens de continuer. Certains disent même que c'est dangereux, que tout le passage pourrait s'écrouler si on ajoute plus de matière.

— Qu'en penses-tu ?

— Je n'ai vu aucun signe de fissure ou d'affaissement à l'intérieur. Mais cela pourrait être une bonne idée de laisser la terre se tasser pendant quelque temps, pour éviter un brusque mouvement de terrain.

— Je comprends.

— Et aussi…

— Oui ?

— Il manque à certains une motivation, un sens. D'une certaine façon, la cérémonie de l'hiver dernier a marqué les esprits comme l'aboutissement de la construction.

— Mais pourtant Collun a été très clair, il a bien précisé qu'il faudrait encore des années avant que le bâtiment ne soit terminé.

— Oui, mais tu ne peux pas empêcher les gens de penser par eux-mêmes...

— Probablement. Que dois-je faire alors ? demanda Neala d'un ton inquiet.

— Aucune idée. Tu dois trouver du sens pour motiver les hommes à continuer, répondit Rudd, les yeux dans le vague.

— Très bien, je vais chercher. Je vais aussi en discuter avec Collun pour avoir son avis là-dessus. Merci d'avoir partagé tout ça avec moi, merci de ta confiance, Rudd.

Le grand gaillard salua la jeune femme d'un signe de tête et retourna au village.

Elle resta seule dans la clairière maintenant écrasée de chaleur, face à cet immense chantier abandonné.

Dépitée et à la recherche d'une solution, elle se réfugia dans sa maisonnette. Elle prit d'abord le temps de boire un grand bol d'eau fraîche, de manger une galette d'orge et un peu de fromage.

Puis elle s'installa à même le sol, en tailleur, dans l'angle situé au nord est de son logis, son endroit préféré pour ses séances de contemplation.

Elle commença par une longue réflexion sur les étapes de la construction du bâtiment. Elle réalisa à ce moment qu'il y avait beaucoup de questions auxquelles elle ne pouvait répondre que partiellement : qui avait décidé cette construction ? Pourquoi à cet endroit ? Pourquoi cette forme ? Et pour quelles fonctions ?

Bien sûr, elle savait qu'Ama avait joué un rôle prépondérant dans l'édification. Et d'ailleurs, probablement qu'Ama connaissait les réponses à toutes ces questions. Mais voilà, elle n'était plus là pour lui répondre. Neala réalisa qu'elle avait accepté la situation sans questionner. Jusqu'ici cela ne lui avait pas posé de problème : elle faisait ce qu'elle avait à faire. Ses seules questions jusqu'alors étaient sur le « comment ». Aujourd'hui, la désertion du site par les hommes lui amenait tout d'un coup les questions autour du « pourquoi ».

Tout son corps se mit à trembler, traduisant physiquement, violemment, ce questionnement. Qui pouvait l'aider à répondre à ses questions ?

La jeune femme inspira et expira profondément, encore et encore, et les tremblements se calmèrent. Elle rentra peu à peu dans une transe profonde, explorant les abysses de sa propre conscience mais aussi de toute cette connaissance collective en grande partie inconsciente qui faisait partie de ce qu'elle appelait « Source de Vie ».

Elle poursuivit son voyage mystique pendant un long moment, à la recherche de réponses, même partielles, à ses questions. Plus elle avançait, plus elle y voyait clair. Des images, furtives et mystérieuses, et même un dessin tracé à même le sol, se succédaient devant ses yeux. Elle pouvait aussi entendre des sons, des voix familières, un doux brouhaha apaisant. Elle n'avait ni chaud ni froid, elle ne sentait pas son corps. Mais surtout, sa progression lui permettait de se débarrasser petit à petit de ses couches de doute et d'incertitude.

Arrivée près de la Source de Vie, tout était clair. Autant visuellement qu'émotionnellement. Elle savait ce qu'elle avait à faire.

Et soudain elle le vit, magnifique, grandiose, majestueux, unique. Elle avait cette image exceptionnelle de ce bâtiment achevé. Elle voyait défiler sur lui la succession des saisons, à une vitesse exceptionnelle. Elle voyait autour de lui le paysage changer, les hommes évoluer. Mais il restait là, immuable, ancré, constant. Et c'est sur ce spectacle extraordinaire qu'elle ouvrit les yeux.

Elle n'avait pas bougé depuis des heures, son corps était ankylosé et la chaleur qui régnait depuis le matin avait baissé. Résolue, elle se leva et alla trouver Collun.

— Sais-tu qui a décidé de la construction du bâtiment ? demanda-t-elle sans autre forme d'introduction.

Surpris, celui-ci, qui était en train de réparer une massue en fixant la pierre polie dans le manche de bois dur, leva les yeux et répondit :

— Je vais te raconter toute l'histoire, qui m'a été racontée par mon père. Ama devait avoir à peu près ton âge. Elle n'avait pas encore été reconnue comme Gardienne du village mais beaucoup avaient remarqué qu'elle était différente des autres jeunes femmes. Le village alors était beaucoup plus petit, il ne comptait que quelques foyers. Un jour, ta grand-mère a annoncé qu'elle devait faire un voyage, seule. Tout le monde a essayé de l'en dissuader car, comme tu le sais, il est très dangereux de voyager seul. Mais elle avait eu une révélation, un appel, et rien n'aurait pu l'en empêcher. Elle est donc partie vers le sud, dans les montagnes et elle n'a, à ma connaissance, jamais parlé de ce qui s'est passé là—bas. Ce qui est certain c'est qu'elle est revenue avec un bloc de cristal blanchâtre et...

— C'est donc ça ! s'écria Neala. C'est une des images que j'ai vues aujourd'hui ! Et sais-tu où il est ?

— Non, elle l'a montré à tout le village en expliquant que c'était très important mais il a disparu.

— Je sais où il est ! C'est une autre image que j'ai vue, maintenant je comprends, tout ceci a un sens !

— Bon, est-ce que tu veux que je te raconte la suite ? s'impatienta Collun.

— Oui, pardon.

— Donc, ta grand-mère est revenue avec ce bloc de cristal mais elle est aussi revenue enceinte.

— De ma mère ?

— Oui, mais les gens du village ne l'ont su que plus tard. Quelques jours après son retour, elle a demandé à plusieurs personnes, dont mon père, de l'accompagner pour un rituel. Elle avait déjà passé des jours à scruter les environs à la recherche de quelque chose et il semble qu'elle l'avait enfin trouvé. Arrivés en haut de la colline, elle invoqua la Source de Vie au cours d'une cérémonie et soudainement, elle est tombée au sol, exactement à l'endroit où se situe aujourd'hui la chambre du passage. Elle était complètement en transe, méconnaissable, effrayante, gesticulant et s'exprimant de façon totalement incompréhensible. Les gens qui l'accompagnaient ce jour-là ont été terrorisés mais ils ont aussi compris que quelque chose de très important était en train de se produire. Un moment plus tard elle est tombée dans l'inconscience. Ses compagnons l'ont transportée jusque chez elle, non sans avoir marqué l'endroit d'un petit monticule de cailloux. Elle saignait beaucoup, comme si elle avait ses périodes. Quand elle est revenue à elle, elle était épuisée et aussi très inquiète de ses saignements. Les femmes ont alors pensé qu'elle venait de perdre un bébé, ce qui surprenait tout le monde vu qu'elle n'avait pas de compagnon. Mais après quelques jours de repos, elle a pu expliquer que dans sa transe, elle avait vu un magnifique édifice bâti en honneur de la Source de Vie, et elle a dessiné ce bâtiment.

— C'est le dessin que j'ai vu !

— Elle a aussi expliqué que le bébé qu'elle portait avait une importance capitale mais elle ne savait pas pourquoi. Heureusement, les saignements qu'elle avait eus n'ont finalement pas été fatals pour le bébé. Bref, ont suivi de longues discussions pour convaincre tout le monde que c'était la Gardienne et qu'elle avait été choisie pour réaliser ce bâtiment. Et donc, que chacun devait consacrer du temps et de l'énergie pour participer à la construction, soit directement en bâtissant, soit indirectement en nourrissant les bâtisseurs.

— Et tout le monde a adhéré ?

— Il y a eu des réticences bien sûr, des gens qui pensaient que notre village allait mourir de faim. Mais l'enthousiasme l'a emporté. De plus, la récolte qui venait juste de se terminer était particulièrement abondante cette année-là. Beaucoup ont vu ça comme une preuve supplémentaire que c'était le bon moment.

— Et ensuite ?

— Ensuite la construction a commencé très vite. D'abord les plus grandes pierres de l'allée centrale, qui ont été transportées jusque-là, il fallait plusieurs jours pour chaque pierre, c'était un travail colossal qui monopolisait la plupart des hommes du village. Pendant ce temps, les femmes devaient faire tout le travail du village. Ceci a duré plusieurs saisons. Pendant la saison des plantations et des récoltes, les hommes laissaient le chantier, il fallait garder un équilibre entre le temps passé pour la construction et les tâches domestiques, la survie du village en dépendait.

— Mais qu'y a-t-il de différent aujourd'hui, alors ? Pourquoi une telle résistance ce matin ? Pourquoi les hommes n'ont simplement pas dit qu'ils avaient besoin de temps pour la subsistance du village et qu'ils reprendraient la construction plus tard ?

— Je ne sais pas, Neala. Je crois qu'ils ont perdu l'intérêt. Il faut que tu comprennes que ce chantier a commencé depuis très longtemps. La plupart des bâtisseurs y travaillent depuis qu'ils sont très jeunes et beaucoup ont perdu des amis, certains des frères, des fils ou leur père. Ils sont lassés je crois, et je t'avoue que le décès d'Ama n'a pas arrangé les choses.

— Très bien. Je crois qu'il faut ramener l'enthousiasme et l'envie pour ces bâtisseurs. J'ai eu beaucoup de visions aujourd'hui, je n'arrive pas encore à faire le lien entre toutes mais la première des conclusions était que je devais venir te voir, pour avoir ton éclairage sur certaines questions. Je te remercie de m'avoir raconté tout ça. Je dois aller chercher quelque chose, je reviens et je t'exposerai mon plan.

Sans attendre de réaction, Neala quitta précipitamment Collun et se dirigea, suivie de près par Feu, vers la cabane de sa sœur, son ancien foyer.

Après les joyeuses et énergiques retrouvailles entre Feu et les enfants présents, Neala expliqua à sa sœur ce qu'elle était venue faire.

— Te souviens-tu, demanda Neala, d'un bloc de cristal, emballé dans une peau, qu'Ama avait enterré dans un coin de la maison ?

— Non, cela ne me dit rien, répondit distraitement Seena, occupée à découper de la viande.

— Est-ce que je peux le chercher ?

— Vas-y, Brino peut t'aider si tu veux.

Ravi, le jeune garçon alla chercher deux morceaux de céramique cassés pour creuser le sol.

Neala se dirigea dans le coin du logis où autrefois Ama avait installé sa couche. Elle se baissa près du sol et ferma les yeux, essayant de se remémorer l'image qu'elle avait aperçue un peu plus tôt.

Sûre d'elle, elle désigna un endroit.

— Tu m'aides Brino ? Allez, on creuse doucement. Si tu sens quelque chose tu me dis.

Lentement, Neala et son neveu se mirent à creuser dans la terre battue. Le sol était très compact en surface, tassé par les années d'utilisation de la cabane. Ils déblayèrent une bonne couche de terre sur un espace relativement restreint quand Brino s'écria :

— J'ai senti quelque chose !

— Alors allons-y délicatement, conseilla Neala.

Petit à petit, une forme sphérique emballée dans une peau délitée se devina.

La jeune femme dégagea le paquet de la terre, puis entreprit de le déballer sous le regard curieux et attentif de Brino.

— Oh ! s'écria le garçon, une pierre magique !

— Tu as raison, c'est tout à fait ça, dit Neala en souriant. Et c'est exactement ce dont j'ai besoin.

Remerciant Ama dans une prière silencieuse, elle reboucha le trou et se dirigea avec son trésor vers le foyer de Collun.

En chemin, elle s'arrêta et déballa la pierre de nouveau, pour pouvoir l'admirer en pleine lumière. C'était un magnifique bloc de quartz aux cristaux transparents à blanchâtres, étincelants au soleil. Elle ressemblait tellement à cette pierre que Neala avait entrevue dans sa méditation un peu plus tôt, elle en avait les larmes aux yeux.

En arrivant devant chez Collun, elle trouva celui-ci toujours concentré sur la réparation de son outil.

— Regarde Collun, n'est-ce pas le bloc dont tu m'as parlé ?

— Ça alors ! Mais oui ! Où l'as-tu déniché ?

— Il était enterré chez Ama. J'ai vu l'endroit en rêve un peu plus tôt, ainsi que cette magnifique pierre.

— C'est en effet une très belle pierre. Mais je ne sais pas si elle va beaucoup nous aider pour le bâtiment...

— Au contraire ! Tout prend son sens maintenant, et je sais ce que je dois faire. Je t'ai dit qu'aujourd'hui j'ai fait un très long voyage immobile. J'avais auparavant demandé l'aide d'Ama et de la Source de Vie pour me guider sur ce que je devais faire pour achever la construction. J'ai aperçu des images telles que cette pierre, l'endroit où elle se situait, et j'ai surtout vu le bâtiment fini. Je sais qu'il doit être beaucoup plus haut que ce qu'il est aujourd'hui, et qu'il doit être paré de blocs de pierre tels que celui-ci. Il faudra des tas de cristaux blancs, incrustés dans les parois de terre près de l'entrée, mais aussi d'énormes galets noirs, posés au sol.

— Mais enfin, où allons-nous trouver tout cela ?

— Pour les cristaux blancs, tu m'as dit qu'Ama avait été dans les montagnes, n'est-ce pas ?

— Oui mais personne ne sait exactement où.

— Alors voilà, je vais partir à la recherche de ces cristaux blancs. Quand je les aurai trouvés, j'expliquerai aux gens du village la vision que j'ai eue, c'était tellement merveilleux que je suis certaine qu'ils seront d'accord pour reprendre la construction, après la saison chaude.

— Et quand comptes-tu partir ?

— Dès demain, je suis maintenant très impatiente ! lui répondit-elle, ses grands yeux verts brillants d'excitation.

— Avec qui partiras-tu ?
— Feu m'accompagnera, comme il le fait toujours.
— Mais Neala, tu sais très bien qu'il est très dangereux de s'éloigner seul du village, as-tu pensé que tu pourrais ne pas revenir de ton voyage ?
Prenant un moment de réflexion, la jeune femme répondit :
— Je ne serai pas seule, Feu me protégera. De plus, je dois faire ce voyage, je le sens au plus profond de moi-même. Je suis guidée par la Source de Vie. Et même si ma vie doit s'arrêter là, je sais que j'aurai accompli ma mission.
Il n'y avait rien à rajouter. Collun lui donna les vagues détails qu'il connaissait du chemin qu'avait emprunté Ama. Il souhaita bonne chance à Neala et, la voyant s'éloigner pour faire ses préparatifs, il se dit qu'il n'avait jamais vu une jeune femme aussi courageuse et déterminée. Il fallait absolument qu'elle revienne, c'était leur Gardienne à tous.
Quand elle arriva chez elle, elle décida de s'occuper d'abord du cristal. Elle acheva de le débarrasser des résidus de terre et le rinça à l'eau claire. Elle le posa ensuite dans un joli plat en céramique qu'elle avait confectionné quelques jours plus tôt avec l'aide de Juni. Elle pouvait passer des heures à décorer des bols et plats divers, qu'elle faisait ensuite cuire sous l'œil avisé de Juni. Celle-ci laissait travailler Neala sans la déranger ni l'interrompre, elles pouvaient ainsi passer de longs moments côte à côte presque sans dire un mot, juste en appréciant la présence silencieuse de l'autre. Les séances de travail de la céramique étaient des moments très agréables pour Neala, elle en tirait toujours une grande satisfaction.
Dans le plat finement décoré, le cristal, étincelant de mille feux, était magnifique. Neala resta un long moment à le contempler, faisant le vide dans son esprit, comme si ce bloc de cristal avait la réponse à toutes ses questions.
— En tous cas, dit-elle en souriant, jusqu'à maintenant, tu m'as montré le chemin !

A qui s'adressait-elle vraiment ? Au bloc de pierre translucide ? A Ama ? A la Source de Vie ? Probablement à l'ensemble, puisqu'elle devinait inconsciemment que le tout était lié.

— Allez Feu, nous devons nous préparer. Nous allons beaucoup marcher dans les jours qui viennent et un tel voyage ne s'improvise pas, dit-elle à voix haute, plus pour se donner du courage à elle-même que pour Feu, qui dormait paisiblement près de l'entrée.

Dans une grande besace de peau tannée et dont la bandoulière était faite de cuir tressé, elle mit une couverture légère enroulée, confectionnée avec des peaux d'agneau cousues entre elles.

Elle mit aussi plusieurs galettes de blé et des fromages de chèvre très secs. Elle prit aussi des noisettes, des fruits séchés et son matériel pour pouvoir allumer un feu. Elle rassembla quelques jolis coquillages que des pêcheurs lui avaient offerts et qui pourraient être troqués en cas de besoin. Enfin, elle glissa une pochette de peau de renard contenant des sachets en peau de diverses poudres, écorces et feuilles, avec lesquels elle pourrait confectionner des remèdes en cas de besoin, ainsi qu'un pot d'onguent cicatrisant.

Elle prit soin aussi de prendre une très courte lance surmontée d'une pointe de silex bien acérée. Elle ne comptait pas chasser mais elle voulait être capable de se défendre, au cas où.

En préparant son bagage, elle réalisa qu'elle n'avait jamais quitté le village pour la nuit. Elle avait vu plusieurs fois sa grand-mère préparer ses voyages, mais elle n'avait pas eu l'occasion de l'accompagner. Saurait-elle trouver son chemin ? Collun lui avait expliqué qu'elle devait cheminer en direction du sud, jusqu'à un sommet escarpé sur lequel elle trouverait les pierres blanches. Pour ceci elle devrait traverser de vastes plaines et forêts, atteindre et traverser une grande rivière puis prendre un peu vers l'est, laissant la mer sur sa gauche, pour atteindre cette montagne aux cailloux blancs.

La mer ? Neala n'y était jamais allée. Elle en avait entendu parler, bien sûr, elle avait aussi vu des coquillages et mangé des poissons de mer. Elle avait vu les embarcations qui venaient de la mer et qui remontaient le long de la rivière bordant le village. Mais elle ne s'était jamais aventurée jusqu'à l'immense étendue bleue que l'on racontait infinie.

Tout ceci était tellement nouveau pour elle ! A la fois si enthousiasmant mais à la fois, si effrayant. Ici, elle maîtrisait parfaitement son environnement proche, elle connaissait toutes les plantes, tous les animaux qu'elle était susceptible de croiser, elle savait, à regarder passer les nuages, quand le temps allait changer, quand il allait pleuvoir ou faire très chaud. Elle pouvait aussi anticiper, avec les phases de la lune, le comportement des animaux et des hommes, et les phases du soleil, qui marquaient les saisons, n'avaient aucun secret pour elle.

— Bah, dit-elle à haute voix pour se donner du courage, il n'y a pas de raison que ce soit différent ailleurs.

Le tout était de bien se préparer. Survivre, c'était anticiper, pouvoir faire face à toute éventualité. Mais quelles pouvaient être ces éventualités ? Elle n'avait aucune expérience de voyage. Tout ce qu'elle savait sur le sujet c'était ce qu'Ama avait partagé, quelques rares paroles et recommandations.

— Ama, je compte sur toi pour guider mes pas ! s'écria alors la jeune fille dans un accès d'angoisse.

Elle acheva de préparer son bagage, vérifia la solidité du panier d'osier en forme de hotte qu'elle voulait emporter sur son dos. En effet, elle avait prévu de ramener plusieurs de ces blocs de cristal. D'abord pour prouver qu'un tel gisement existait, et ensuite pour illustrer la vision qu'elle avait eue du monument terminé.

Elle espérait que partager sa vision du bâtiment achevé permettrait aux bâtisseurs de retrouver l'envie et la motivation pour terminer cet ouvrage. Sur cette note d'espoir, elle s'allongea sur sa litière et s'endormit en confiance.

Le jour suivant elle s'éveilla bien avant le lever du soleil. Elle prit le temps d'avaler deux galettes de blé accompagnées de framboises récoltées la veille. Elle se vêtit pour son voyage, revérifia son paquetage et sortit de sa maisonnette, suivie de son fidèle Feu, direction l'aventure.

Elle ne croisa aucun villageois, il était trop tôt et chacun récupérait dans son foyer en préparation de la longue journée de labeur qui les attendait tous.

La première étape consistait à traverser la rivière qui bordait le village. Sa destination se trouvant plein sud, elle devait rejoindre l'autre rive pour poursuivre sa route.

Elle longea tout d'abord la rivière sur une courte distance, elle savait qu'elle allait trouver des embarcations faites de roseaux un peu plus loin. Ces embarcations étaient utilisées par les hommes quand ils allaient chasser vers le sud ou quand ils devaient échanger des biens.

A l'endroit où les rives étaient les plus accessibles de part et d'autre de la rivière et surtout, dans une anse où les eaux étaient très calmes et peu profondes, se trouvaient en effet plusieurs embarcations, sur chacune des rives, posées sur les grèves. C'étaient des petits radeaux aux bords relevés que l'on déplaçait à l'aide de longues perches de bois. On atteignait le fond de la rivière avec les perches et les radeaux se déplaçaient lentement, à la force des bras des navigateurs. Neala avait souvent vu faire les hommes mais elle n'avait jamais expérimenté la traversée seule.

Il fallait tout d'abord mettre un des radeaux, attachés à l'aide d'une corde faite de fibres végétales tressées, sur la rivière. Heureusement les radeaux n'étaient pas très lourds et cette étape se passa sans trop de difficultés.

Feu observait sa maîtresse avec curiosité, se demandant pourquoi elle ne traversait pas la rivière à la nage, comme à son habitude.

— Je ne vais pas me baigner, Feu, lui dit-elle à voix haute. Je veux traverser et poursuivre ma route sans tremper toutes mes affaires de voyage !

Sur ce, elle décida de s'exercer à naviguer d'abord. Elle posa toutes ses affaires sur la berge, mit le radeau dans l'eau le plus près possible du rivage puis grimpa dessus, munie d'une perche. Elle eut quelque mal pour trouver son équilibre, repositionna ses pieds pour plus de stabilité, puis enfonça la perche dans l'eau. Elle poussa sur la perche et à sa grande satisfaction, le radeau s'éloigna de la berge.

— Regarde Feu, je me déplace sur l'eau ! cria-t-elle, ravie.

Le chien plongea dans la rivière et vint nager près d'elle, très amusé par ce nouveau jeu.

Elle fit encore quelques essais pour avancer, s'arrêter et tourner, puis décida qu'elle était prête pour la traversée. Elle retourna sur la berge, sauta en tenant fermement la corde du radeau pour qu'il ne s'éloigne pas et attrapa ses affaires qui étaient restées sur la grève.

Remonter sur le radeau fut alors beaucoup plus difficile, elle était en effet déstabilisée par le poids de son sac qu'elle portait en bandoulière sur le devant, et la hotte qu'elle avait remise sur son dos. Déséquilibrée mais aussi encombrée par tout ce matériel, elle réussit néanmoins à se stabiliser et, la perche entre ses deux mains, elle entama sa traversée. Feu nageait très près, intrigué.

Au bout de quelques minutes, elle atteignit l'autre rive et sauta sur la petite plage.

Satisfaite de sa traversée, elle ramena le radeau sur la plage et l'attacha avec la corde sur un tronc d'arbre sur lequel étaient accrochés plusieurs autres radeaux. Feu vint la rejoindre et s'ébroua avec énergie.

— Parfait, s'exclama-t-elle. Et maintenant, en route vers nos blocs de cristal !

Cette première épreuve réussie lui avait donné confiance et l'avait mise de bonne humeur, elle se sentait prête à affronter le monde.

Le jour était maintenant complètement levé et le soleil brillait dans le ciel, encourageant la jeune fille de sa présence bienveillante.

Elle commença par traverser un bois peu dense dans lequel la progression était aisée.

Assez rapidement, le paysage se transforma pour laisser place à une vaste plaine herbeuse avec très peu de relief.

Elle marcha longtemps, la chaleur devenait lourde, il n'y avait aucun arbre pour se protéger des rayons du soleil. Apercevant un bosquet au loin, Neala décida de s'y arrêter pour prendre un moment de répit et quelques forces. Elle s'installa au pied du plus grand arbuste du bosquet et sortit quelques vivres de son sac pour son déjeuner.

Voyant que le chien attendait patiemment son tour, Neala lui dit :

— Feu je n'ai pas de viande pour toi. Si tu veux manger, tu vas devoir te débrouiller !

Déçu, le chien s'éloigna, à la recherche d'un repas potentiel. Il avait en effet appris à chasser seul, dès son plus jeune âge, en accompagnant sa maîtresse lors de leurs innombrables sorties en forêt. Neala n'avait aucun doute sur sa capacité à se nourrir, elle s'allongea alors et entreprit d'observer les nuages qui montaient dans le ciel.

Elle était bien, la température à l'ombre des petits arbres était idéale, elle se sentait en paix. Elle lutta un moment, voulant profiter de cette parenthèse de pur bonheur au maximum, mais la fatigue de cette première partie de voyage eut raison d'elle et elle s'endormit.

Elle fut réveillée par des gouttes de pluie sur son visage et ses membres. Le repos était terminé, il fallait reprendre la route, et ceci sous la pluie, maintenant.

Le ciel s'était chargé de nuances de gris mais on apercevait, entre les nuages, de larges portions de ciel bleu. Cette averse n'allait donc pas durer, le soleil reviendrait vite.

Elle ramassa ses affaires, appela Feu et ils repartirent, direction le sud. La grande plaine herbeuse fut bientôt remplacée par des collines peu élevées et un paysage plus sec, plus rocailleux.

La fin de la journée approchait et Neala n'avait toujours croisé personne. Le temps s'était dégagé, la température était descendue après l'averse de l'après-midi, une légère brise soufflait, entraînant avec elle des senteurs de plantes odorantes inconnues pour la jeune femme.

Feu était enchanté de cette promenade, il allait et venait comme s'il voulait suivre un maximum de pistes, revenant toujours aussi joyeux près de sa maîtresse après une escapade de quelques instants.

Apercevant des rochers qui surplombaient une colline peu élevée, Neala se dit que cet endroit ferait un parfait abri pour la nuit. Elle s'était auparavant désaltérée dans un ruisseau en contrebas, Feu ayant carrément pris un bain pour se débarrasser de la poussière du voyage. La jeune femme n'avait pas eu le courage de se baigner dans l'eau fraîche, elle s'était contentée de tremper ses jambes endolories par cette longue journée de marche.

Arrivée près des rochers qu'elle avait repérés, elle décida de préparer un feu, avec des morceaux de bois sec ramassés alentour. Elle utilisa la technique apprise d'Ama pour faire naître des flammes à partir de bouts de bois que l'on échauffait l'un contre l'autre. Bientôt les flammes dansaient joyeusement en se reflétant sur les parois des rochers. Ce feu garderait les bêtes sauvages éloignées tout en réchauffant les deux voyageurs épuisés. Neala fit le tour des rochers pour ramasser auprès des arbustes les réserves de bois pour la nuit puis elle sortit son repas, composé de galettes de blé et de fruits secs, de son sac. Feu fut gentiment encouragé à chercher sa propre pitance et s'éloigna pour aller chasser.

La jeune femme passa ensuite en revue ses jambes et ses pieds afin de repérer et de soigner les éventuelles entailles et diverses blessures Elle appliqua un onguent qu'elle avait préparé à cet effet avec des plantes cicatrisantes et stocké dans un petit pot de terre cuite. Elle nourrit une dernière fois le feu, sortit sa couverture de peau et s'emmitoufla dedans, collée contre la paroi rocheuse. Dans ses derniers moments de conscience, elle entendit Feu qui rentrait de sa chasse, le grand chien vint se coucher à ses pieds, comme à son habitude.

C'est le corps tout engourdi des efforts de la veille qu'elle s'éveilla au petit jour, avec le chant des oiseaux qui louaient le lever du soleil. La température avait beaucoup chuté pendant la nuit et les environs étaient couverts de rosée. Heureusement la paroi rocheuse avait apporté sa protection contre l'humidité.

— Allons, Feu, il est temps de reprendre la route, dit la jeune femme après avoir pris un léger déjeuner.

La route était encore longue jusqu'à son objectif, et surtout il y avait ce grand fleuve à traverser. Elle marcha jusqu'au milieu de la matinée avant de se retrouver dans la grande plaine qui, elle le savait, était traversée par le fleuve. Au loin elle pouvait commencer à apercevoir les montagnes qui abritaient les réserves de cristal blanc. Elle rencontra enfin les premiers champs cultivés qui bordaient le fleuve. « Très bien », se dit-elle, « je vais rencontrer les gens qui vont m'indiquer comment traverser ».

Bientôt elle aperçut une femme avec deux enfants qui venaient dans sa direction.

— Bonjour, lança-t-elle, savez-vous comment je peux traverser le fleuve ?

La femme eut tout d'abord l'air effrayé et entreprit de rebrousser chemin.

— Non attendez ! implora-t-elle.

Feu se mit alors à aboyer et acheva d'effrayer les trois personnes qui s'enfuirent en courant.

— Feu, comment veux-tu que les gens nous aident si tu leur fais peur ? gronda Neala. Tu restes près de moi et tu ne dis rien.

Peu de temps plus tard, la jeune femme vit arriver deux hommes sur le même chemin. Elle retenta :

— Bonjour, pouvez-vous me dire comment traverser le fleuve ?

Les deux hommes se regardèrent, interloqués, et le plus vieux posa une question avec des mots que Neala ne saisit pas.

Soudain elle comprit où était le problème : ils n'utilisaient pas le même langage.

Elle prit alors un petit bâton et entreprit de dessiner sur la terre. Elle représenta le fleuve avec deux lignes, montra qu'elle était d'un côté et qu'elle voulait aller de l'autre côté. Les deux hommes se consultèrent puis le plus jeune des deux lui indiqua l'ouest du fleuve et expliqua dans son langage comment traverser.

Avec de la concentration, Neala pensa distinguer les mots rivage, barque et traverser. En fait, elle réalisa rapidement que le langage n'était pas si différent mais les mots n'étaient pas prononcés de la même façon. Elle les remercia et reprit son chemin, vers l'ouest.

En effet, un moment plus tard, elle aperçut un ponton de bois sur le rivage, sur lequel étaient attachées des barques pouvant transporter plusieurs personnes et des marchandises.

Quatre hommes étaient chargés d'organiser la traversée et il y avait plusieurs personnes qui attendaient sur le ponton. D'ici on se rendait compte que le fleuve était bien plus large que la rivière qui bordait le village de Neala. Il aurait été beaucoup trop dangereux de vouloir le traverser à la nage.

Neala prit donc place à bord d'une des barques, accompagnée de Feu, avec d'autres personnes qui la dévisageaient avec curiosité.

Elle avait conscience d'être physiquement très différente d'eux, avec ses longs cheveux auburn bouclés et détachés, sa peau laiteuse et ses yeux aussi verts que les jeunes pousses de printemps. Les passagers étaient eux-mêmes très bruns, avec des yeux foncés pour la plupart et les femmes avaient les cheveux sagement tressés. Leur peau était sombre et leurs vêtements, très simples.

Mais surtout ils semblaient tous se poser la même question : pourquoi une jeune femme, manifestement originaire d'une autre région au vu de ses vêtements et de son langage, voyageait seule avec son chien ? Ceci leur était totalement mystérieux.

La traversée sembla durer une éternité en raison du silence qui régnait. Personne n'osa l'interpeller ni interagir avec elle. Elle débarqua de l'autre côté du rivage, offrit un joli coquillage au passeur pour le remercier et reprit sa route sans se retourner. Surpris, l'homme murmura quelques mots en admirant le coquillage, avant de continuer à débarquer le reste de sa cargaison.

De ce côté du fleuve, elle pouvait encore mieux admirer son objectif. Les montagnes qu'elle voulait atteindre se dressaient à l'horizon, plein sud. Elle avait d'abord une immense plaine à traverser avant d'atteindre les premières collines qui menaient vers les reliefs escarpés.

Le soleil s'était voilé et une averse s'annonçait. Neala décida qu'elle attendrait que la pluie soit terminée pour faire une pause. Elle continua vaillamment, sentant les premières gouttes de pluie sur sa peau.

Ce fut une longue averse et quand enfin elle cessa, Neala était à bout de forces. Elle s'installa près d'un amas de rochers qui annonçait les reliefs. Elle s'allongea à même l'herbe humide et sans même prendre le temps de manger, sombra dans un profond sommeil. A son réveil elle avala quelques provisions, attendit le retour de Feu et repartit. Elle voulait arriver avant la nuit au pied de la montagne qu'elle devait gravir pour trouver les blocs de cristal. Elle savait que pour ça, elle devait longer une première chaîne de sommets par l'ouest et qu'elle se trouverait ensuite face à cette immense montagne qui cachait de si beaux blocs de cristal.

Elle poursuivit sa route sous un ciel maussade. La végétation avait changé, ce n'était plus la grande plaine herbeuse mais des collines désolées, caillouteuses et sur lesquelles presque rien ne poussait.

La jeune femme progressait néanmoins à un rythme soutenu et fut bientôt en face de la montagne recherchée. Soulagée et épuisée, elle chercha un endroit pour dormir à l'abri de la pluie et du vent. Elle trouva bientôt un lieu convenable et prépara son camp comme la veille. Un coucher de soleil grandiose, dans un ciel teinté de rose, d'orange et de rouge, fit place à une magnifique nuit étoilée.

Les nuages s'étaient en effet dissipés et les étoiles brillaient sur la toile sombre d'une façon presque surnaturelle. Émerveillée et intimidée à la fois, Neala se sentait privilégiée d'être le témoin de tant de beauté. Avant de s'endormir, elle adressa une prière de remerciement à la Source de Vie qui lui permettait de vivre de si magnifiques moments.

Elle s'éveilla aux premières lueurs de l'aube avec les jappements de Feu. Il était manifestement ravi d'avoir trouvé son petit déjeuner, un lapereau imprudent qui rodait trop près du grand carnivore.

Alors qu'il déchiquetait sa proie sous les yeux quelque peu dégoûtés de la jeune femme, celle-ci entreprit de faire le tour de son camp pour voir si elle pouvait aussi trouver de quoi se rassasier. Mais dans ce paysage montagneux et aride, il ne poussait que de l'herbe rase et quelques lichens. Dépitée, elle sortit de son baluchon deux galettes d'orge qu'elle mastiqua lentement. Elle devait se rationner si elle voulait terminer son voyage sereinement.

Son objectif pour la journée était clair : elle devait trouver les cristaux blancs, en récolter quelques-uns et redescendre dans la plaine ou dans tous les cas, s'en approcher. Ce paysage désertique était certes magnifique mais Neala, qui adorait ses promenades en solitaire proche du village, se sentait très isolée et vulnérable, seule dans ces montagnes.

— Allez Feu, allons-y ! lança-t-elle d'un ton encourageant, plus pour elle-même que pour le grand chien qui était toujours enthousiaste à l'idée de se dégourdir les pattes.

Elle entreprit l'ascension de la montagne avant que le soleil ne soit trop agressif. Elle progressait vite, malgré les courbatures dans ses jambes qui avaient été bien sollicitées ces derniers jours.

Le panorama était grandiose, elle apercevait d'un côté les cimes du massif, dans les tons gris et vert pastel des herbes d'altitude, et quand elle se retournait elle pouvait voir le contraste de vert avec les herbes grasses et riches des vallées et au loin, de la plaine. Le soleil jouait à cache-cache avec les nuages et pour le moment, il n'y avait pas eu de précipitations.

Elle marcha plusieurs heures, en zigzaguant dans les cailloux, toujours en direction du sommet.

Soudain elle aperçut une tache blanche et brillante au milieu du camaïeu de gris, au loin sur une pente relativement douce. Intriguée et excitée, elle accéléra le pas pour se rendre auprès de cette anomalie dans le paysage. Peu avant d'y arriver, elle trouva sur le sol des petits cristaux blancs et brillants.

— Nous sommes sur la bonne voie, je le sens, s'écria-t-elle.

Encore un effort et elle arriva au bord de ce qui semblait être une mare de cristaux blancs.

— Oh ! C'est magnifique ! Regarde-moi cette merveille ! s'extasia-t-elle.

Feu n'était pas vraiment intéressé par les cailloux, il traversa la formation rocheuse sans même daigner baisser la tête et, comprenant qu'ils allaient rester un moment dans cet endroit, il partit explorer les alentours.

Neala se baissa et entreprit d'observer de plus près ces cristaux. D'abord elle n'osait pas les toucher, puis la curiosité l'emporta sur l'intimidation et elle saisit alors un beau bloc de cristal. Après hésitation, elle se dit qu'il n'était pas si parfait et elle se mit en quête d'autres blocs. Elle en choisit plusieurs, tous d'une forme et d'un volume à peu près semblables, de la taille, se dit-elle avec une ironie un peu triste, du lapereau qui avait servi de déjeuner à son chien.

Elle remplit son panier en forme de hotte avec les blocs sélectionnés et décida de rebrousser chemin.

Mais au moment de soulever son panier, à son grand désarroi, elle se rendit compte très rapidement qu'il était bien trop lourd. A regrets, elle sut qu'elle devait se séparer de près de la moitié des blocs qu'elle avait ramassés. Elle recommença donc sa méticuleuse sélection pour ne garder que les plus belles pièces.

Une fois sa tâche accomplie, elle remit sa hotte sur son dos, appela Feu et redescendit en direction de la vallée.

Une bonne partie de la journée s'était écoulée, elle avait bu de l'eau dans les petits ruisseaux de montagne qu'elle avait croisés mais elle n'avait rien avalé depuis l'aube. Lors de sa descente, elle prit soin de noter mentalement les repères qui lui permettraient d'indiquer le lieu de sa récolte.

Elle reconnut bientôt l'environnement dans lequel ils avaient bivouaqué la veille et se dit que finalement, ce serait très bien de dormir par ici. Elle ferait ainsi l'économie de la recherche d'un autre endroit acceptable et de plus, elle appréciait ce sentiment de familiarité du lieu.

— C'est presque comme à la maison, dit-elle à voix haute en souriant.

Elle posa avec soulagement sa hotte dont les lanières lui avaient lacéré les épaules et piocha dans son sac quelques morceaux de galette d'orge, se disant qu'elle devrait absolument compléter ses vivres dès le lendemain car elle arrivait au bout de ses réserves.

Le vent s'était levé, provoquant bourrasques et sifflements inquiétants. L'absence d'arbres alentour conférait une atmosphère étrange et angoissante pour la jeune femme, elle était habituée au bruissement des feuilles et au mouvement des branches, les sifflements du vent sur les pierres étant un son inhabituel et effrayant pour elle. Elle ressentait plus que jamais l'isolement et même la présence de Feu à ses côtés ne suffisait pas à la rassurer. Elle s'endormit péniblement par intermittence et attendit l'aube avec impatience. Heureusement, les nuits à cette saison de l'année étaient très courtes.

Elle se remit en chemin dès le petit matin, sans même prendre le temps de manger. Elle atteignit rapidement la plaine, heureuse de quitter ces montagnes magnifiques mais angoissantes d'isolement.

Dès qu'elle aperçut quelques arbustes, elle se mit à la recherche de baies sauvages qui pourraient compléter ses restes de galettes. Par chance, un bosquet de framboisiers l'attendait, à l'orée d'un petit bois. Elle mangea toutes ces belles framboises qui s'offraient à elle, remerciant la Source de Vie pour ce cadeau très apprécié.

Elle reprit son chemin en direction de la grande rivière. Elle savait maintenant comment la traverser et au fur et à mesure qu'elle s'approchait du point de passage, elle croisait de plus en plus de ses semblables.

Avant d'arriver près du radeau, elle prit soin de dissimuler les beaux blocs de cristal qu'elle transportait à l'aide de ses fourrures qui lui servaient de couverture. Elle ne souhaitait pas attirer l'attention des autres passagers. Elle garda toutefois un petit bloc qu'elle avait collecté à cette intention, de la taille d'un poing mais composé de grands cristaux irréguliers et presque translucides, une très belle pierre.

Elle prit place à bord du radeau et, à son arrivée sur l'autre rive, tendit la jolie pierre au passeur. Celui-ci regarda la pierre, admiratif, mais avant même qu'il ne commence à poser une question, Neala remit sa hotte sur son dos et tourna les talons.

C'était un peu cavalier de sa part mais elle n'avait aucune envie d'expliquer d'où venait son butin. Elle voulait juste le gratifier pour la traversée.

Elle continua dans la grande plaine, s'arrêta pour la nuit près d'un bois abondamment fourni en baies de toutes sortes et repartit à l'aube.

Neala avait maintenant hâte de rentrer au village et de montrer son trésor à Collun et aux autres. Comment accueilleraient-ils sa découverte ? Accepteraient-ils son idée d'embellissement du monument ? Ou avaient-ils complètement abandonné l'édifice inachevé ? Toutes ces questions lui occupaient l'esprit et la plongeaient dans une incertitude grandissante.

En partant pour son escapade, elle s'était sentie pousser des ailes, encouragée par l'esprit d'Ama et la Source de Vie. Mais maintenant qu'elle approchait de son but, le doute l'envahissait. Et si elle s'était trompée ? Quelle devrait être sa décision ? Quitter le village ? Pour aller où ?

Ses ruminations lui accaparaient tellement l'esprit qu'elle dévia légèrement sa trajectoire et se retrouva bien plus en amont de la rivière proche du village que ce qu'elle aurait voulu.

— Et voilà ce qui arrive quand on est pris dans ses pensées et inattentif à ce qu'on vit, dit-elle en maugréant.

La nuit était en train de tomber et il était trop tard pour atteindre le point de traversée de la rivière. Neala se résolut à dormir près de l'eau, après s'être restaurée de noisettes, de fraises et des quelques miettes restantes de ses galettes. Elle s'emmitoufla dans sa couverture de fourrure et, bercée par le bruit de l'eau toute proche, elle ferma ses yeux.

Elle ne put attendre le lever du jour pour achever la dernière étape de son périple. Il faisait encore très sombre quand elle replia sa couverture et réveilla Feu pour repartir. Celui-ci ne comprenait pas trop pourquoi on devait partir alors que le jour pointait à peine et de mauvaise grâce, il se leva pour suivre mollement sa maîtresse.

Ils arrivèrent avant la mi-journée au point de passage de la rivière. Malgré l'expérience acquise quelques jours plus tôt, le poids de la hotte, en déplaçant le centre de gravité, ne facilitait pas la tâche et c'est avec un équilibre plus que précaire et un style très particulier que Neala fit son « atterrissage » sur l'autre rive. En réalité elle tomba juste avant d'atteindre la rive, avec de l'eau jusqu'aux genoux seulement et surtout, sans endommager sa précieuse cargaison.

— On y est, Feu ! s'écria-t-elle dès qu'elle eut les pieds au sec.

D'un pas rapide, revigorée par cette chute partielle dans l'eau fraîche qui lui avait permis, au passage, de se désaltérer et de se débarbouiller de la poussière de son périple, elle prit la direction du village.

En chemin elle croisa sa sœur qui descendait à la rivière avec ses deux enfants.

— Tu es de retour ! J'étais si inquiète ! s'exclama Seena en venant serrer sa sœur dans ses bras.

— Oui, et tout s'est très bien passé, j'ai eu beaucoup de chance, expliqua Neala

— As-tu trouvé ce que tu cherchais ?

— Oui, déclara Neala avec un sourire malicieux.

— Tant mieux, au moins tu n'auras plus à repartir.

— Mais enfin, je compte bien voyager encore ! Tu sais j'ai vu plein de choses merveilleuses, des paysages grandioses et, même si je n'ai pas trop osé m'approcher, j'ai croisé beaucoup de personnes qui ont très certainement des tas de choses à m'apprendre, tout ceci est tellement excitant ! s'enthousiasma la jeune femme.

— Eh bien moi, tout ça me fait peur, et il y a bien assez à faire au village pour ne pas s'ennuyer.

— Je comprends, dit Neala en souriant alors qu'elle observait ses neveux se courir après en hurlant, sous les aboiements joyeux de Feu. Je vais rentrer chez moi me reposer un peu, je suis éreintée. Pourras-tu, si tu le croises, dire à Collun que je suis rentrée ? Il y a quelque chose que j'aimerais lui montrer.

— Bien sûr, je le ferai. Viens donc partager notre repas ce soir, tu nous raconteras ton voyage.

— Avec plaisir !

Ravie, Neala reprit sa route jusqu'à sa maisonnette. Là elle déposa enfin son lourd fardeau et massa ses épaules, entaillées par les lanières de sa hotte, avec son baume cicatrisant. Elle s'allongea sur sa couche et s'endormit aussitôt.

Elle se réveilla vers le milieu de l'après-midi, affamée et terriblement courbaturée. Elle se mit à la recherche de quelque nourriture à se mettre sous la dent mais il ne restait pas grand-chose à proximité.

— C'est une leçon à retenir, pensa-t-elle, quand on prépare un voyage il faut aussi penser au retour ! Je dois faire cuire des galettes et en attendant qu'elles soient prêtes, il ne me reste plus qu'à chercher quelques baies !

Elle prépara donc un feu, concassa des grains de blé et d'orge qu'elle avait en réserve dans des pots fermés au fond de son logis, alla récupérer de l'eau dans un bol laissé à la pluie depuis son départ et forma ses galettes avant de les poser sur une pierre plate au-dessus des braises.

Le temps qu'elles cuisent, elle s'aventura dans le bois derrière sa cabane pour tenter de débusquer quelques framboises dans les buissons qu'elle avait repérés depuis longtemps.

Malheureusement pour elle, d'autres étaient déjà passés par là et sa récolte fut bien maigre. Mais les quelques fruits qu'elle ramassa lui permirent de patienter jusqu'à la fin de la cuisson des galettes. A peine celles-ci sorties des braises, Neala se jeta dessus sans même attendre qu'elles ne refroidissent.

La jeune femme réalisa seulement à ce moment-là à quel point elle était épuisée et en manque de nourriture.

— Eh bien, se dit-elle, voilà une deuxième leçon pour un prochain périple : je dois mieux m'alimenter pendant toute la durée du voyage si je veux revenir en forme !

Après s'être restaurée, elle voulut admirer les trésors qu'elle avait ramenés. Elle déballa donc sa couverture de fourrure et découvrit les blocs de cristal. Dans la pénombre de la cabane ils étaient moins étincelants, mais elle était certaine qu'ils impressionneraient les villageois si elle se débrouillait pour faire une mise en scène convenable.

Elle décida d'aller sur le site de la construction. En arrivant sur la colline, tout était désert. Elle n'entendait que le chant des oiseaux et le bruissement du vent dans les arbres alentour, ce bruissement qui lui avait tant manqué deux nuits plus tôt.

Elle fut déçue de ne voir personne sur le chantier. A quoi s'était-elle attendue ? Les hommes lui avaient bien expliqué qu'ils ne voulaient pas continuer. Ils étaient donc retournés travailler dans les champs, réparer les logements qui le nécessitaient et couper du bois pour préparer la saison froide.

Malgré tout, elle avait eu au fond d'elle l'espoir que son départ les fasse changer d'avis. Mais ils s'en étaient tenus à ce qu'ils avaient dit.

Déterminée, elle se mit en face de l'entrée du passage et se mit à observer longuement la forme et les volumes du bâtiment. Elle s'installa face à l'entrée du passage, à une distance suffisante pour avoir une vue sur l'ensemble du bâtiment, se mit en tailleur, les bras posés sur ses genoux, et s'immergea dans une contemplation totale. Elle invoqua la Source de Vie, l'esprit de sa grand-mère et de toutes les générations qui l'avaient précédée et leur demanda de transmettre leur sagesse, leur expérience et leur savoir, pour l'aider à sublimer ce monument sacré.

Elle resta longtemps dans sa méditation, accompagnée par le bruit du vent et la succession de nuages qui venaient, tour à tour, cacher le soleil pour filtrer ses rayons brûlants. Une légère pluie vint mettre un terme à cette séance de connexion avec la Source de Vie.

Puis elle remercia tous les éléments pour leur aide précieuse et se releva, satisfaite. Elle savait ce qu'elle devait faire. Elle redescendit de la colline et aperçut Collun qui venait à sa rencontre.

— Bonjour, ta sœur m'a dit que tu étais rentrée et que tu souhaitais me voir. Je suis content de te voir saine et sauve.

— Merci, le voyage a été fatiguant mais fructueux, j'ai quelque chose à te montrer.

Elle pénétra dans sa maisonnette et ressortit avec un très beau bloc de cristal blanc, presque translucide.

— C'est magnifique ! s'écria le solide chef du village en prenant délicatement le bloc dans ses grosses mains calleuses.

— Et j'en ai rapporté d'autres. J'ai quelque chose à proposer aux habitants du village. Peux-tu leur demander de venir pour un rassemblement devant la maison commune demain soir ?

— Oui je peux faire ça. Un peu avant la tombée de la nuit nous serons là. Je ne sais pas ce que tu as dans la tête mais je te trouve très courageuse d'avoir fait ce grand voyage toute seule.

— Je n'étais pas vraiment seule, Ama m'a accompagnée et guidée. Et mon fidèle Feu ne m'a pas lâchée non plus, dit-elle en souriant et en montrant d'un geste le grand chien qui s'était couché devant la porte. De plus, je sais maintenant exactement ce que nous devons faire de ces blocs. J'expliquerai cela à tout le village demain. Et maintenant, je vais aller voir ma sœur et sa famille !

Collun l'accompagna jusqu'au logis de Seena puis retourna dans son foyer.

Pour l'occasion, Seena avait préparé un grand plat à base d'agneau et d'orge, agrémenté de diverses herbes aromatiques et de tubercules comestibles. Le tout avait mijoté pendant des heures et sentait divinement bon. Ceci n'avait rien à voir avec les galettes de blé à moitié cuites que Neala avait ingurgitées quelques heures plus tôt ! Toute la famille était enchantée de la visite de la Gardienne et s'installa autour du grand plat pour écouter ses aventures.

Seena servit en premier sa sœur, en prenant soin de ne pas mettre de morceaux de viande dans son bol.

— Mais comment veux-tu que ta sœur reprenne des forces si tu ne lui donnes pas de viande ? lui reprocha Drennan.

— Je préfère éviter la viande quand je peux, lui répondit Neala. C'est mon choix et je suis très reconnaissante à Seena de le respecter. De plus, il y a énormément de choses à manger dans ce plat, je ne vais pas mourir de faim aujourd'hui !

— Cela dit, c'est vrai que tu as beaucoup maigri en quelques jours, remarqua Seena.

— Je n'étais pas suffisamment préparée pour ce voyage. Je n'avais pas pris assez de vivres et je n'ai pas pris le temps de chercher de la nourriture en chemin. J'étais tellement pressée de rentrer ! Mais c'était une erreur, j'en ai tiré les leçons pour mon prochain voyage.

— Quoi ? Tu vas repartir ? s'écria Seena, très inquiète.

— Oui bien sûr, maintenant que j'ai pris goût à l'aventure je ne compte pas m'arrêter là ! Mais je serai très prudente et mieux organisée, je peux te l'assurer !

Tout le monde se mit à rire et le repas se poursuivit dans la détente et la bonne humeur. Les enfants chahutaient, les adultes commentaient le récit de Neala avec étonnement et aussi avec une pointe d'envie que l'on ressentait surtout pour les hommes. L'idée d'explorer le vaste monde ne les effrayait pas, au contraire cela éveillait leur curiosité.

La discussion se poursuivit jusque tard dans la nuit puis Neala, épuisée et rassasiée, prit le chemin de sa maisonnette en bordure du bois. Feu vint s'installer près d'elle, lui aussi l'estomac plein car il avait eu droit à de gros os pendant tout le repas. Tous deux s'endormirent bien vite.

Une bonne partie de la journée du lendemain fut dédiée à la recherche de nourriture dans les environs. La jeune femme collecta des noisettes, des tubercules qu'elle pourrait mettre à cuire, des baies diverses et aussi des salades sauvages qui relèveraient le goût de ses galettes de céréales.

En revenant chez elle, elle s'assit devant la porte de sa cabane, saisit une petite branche de noisetier et se mit à tracer des lignes dans le sol. Elle avait une idée précise de ce que devait être le monument une fois achevé car elle l'avait vu dans une de ses transes. Mais comment expliquer aux bâtisseurs ce qu'ils devaient faire ?

Elle eut donc l'idée de représenter le monument sur le sol. Au début, les lignes qu'elle traçait n'étaient qu'un ensemble de gribouillages insignifiants. Mais au bout de quelques tentatives, elle réussit à voir dans ses lignes le monument. Évidemment il fallait faire travailler un peu son imagination. Mais cette représentation suffirait à faire comprendre aux hommes ce qu'elle attendait d'eux.

Elle poursuivit ses efforts, recommença son dessin encore et encore jusqu'à arriver à un résultat satisfaisant. Contente, elle observa longuement son croquis pour le mémoriser puis elle l'effaça d'un revers de la main. Elle était prête pour présenter son plan.

Le soleil baissait, la journée avait été étouffante et l'air frais était bienvenu. La jeune femme prit la direction de la maison commune, avec sa hotte contenant les blocs de cristal blanc, sa baguette de noisetier et suivie de Feu.

La plupart des gens du village était déjà assemblée sur le lieu de rendez-vous et, en attendant de connaître la raison de leur convocation, ils en profitaient pour échanger les dernières nouvelles.

Voyant que Neala était là, Collun prit la parole.

— Comme vous le savez tous, notre Gardienne est partie quelques jours et elle souhaite partager avec vous sa vision concernant notre monument.

Impressionnée de s'adresser ainsi à la foule, la jeune femme prit une grande inspiration et démarra d'une voix claire mais légèrement tremblante le discours qu'elle avait commencé à préparer depuis plusieurs jours déjà.

— Merci à tous d'être venus. La Source de Vie, au travers d'Ama et de ses visions, a choisi notre village pour édifier un monument en son honneur. Ce bâtiment, qui se trouve en haut de la colline, est impressionnant par ses dimensions et la précision avec laquelle il a été construit, vous en avez eu la preuve lors du basculement des saisons il y a quelque temps. Mais, poursuit-elle après une pause, il n'est pas terminé.

Laissant passer les commentaires désapprobateurs, elle reprit d'une voix forte :

— On ne doit pas s'arrêter au milieu du chemin. Ce serait déshonorer la Source de Vie et la mémoire d'Ama. Je sais que sur la période à venir, la priorité va être donnée aux moissons et au travail dans les champs. Mais après ceci, la construction doit reprendre, voici quelque chose que je voudrais vous montrer.

Elle saisit dans sa hotte un premier bloc de cristal. En l'élevant dans le ciel, elle dit :

— Voilà ce que nous allons utiliser pour rendre ce monument éblouissant !

Tous les villageois s'exclamèrent en voyant ce magnifique cristal étincelant dans des derniers rayons de soleil de la journée. Satisfaite de son effet, Neala fit passer le premier bloc à Collun puis elle attrapa les suivants et les mit dans les mains de hommes les plus proches. Elle reprit son discours.

— Grâce aux explications de Collun, et guidée par Ama, j'ai trouvé un gisement entier de ces blocs de cristal. Je n'en ai pris qu'un tout petit nombre, il y en a une énorme quantité, de quoi recouvrir les pentes que nous allons faire de part et d'autre du passage. Je vais vous dessiner ma vision.

Sur ces mots, elle s'accroupit au sol et, armée de sa baguette de noisetier, elle entreprit de faire un premier dessin. Quelques hommes s'approchèrent.

— Voici l'édifice tel qu'il est aujourd'hui.

Quelques pas plus loin, elle prit son temps pour tracer les lignes représentant le bâtiment tel qu'elle l'avait vu dans sa transe, et tel qu'elle s'était entraînée à le dessiner plus tôt dans la journée.

— Et voici le bâtiment achevé. Comme vous le voyez, la surface est la même mais il est beaucoup plus haut. De plus, de part et d'autre du passage, il y aura deux grandes pentes que nous recouvrirons entièrement de blocs de cristal. Cette surface reflétera le soleil et ainsi notre magnifique édifice sera vu de très loin !

Elle entra alors plus en détail dans les explications techniques pour la construction et répondit aux questions des personnes qui venaient, tour à tour, voir les deux dessins.

L'un d'entre eux demanda soudain :

— Mais comment faire pour trouver autant de blocs ?

— Il faudra probablement plusieurs voyages vers les montagnes pour aller les chercher. Si Collun est d'accord, j'accompagnerai dès la fin des moissons un groupe d'hommes pour leur montrer le gisement. Cela prendra du temps mais faites-moi confiance, le résultat sera extraordinairement beau.

D'abord sceptiques, les villageois s'enthousiasmèrent au fur et à mesure qu'ils imaginaient, grâce au dessin, leur futur monument. Chacun commentait la beauté du cristal et les hommes se réjouissaient à l'idée d'une expédition dans les montagnes. Tous étaient conquis.

La jeune femme était folle de joie, elle avait réussi son pari. La construction allait reprendre bientôt, les villageois avaient retrouvé la force et l'envie de poursuivre la mission confiée par la Source de Vie.

Chapitre 5

Rencontrer

Ils étaient de retour au village. Enfin presque, il ne restait plus que la rivière à traverser et ils seraient chez eux, attendus par tous.

Neala était éreintée mais la satisfaction d'avoir rempli sa mission était la plus forte. Comme prévu, elle avait accompagné un groupe d'hommes, menés par Drennan, sur le gisement de cristaux blancs. Le voyage s'était parfaitement déroulé, même si le froid avait rendu les conditions de route beaucoup plus pénibles que lors de sa première visite.

Après les moissons, la construction avait repris et la plupart des hommes du village était retournée sur le chantier. Enthousiastes et motivés, ils avaient transporté d'énormes quantités de cailloux et de terre pour former les deux grandes pentes de part et d'autre du passage couvert. Ils avaient aussi augmenté considérablement la hauteur de l'édifice en ajoutant des volumes incroyables de la même matière. L'aspect du monument avait tellement changé au cours de la dernière saison, il était méconnaissable.

Pour l'instant, plus personne ne taillait de pierres. Tout le groupe s'était complètement consacré à l'augmentation de volume et la création des deux pentes qui recevraient les blocs de cristal. Dès que les pentes atteignirent la forme et la hauteur désirée, Collun décida qu'il était temps d'aller chercher les blocs blancs.

L'expédition fut longuement préparée, avec l'expérience précédente de Neala, les conseils des anciens, le soutien des femmes et des enfants qui préparèrent les provisions et les paniers à mettre sur le dos. Tout le monde était mis à contribution et même si seulement une partie des hommes serait du voyage, dont Drennan, Rudd et Kelan, trois des principaux bâtisseurs, cette expédition était en fait l'expédition de tout le village.

Neala n'avait eu aucun mal à retrouver le gisement et, un peu plus loin dans les montagnes, ils avaient trouvé d'autres espaces couverts de cristaux blancs. Ils les avaient soigneusement sélectionnés pour qu'ils fassent approximativement la même taille et qu'ils soient les plus blancs possibles.

Le retour avait été difficile car les hommes étaient lourdement chargés, même la jeune femme portait une cargaison encore plus lourde que celle de son premier voyage.

Mais il n'y eut pas d'incident majeur, les personnes qu'ils croisèrent se montrèrent intriguées par ce groupe chargé de cailloux blancs et certains posèrent des questions, mais personne ne se montra ni menaçant ni agressif et le groupe put cheminer sans encombre jusqu'à leur village.

Il restait donc juste la rivière à traverser avant de pouvoir enfin se reposer.

Alors qu'ils s'approchaient de la berge, Neala entendit un soupir plaintif qui semblait venir de derrière les fourrés. Méfiante, craignant de se trouver nez à nez avec quelque bête sauvage blessée et se remémorant parfaitement sa rencontre fortuite avec la laie qui l'avait tant effrayée quelques années plus tôt, elle appela Drennan et lui montra de la main le fourré dans lequel elle avait entendu la plainte.

Drennan fit signe à deux autres hommes de s'approcher, ils retirèrent leur hotte, s'armèrent tous le trois d'une lance et s'aventurèrent dans les buissons tandis que Neala, qui avait enlevé sa hotte aussi, restait en arrière.

Au bout de quelques minutes, Drennan demanda à la jeune femme de venir.

Dès qu'elle eut traversé les épais buissons, elle se retrouva dans une toute petite clairière au centre de laquelle se trouvait un homme recroquevillé sur le sol, manifestement blessé.

— Je n'ai jamais vu un homme semblable, ses vêtements sont étranges et je ne comprends pas ce qu'il dit. Il a l'air de beaucoup souffrir constata Drennan.

— Je vais essayer de voir ce qu'il a, et si on peut l'aider, proposa Neala.

— Méfie-toi, on ne sait pas s'il est dangereux. On reste près de toi.

La jeune femme s'approcha et essaya de voir le visage de l'homme. Il était couché sur la terre, complètement ramassé sur lui-même, les deux bras se tenant le ventre et le visage tourné vers le sol, souillé d'égratignures, de terre, de cendres, de vomissures et de sang. Il gémissait et semblait essayer de prononcer des mots complètement incompréhensibles. Il paraissait âgé, ses yeux étaient fermés et il n'avait manifestement pas pris conscience des arrivants.

— Il est malade, dit-elle. On va essayer de lui donner à boire.

Rudd fit passer une gourde en peau de chèvre et Neala fit couler de l'eau sur son visage barbouillé. Dès qu'il sentit l'eau, l'homme se retourna légèrement et ouvrit les yeux, surpris. Ses yeux étaient incroyablement bleus, Neala n'avait jamais croisé une personne avec de tels yeux, même lors de ses deux voyages. Et ces yeux de la couleur du ciel à l'aube la regardaient fixement, comme hypnotisés. Au bout de quelques secondes, la douleur reprit possession du vieil homme, il ferma les yeux et recommença ses plaintes.

— Il faut essayer de le soigner mais je n'ai pas mes remèdes ici, déclara Neala. Il faut l'amener au village.

— Mais il est peut-être dangereux ou enragé, on ne comprend pas ce qu'il dit, je ne veux pas faire courir de risque à notre groupe, objecta Drennan.

— Je comprends, mais je ne peux pas le laisser mourir ici tout seul. Car si on ne fait rien, c'est ce qui arrivera. Tu peux retourner au village avec les autres, ramener la cargaison de cristal et plus tard, revenir avec Rudd et Kelan et on le transportera jusqu'à mon foyer. Là je pourrai essayer de le sauver. Et si je n'y arrive pas, je l'accompagnerai de l'autre côté. C'est mon rôle de Gardienne du Passage.

— Et en attendant que je revienne tu vas rester ici seule avec lui ?

— Il est mourant, je ne risque rien, je t'assure. Peux-tu me laisser de l'eau et quelques fruits secs pour la nuit ? Je sais qu'on n'a plus de galettes, je vais me débrouiller avec ça.

— Très bien, acquiesça Drennan en cherchant les vivres demandés. Il rappela ensuite ses compagnons et ils se remirent en route vers le village.

Neala entreprit de débarbouiller le visage de l'étranger souffrant. Elle versa de l'eau et frotta doucement avec des herbes ramassées dans la clairière. Il n'était finalement peut-être pas si âgé que ça, ses mains, grandes et fortes, n'étaient pas ridées. Mais il était si déshydraté qu'il était difficile d'estimer son âge.

La jeune femme essaya de le faire boire, quand elle versa de l'eau dans sa bouche il esquissa un mouvement avec ses lèvres, essaya d'avaler une gorgée mais recracha presque aussitôt la totalité.

Elle remarqua soudain ce qui ressemblait à un sac, à quelques pas de là. Elle n'y avait pas prêté attention en arrivant dans la clairière. Elle le ramassa et en sortit une couverture de peau qu'elle utilisa pour recouvrir l'homme qui grelottait. Elle mit ensuite le sac sous la tête de l'étranger qui n'avait plus rouvert les yeux depuis que leurs regards s'étaient croisés.

Elle s'assit ensuite près de lui, emmitouflée dans sa propre couverture, et démarra ses incantations d'accompagnement comme Ama les lui avait enseignées. Le froid était vif mais heureusement, le temps resta sec.

Un peu avant la nuit, voyant que l'homme était toujours vivant même si le volume de ses plaintes avait sensiblement baissé, Neala décida d'allumer un feu. Elle ramassa du bois sec alentour et, à l'aide de ses bâtons et d'un peu de mousse bien sèche, fit bientôt crépiter un joli feu dont la chaleur était bienvenue.

L'étranger ne se plaignait plus, il avait gardé sa position fœtale mais il semblait dormir.

Neala croqua les quelques noisettes laissées par Drennan, essaya encore de faire boire l'homme sans succès, et elle décida d'essayer de dormir. Elle savait que Drennan ne serait pas de retour avant le petit matin et elle était de toute façon épuisée par le voyage qu'elle venait d'accomplir. Elle aurait dû être effrayée, seule dans la nuit glacée auprès de cet étranger mourant mais bizarrement, elle se sentait bien. Elle remplissait son rôle de Gardienne du Passage, pour tous les êtres vivants qui avaient besoin d'elle. Elle était incroyablement sereine, elle se sentait à sa place.

Quand elle s'éveilla au petit jour, son premier geste fut de vérifier l'état de l'étranger. Il était très faible mais encore vivant. Elle essaya de le faire boire et, toujours sans ouvrir les yeux, il avala une petite gorgée d'eau. Puis une deuxième, et même une troisième. Il recracha le reste sur le sol.

Encouragée par ces progrès, Neala raviva le feu avec quelques branches et entreprit de se frictionner les mains pour se réchauffer, elle était gelée.

Quelque temps plus tard, Drennan arriva avec Kelan et Rudd. Ils avaient confectionné un brancard avec deux longues branches, qui servaient de structure principale, et des petites branches attachées avec des joncs entre les deux branches principales.

— Alors, qu'est-ce qu'on ramène au village, demanda Drennan, un malade ou un cadavre ?

— Pour l'instant il est en vie, mais il est très faible, dit Neala. Je ne sais pas ce qu'il a, on dirait qu'il souffre du ventre mais comme il ne parle pas, ce n'est pas évident.

— Emmenons-le, dit-il en chargeant l'homme sur le brancard à l'aide de ses deux compagnons, nous verrons bien.

Neala récupéra le sac de l'étranger ainsi que son propre sac, elle remit aussi sur son dos la hotte qu'elle avait abandonnée un peu plus loin, et suivit le cortège.

Le moment le plus délicat fut la traversée de la rivière. En effet, l'étranger était inconscient et incapable de se mettre debout. Il n'était donc pas question de le faire traverser dans un petit radeau avec une gaffe.

Drennan chercha le plus grand des radeaux et ses compagnons installèrent le brancard entre ses pieds afin que celui-ci puisse avoir un maximum de stabilité pendant la traversée. Avec une grande agilité et beaucoup de force, l'équipage arriva sans problème sur l'autre berge. Le malade n'avait toujours pas ouvert les yeux. Feu suivait cet étonnant groupe à distance, intrigué et méfiant à la fois.

Ils arrivèrent au village où les attendaient Collun ainsi que quelques autres.

— Est-il toujours en vie ? demanda-t-il.

— Oui mais très mal en point, répondit Neala. Je voudrais essayer de le soigner mais je n'ai aucune idée de ce qu'il a. Je pense qu'il souffre du ventre.

— T'a-t-il dit d'où il venait ?

— Il ne m'a pas parlé et les mots qu'il prononce dans son délire sont incompréhensibles. Je crois qu'il ne parle pas notre langue, il doit donc venir de très loin. De plus ses habits ne ressemblent pas aux nôtres.

— As-tu regardé ce qu'il y avait dans son sac ? demanda le chef du village en désignant le sac de peau d'une forme inhabituelle que portait la jeune femme.

— Non, j'ai juste pris une couverture qui dépassait du sac car il grelottait, mais je n'ai pas regardé plus loin.

— Comment peut-on être certains que cet étranger ne souffre pas d'une maladie qui nous emportera tous ?

— Je n'en sais rien, Collun. Mais ce dont je suis sûre, c'est que si on n'essaie pas de le soigner il mourra très rapidement. Cependant s'il survit je serais très intéressée de parler avec lui sur les méthodes de tissage qu'ils utilisent chez eux. j'ai longuement observé son sac, il est très pratique et très solide, nous aurions beaucoup à apprendre de lui, c'est certain.

— Bien, soupira Collun, sentant qu'elle était déterminée à s'occuper de l'étranger. Alors emmenez-le chez toi. A part toi, personne ne doit avoir de contact avec lui. Tu devras être la seule à lui donner des soins. Ta sœur va t'apporter des vivres mais ne la laisse pas entrer chez toi. Il faudra que tu sois très prudente aussi, on ne sait pas s'il est dangereux. Préviens-moi quand il sera en état de parler, ou... quand il sera mort.

— Je n'y manquerai pas. Merci Collun.

En disant ces mots, la jeune femme se plongea dans une réflexion qui se poursuivit jusqu'à l'arrivée dans sa cabane, à l'orée du bois.

Que faisait ce vieil homme ici ? Pourquoi la Source de Vie l'avait-elle mis sur son chemin ? Cet homme était très malade, vu son état de souffrance et de déshydratation, il aurait dû mourir depuis longtemps. Comment avait-il survécu jusqu'ici et surtout, pourquoi ?

Persuadée qu'il n'y avait pas de hasard dans cette rencontre, Neala se promit d'invoquer la Source de Vie au travers de l'esprit de sa grand-mère dès que possible.

Mais finalement, elle n'eut aucune occasion de le faire dans les jours qui suivirent.

Dès que Drennan et ses compagnons déposèrent l'homme dans la maisonnette de Neala, à l'opposé de sa propre litière, celle-ci entreprit de préparer une décoction à base de plantes dépuratives. Instinctivement elle sentait que l'homme avait besoin de nettoyer l'intérieur de son corps, d'éliminer quelque chose qui lui faisait du mal.

Quand la boisson fut prête, elle essaya de faire boire l'étranger. Ses lèvres étaient très sèches, complètement craquelées par endroits. Néanmoins il put avaler quelques gorgées, sans ouvrir les yeux ni bouger les bras. Il était comme paralysé. En fait Neala se demandait vraiment comment il était encore en vie.

Seena passa un peu avant la tombée du jour pour lui amener quelques galettes de céréales, des fruits secs et un peu de ragoût.

— On ne sait jamais, dit-elle, peut-être que l'odeur de la viande lui redonnera goût à la vie.

— Merci Seena, pour l'instant il est à peine capable d'avaler quelques gorgées de breuvage purifiant. J'ai l'impression qu'il a dans son ventre quelque chose qui le fait souffrir. S'il arrive à se débarrasser de ça alors il a peut-être une chance. Et là je suis sûre qu'il appréciera ton ragoût ! dit la jeune femme en riant !

— Drennan m'a dit que c'était un vieil homme, est-ce vrai ? demanda Seena avec curiosité.

— En fait c'était ce que je croyais aussi. Il est tellement déshydraté et maigre qu'il a la peau toute fripée comme celle d'un vieillard. Mais j'ai observé ses mains, elles sont grandes et fortes, rien à voir avec celles d'Ama les dernières années de sa vie. Pour l'instant j'ai du mal à deviner quel âge il a. Tout ce que je sais c'est qu'il parle un langage étrange et qu'il a des yeux incroyablement bleus.

— Ah oui ?

— Il ne les a ouverts qu'une fois mais c'était très surprenant. Je me suis même demandé si je n'avais pas imaginé !

— Eh bien j'espère qu'il les ouvrira encore, comme cela tu pourras vérifier si tu as toujours toute ta tête ! s'exclama Seena, moqueuse. En attendant, sois prudente, cet homme est peut-être issu de l'une de ces hordes sauvages venues de la mer, les amies d'Ama m'en ont souvent parlé.

— Les anciennes n'avaient probablement plus toute leur tête non plus, répondit Neala, sarcastique. Même si je n'ai jamais vu la mer, je sais que c'est une infinie étendue d'eau. Et franchement, quand tu vois la difficulté que c'est pour traverser une rivière, tu imagines vraiment que des gens puissent voyager sur la mer ?

— Je n'en sais rien, c'est peut-être une légende, mais toutes les légendes sont basées sur des faits. Donc méfie-toi car, horde sauvage ou pas, on ne sait rien de lui. Sois prudente...

— Je le serai. Merci pour les provisions !

Neala rentra dans sa maisonnette les bras chargés. Dès qu'elle passa le seuil de la porte, elle entendit l'étranger gémir.

Elle se pencha sur lui pour lui donner à boire un bol de décoction et tout d'un coup, il souleva la tête et saisit son poignet. Surprise, la jeune femme lâcha le bol et renversa une partie du contenu sur le sol. L'homme grommela quelques mots inaudibles et laissa lourdement retomber sa tête. Neala remplit de nouveau le bol et s'approcha de lui en prononçant doucement quelques mots :

— Tu dois boire, cela va nettoyer ton ventre et tu te sentiras mieux après.

Dans la pénombre elle ne voyait pas si l'homme la regardait. Mais il se mit à boire quelques gorgées du liquide tiède. Presque aussitôt il fut pris de nausées et se mit à vomir un liquide noirâtre, mélange de décoction et de ce qui semblait être du sang.

— Voilà, ce que tu as dans ton ventre est mauvais. Il faut t'en débarrasser, tu dois boire encore et vomir encore.

Elle approcha un grand plat près de la tête de l'homme et recommença à lui faire boire la potion. Il but plusieurs fois, vomit presque aussitôt le contenu de ce qu'il venait d'ingurgiter mais bientôt ; le liquide qu'il rejetait ne contenait plus de sang.

L'homme semblait épuisé mais soulagé. Neala attendit quelques minutes, lui fit boire un peu d'eau pure et le laissa se reposer. Il s'endormit presque aussitôt.

Elle prit alors les bols et plats souillés et alla les laver à la rivière.

Quand elle revint, il faisait complètement nuit. Elle alla vérifier l'état de l'homme. Sa respiration était régulière, il ne gémissait plus, il dormait d'un sommeil réparateur.

Elle mit en ordre ses affaires qu'elle n'avait pas eu le temps de ranger depuis son retour, s'enroula dans sa couverture de fourrure près de son chien, de l'autre côté de la maisonnette et, trop épuisée pour invoquer la Source de Vie ou chercher des réponses, elle tomba de sommeil.

Pendant la nuit, l'homme s'éveilla plusieurs fois en gémissant et à chaque fois, Neala le fit boire et lui dit quelques mots pour le rassurer.

Après cette nuit agitée et peu reposante, commença une routine qui durerait plusieurs jours. Dès le matin, elle lui faisait boire un bouillon dans lequel avaient cuit quelques tubercules et dans lequel elle avait ajouté une poignée de céréales. Il était trop faible pour mâcher et son estomac ne supportait rien de solide. S'il ingurgitait trop de liquide, il vomissait aussitôt. Il fallait constamment s'occuper de lui, l'hydrater, le laver, rafraîchir son front quand il avait trop de fièvre. C'était une attention de tous les instants, pire qu'un nourrisson, pensa Neala.

Cependant il était toujours en vie.

Il ne se plaignait presque plus. Au fil des jours, son estomac supportait de mieux en mieux la nourriture, ses lèvres étaient moins craquelées et il était évident qu'il reprenait des forces.

Il arrivait même à rester éveillé plusieurs minutes d'affilée et dans ces moments-là, il observait Neala sans rien dire. C'était très déroutant pour la jeune femme qui se sentait surveillée mais sans aucun signe de volonté de rentrer en communication. Probablement était-il trop épuisé pour cela.

Un matin, alors qu'elle revenait de la rivière avec ses ustensiles propres, elle le retrouva assis sur sa litière.

— Hey, on dirait que ça va mieux aujourd'hui ! s'exclama-t-elle quand elle entra.

Surpris, il sursauta et eu un mouvement de recul.

— Mais est-ce que tu crois vraiment que je t'ai soigné pendant tous ces jours pour ensuite venir te faire du mal ? demanda-t-elle, vexée.

Elle rangea ce qu'elle avait dans les mais puis suggéra :

— Puisque tu peux t'asseoir, tu peux peut-être manger. Ma sœur a apporté un peu de viande hier, tu veux essayer ?

Elle approcha le bol de ragoût. Il saisit le bol et, au grand désarroi de Neala, le posa au sol.

Puis, pour la première fois, il s'adressa directement à elle dans une langue inconnue. Déstabilisée, elle lui dit en secouant la tête :

— Je ne comprends pas ce que tu dis.

Cependant elle dirigea sa main vers elle-même et dit :

— Neala. Je suis Neala.

Puis elle le montra du doigt :

— Et toi ? Quel est ton nom ?

Devant son absence de réponse elle décida de s'y prendre autrement.

Elle montra Feu du doigt et dit :

— Feu.

Elle se montra du doigt et dit :

— Neala.

Puis elle le montra du doigt et attendit une réaction.

Semblant enfin comprendre ce qu'on lui demandait, il prononça d'une voix grave mais encore faible :

— Jero.

— Jero, répéta-t-elle enthousiaste. Parfait. Maintenant, tu peux manger !

Et elle lui remit le bol dans les mains. Cette fois-ci il saisit un petit morceau de viande et se mit à le mâcher longuement.

Finalement il mangea près de la moitié du bol puis se rallongea. Cet effort l'avait épuisé. Il s'assoupit rapidement.

Neala en profita pour l'observer longuement. Son visage s'était rempli et même s'il était toujours très maigre, il paraissait beaucoup plus jeune que ce qu'elle avait pensé la première fois qu'elle l'avait vu, agonisant et recroquevillé au sol dans la boue et le vomi. Ses traits étaient réguliers et fins, il avait un large front, ses cheveux formaient une touffe emmêlée et de couleur indéfinissable car encore pleine de terre, de sang séché et de cendre.

Son nez était plutôt fin, comparé aux hommes des environs, et son menton relativement large. Il avait des lèvres charnues et quelques rides apparaissaient de chaque côté de sa bouche, mais elles marquaient plutôt le contour d'un sourire facile qu'un grand âge. Quel âge pouvait-il bien avoir d'ailleurs ? C'était impossible à dire.

Il paraissait aussi plus grand, maintenant qu'il était détendu, allongé sur sa litière. Même si elle ne l'avait jamais vu debout, elle devinait qu'il devait être à peu près aussi grand qu'elle. Même probablement plus, à la réflexion.

Ses mains étaient grandes et puissantes, elle avait déjà remarqué ceci. En revanche, il n'avait toujours que la peau sur les os au niveau de ses bras et de son torse. C'était difficile d'imaginer qu'il avait pu un jour être fort ou musclé. Peut-être avait-il toujours été très fin mais il était fort probable que sa maladie l'avait dangereusement affaibli.

Cependant il toléra bien la viande et Seena fut ravie de l'apprendre. A partir de ce jour, elle apporta quotidiennement une ration du plat familial qu'elle préparait avec soin.

— Alors, quand est-ce que tu nous le montres ? demanda-t-elle avec curiosité.

— Il est trop faible pour se lever, et tant que Collun ne l'a pas vu, il ne veut pas qu'il soit en contact avec d'autres personnes. Mais s'il continue à reprendre des forces, dans quelques jours il pourra sortir.

— D'accord. Tout le village est intrigué par cet étranger que tu soignes depuis votre retour des montagnes de cristal blanc.

— Je comprends, dit la jeune femme en riant, mais les gens vont être très déçus quand ils vont savoir qu'il ne parle pas notre langue.

— Pas un mot ?

— Pour l'instant, à part son prénom il n'a rien dit d'autre.

— Tant pis. Mais peut-être qu'il apprendra, suggéra Seena alors qu'elle reprenait sa route.

Oui, j'aimerais bien, se dit Neala en rentrant.

Jero était assis sur sa litière. Neala lui présenta le bol de nourriture et fut surprise de l'entendre dire demander de l'eau.

L'avait-il entendue prononcer ce mot ? Probablement, car la jeune femme parlait régulièrement à haute voix, à Feu ou à elle-même, parler lui permettait en effet souvent de préciser ses réflexions et trouver des solutions.

En approchant un bol d'eau, elle prononça, en se montrant de la main :

— l'eau. Et pour toi ? demanda-t-elle en le désignant.

Il réfléchit un moment puis prononça un mot dans une langue inconnue.

Neala le répéta plusieurs fois, jusqu'à le prononcer à peu près correctement.

Pour la première fois, l'étranger sourit. Deux jolies fossettes se creusèrent autour de sa bouche et ses yeux s'illuminèrent.

Encouragée par ce succès, Neala entreprit de nommer quelques objets dans le logis. Jero les répéta puis à son tour, les nomma dans sa langue. Mais il montra vite des signes de fatigue et Neala décida qu'il devait garder ses forces pour manger. Elle lui tendit à nouveau le bol de viande et le laissa se restaurer. Il mangeait bien plus vite que le premier jour, il avala donc très rapidement le contenu et se laissa retomber sur sa litière.

La jeune femme décida qu'il était temps d'aller sur le chantier. Elle n'y était pas retournée depuis leur départ vers les montagnes de cristal blanc, comme les avait nommées sa sœur. Cette appellation fit sourire Neala, en chemin vers la colline. Si seulement il existait des montagnes entières de cristal blanc, ce serait tellement plus simple !

Le temps était dégagé mais l'air s'était considérablement refroidi. Elle devait vérifier la période sur le calendrier solaire mais elle savait que la journée la plus courte, qui correspondait avec l'entrée de la lumière dans le passage, ne tarderait plus. Elle se réjouissait d'avance de la cérémonie qui accompagnerait ce phénomène extraordinaire.

En arrivant dans la clairière, elle fut frappée de stupeur.

Les hommes avaient bien travaillé pendant qu'elle s'occupait de l'étranger. Ils avaient positionné tous les blocs de cristal sur les deux pentes de part et d'autre du passage, en commençant par le bas. Même si les blocs étaient loin de recouvrir la totalité des deux pentes, on pouvait déjà imaginer ce que cela donnerait une fois fini.

Et déjà là, avec les blocs du bas de la pente étincelants sous le faible soleil d'hiver, le résultat était spectaculaire.

La jeune femme passa un long moment à contempler l'édifice. Malgré le froid piquant et le vent glacial, elle s'assit face au bâtiment, dans une de ses places préférées à partir de laquelle elle pouvait avoir une vue d'ensemble parfaite, et partit dans une longue méditation de gratitude pour la Source de Vie, Ama et toutes les personnes qui avaient participé, directement ou indirectement, à l'édification de ce monument.

Une fois sa prière achevée elle s'approcha des bâtisseurs. Elle chercha des yeux Collun et dès qu'elle l'aperçut, elle vint le féliciter.

— Vous avez fait un travail magnifique, je suis émerveillée, bravo !

— C'était ton idée et c'était une très bonne idée, répondit-il en souriant.

— Mais il y a une énorme différence entre avoir une idée et la réaliser.

— Les deux sont complémentaires, souligna-t-il, complice. Alors, comment va ton vieil homme ?

Préférant laisser Collun se rendre compte par lui-même de la réalité sur l'âge de l'étranger, Neala répondit :

— Sa santé s'améliore. D'ailleurs je pense que tu peux venir le voir, même s'il est encore très faible. Mais je te préviens, il ne parle pas notre langue.

— Oui Drennan m'a dit cela. Pas un mot ?

— Il commence à apprendre quelques mots, et il me les dit dans sa langue aussi.

— Pour quoi faire ? demanda Collun, surpris.

Sa question dérouta la jeune femme.

— Si les langages se ressemblent, cela pourrait lui permettre d'apprendre plus vite.

— Peut-être, répondit Collun, dubitatif. En tous cas cet homme a l'air de venir de très loin.

— Quand tu viendras le voir on essaiera d'en savoir un peu plus.

— D'accord, je passerai chez toi ce soir.

Puis il s'en retourna sur le chantier.

La jeune femme resta encore quelque temps pour observer les travaux, elle fit le tour de l'édifice pour voir ce qui avait changé depuis sa dernière visite.

Danio le sculpteur avait fait des merveilles sur certaines des énormes pierres qui ceignaient le bâtiment. Spirales, vagues et autres motifs géométriques décoraient à présent, de façon aléatoire, quelques-unes des pierres. Pourquoi celles-ci uniquement et pas toutes ? Danio avait ses raisons et l'ensemble était parfaitement harmonieux.

Enchantée, Neala reprit le chemin de sa maisonnette.

En arrivant elle eut la surprise de voir Jero debout. Il avait l'air complètement hébété et il tenait à peine sur ses jambes.

— Mais que fais-tu ainsi, s'écria-t-elle, inquiète. Tu es encore trop faible pour marcher.

Effrayée à l'idée qu'il puisse tomber, elle le raccompagna jusqu'à sa litière. Elle remarqua toutefois qu'il cherchait manifestement quelque chose.

— Ton sac ? interrogea-t-elle. Je te l'apporte.

Elle ramassa dans un angle de la cabane le sac qu'elle avait déposé quelques jours auparavant.

En le voyant, l'étranger sembla soulagé. Il l'attrapa, l'ouvrit et en sortit un petit paquet emballé dans une peau, ficelé avec une lanière de cuir. Il le mit contre son torse, comme s'il prenait un nourrisson dans les bras, et se retourna sur le côté.

— Je ne sais pas ce que contient ce paquet mais ça m'a l'air très précieux pour toi, dit Neala. Si cela peut t'aider à guérir c'est tant mieux. Ce soir le chef de notre village viendra te voir. Essaie de te reposer maintenant.

L'étranger n'avait de toute façon plus l'intention de bouger. Avec son paquet tout contre lui, il entra dans une profonde réflexion mélancolique. La jeune femme se demanda même s'il n'avait pas sombré dans la folie, tant il semblait être absent à ce qui l'entourait. Pourtant il ne dormait pas. Il resta un très long moment, les yeux ouverts, le visage grave, comme s'il revivait de pénibles moments, ou peut-être heureux, mais en tous cas qui provoquaient chez lui une immense tristesse.

Gagnée par la mélancolie, Neala décida d'aller ramasser quelques tubercules en attendant l'arrivée de Collun.

Celui-ci apparut au crépuscule, accompagné de Rudd et Drennan.

Dès qu'il les vit, Jero s'assit sur sa litière. Les trois autres hommes s'assirent à une distance raisonnable de lui et la jeune femme resta en arrière.

Tout d'abord, Collun dit son propre nom, ainsi que Rudd et Drennan. Quand ce fut son tour, Jero prononça son prénom aux sonorités si inhabituelles pour ses hôtes.

Une fois les présentations faites, la première question de Collun fut :

— D'où viens-tu ?

Jero ne comprit pas la question. Collun fit donc un geste de la main, montrant l'extérieur.

L'étranger tenta une réponse. Saisissant une brindille qui traînait, il traça dans le sol deux petits cercles assez proches l'un de l'autre. Entre les deux, il dessina une sorte de vague. En montrant la vague il dit :

— L'eau.

Puis il montra le premier cercle, et montra du doigt Collun et son groupe. Enfin, il désigna le deuxième cercle et se montra lui-même de la main.

— Ça alors ! s'écria Neala. Il viendrait de l'autre côté de la mer ? Mais comment est-ce possible ?

— J'ai déjà entendu des personnes raconter qu'elles avaient vu des étrangers venant des contrées au-delà de la mer, mais je n'en avais jamais rencontré moi-même, dit Collun, surpris.

— C'est donc un de ces monstres des hordes sauvages ? s'inquiéta Drennan.

— Mais il n'a rien d'un sauvage, défendit Neala. C'est vrai qu'il est très faible et très sale à cause de sa maladie. Mais si tu observes ses vêtements et son sac, tu verras que c'est du travail très soigné qui démontre une grande connaissance du tannage, de la couture et du tissage. Un sauvage ne serait pas capable de faire ça.

— Tu as peut-être raison, mais tant qu'on ne peut pas communiquer avec lui, il va être difficile d'en savoir plus.

— C'est une question de temps. Il connaît déjà quelques mots, bientôt nous pourrons parler avec lui et apprendre sur ses techniques.

— S'il reste suffisamment longtemps. Il a certainement entrepris ce voyage pour une raison et je doute que notre village soit sa destination finale.

Neala n'avait pas envisagé les choses de la sorte. Elle s'était habituée à la présence de l'homme et n'avait pas pensé jusqu'alors à son départ. En fait, elle n'avait pas voulu croire à son rétablissement, même si elle l'avait espéré. Aujourd'hui elle considérait les choses sous un nouveau jour. Cet homme allait guérir, rester quelque temps avec eux peut-être, puis reprendre sa route. C'était ainsi, elle devait l'accepter.

— Tu as raison Collun. En attendant, vu qu'il va mieux et qu'il va bientôt pouvoir se déplacer, est-ce que tu l'autorises à aller et venir dans le village, et à être en contact avec les autres ?

— Oui, tant qu'il ne montre pas de signe d'agressivité. Et si c'est le cas, on le chassera.

La conversation se déroulait en présence de l'étranger qui, même s'il ne comprenait pas les mots, pouvait parfaitement comprendre les intonations et le langage non verbal utilisé par les interlocuteurs. La dernière phrase était clairement une mise en garde et Jero n'eut aucun mal à deviner que Collun représentait l'autorité.

Peu de temps après, les trois hommes quittèrent les lieux. L'étranger replongea dans sa réflexion mélancolique avant de s'endormir.

Neala passa quelque temps auprès du feu à tresser des joncs pour faire un panier, puis quand les flammes furent trop faibles pour qu'elle puisse voir son ouvrage, elle alla se coucher aussi.

Au petit matin, une belle journée s'annonçait. Le vent était tombé et il n'y avait que quelques petits nuages pour troubler l'immensité bleue.

Neala prit son panier et alla récolter quelques plantes et mousses qui ne poussaient qu'en cette saison et qui rentraient dans la composition de plusieurs remèdes.

En revenant de son escapade, quelle ne fut pas sa surprise en voyant Jero dehors, debout devant la maisonnette !

Il semblait aveuglé par le soleil mais très satisfait d'être dehors. C'était très étrange de le voir debout en pleine lumière, et même s'il était encore un peu courbé par sa longue période de maladie, il était beaucoup plus grand que ce qu'elle avait estimé. Il fit un signe de la main pour la saluer puis lui demanda :
— De l'eau ?
Elle alla lui chercher un bol à l'intérieur mais en lui présentant, elle comprit que ce n'était pas ce qu'il attendait. Il secoua la tête et dit, en écartant les bras :
— De l'eau, beaucoup de l'eau.
Puis il prit le bol et se le renversa tout bonnement sur la tête.
— Tu veux aller à la rivière ? Pour te laver ? Mais il fait très froid, fit-elle en se frictionnant les bras.
Il secoua de nouveau la tête, fit quelques pas d'une démarche mal assurée mais semblait bien décidé à bouger.
— Très bien, allons-y alors.
Elle prit quelques affaires, incluant une couverture de fourrure et ses bâtons pour faire du feu. Elle appela son chien et ils partirent tous les trois en direction de la rivière.
Elle évita de traverser le village et décida d'aller vers l'ouest, là où l'anse de la rivière comprenait une petite plage de galets. Il leur fallut un certain temps pour l'atteindre, Jero était encore très faible et marcher lui demandait un gros effort. Néanmoins il était déterminé et, même si les pauses étaient fréquentes et l'allure très lente, ils parvinrent malgré tout à la petite plage de galets.
Là, il se déshabilla entièrement et, suivi de près par Feu, il descendit vers l'eau. La jeune femme l'observait, abasourdie. Comment un homme, quasi mourant quelques jours plus tôt, très affaibli et tenant à peine debout, décidait tout à coup que prendre un bain en plein hiver était sa priorité ? C'était à n'y rien comprendre. Cependant il continuait sa progression et eu bientôt de l'eau jusqu'à la taille.

Mais il est fou, se disait Neala. Et s'il s'évanouit à cause du froid, comment vais-je faire pour le repêcher ? Je n'y arriverai jamais toute seule !

Car même très amaigri, il était facile, vu la largeur de ses épaules, de comprendre que sa solide ossature devait peser très lourd. Elle l'observa depuis la berge un long moment, dans un mélange d'étonnement, d'angoisse et d'admiration aussi.

Soudain il plongea dans l'eau la tête la première. Effrayée, Neala retint son souffle jusqu'à ce qu'il réapparaisse un peu plus loin. Là elle se décida à s'activer, elle ne pouvait pas passer son temps à attendre qu'il se noie sous ses yeux.

Après tout, se dit-elle, il a l'air de savoir ce qu'il fait. Feu était ravi d'avoir un compagnon de baignade, il jappait joyeusement tout en nageant autour de Jero.

S'interrompant dans sa contemplation, Neala alla ramasser quelques branches et des herbes sèches et entreprit d'allumer un feu qui serait sans doute très apprécié des baigneurs. En quelques minutes, les flammes dansaient sur la plage de galets.

C'est à ce moment-là que Jero et Feu se décidèrent enfin à sortir de l'eau.

Jero était métamorphosé. Il n'avait plus du tout la démarche courbée d'un vieillard comme durant le trajet pour atteindre la rivière. Il s'était entièrement redressé, ses cheveux, longs jusqu'au milieu de son dos, ainsi que sa barbe, auparavant remplis de crasse, étaient débarrassés de toutes les saletés dont il était couvert depuis que Neala l'avait trouvé, agonisant. Sa peau était rougie par le froid, mais propre et saine.

Même s'il était encore très maigre, son torse était puissant et ses bras, même amincis, semblaient très solides, laissant deviner une grande force. Il souriait dans la lumière du soleil d'hiver qui se reflétait dans l'eau, heureux, comme s'il renaissait à la vie. De le voir ainsi, Neala en eut le souffle coupé. Dire qu'elle l'avait pris pour un vieil homme mourant !

Il n'avait rien d'un vieillard, c'était un homme relativement jeune, en pleine force de l'âge, convalescent certes, mais qui avait en quelques jours quasiment retrouvé sa pleine santé.

Il sortit de l'eau et se dirigea vers le feu, manifestement content que la jeune femme ait pris une telle initiative. Elle lui passa la couverture de fourrure et il s'enroula dedans. Maintenant que l'euphorie du bain était passée, il réalisait à quel point il était gelé et se mit à claquer des dents, toujours en souriant.

La jeune femme profita d'être à la rivière pour faire sa toilette aussi, sans pour autant se tremper entièrement. Elle lava ses longs cheveux qui, une fois mouillés, lui tombaient jusqu'au creux des reins. Quand elle s'asseoir près vers le feu, elle vit que Jero avait remis ses vêtements de peau, toujours très humides car il les avait soigneusement nettoyés avant de les faire sécher grossièrement. Il s'était assis près du feu et semblait complètement absorbé par le spectacle des flammes dansantes. Il avait attaché ses cheveux en arrière à l'aide d'une lanière de cuir qui se trouvait auparavant sur sa tunique. La jeune femme remarqua que ses cheveux étaient raides et blonds, très clairs et cette couleur était très inhabituelle pour les gens de la région. Sa barbe aussi en fait était d'une couleur claire, maintenant qu'elle n'était plus pleine de terre et autres débris.

Laissant l'étranger à sa rêverie, elle entreprit de se démêler les cheveux sans se douter qu'elle était à son tour observée. Elle n'avait pas pris son peigne sculpté dans un os, elle dut donc dénouer ses cheveux trempés avec ses doigts. En séchant, ses boucles auburn se redessinaient et gonflaient, redonnant à sa chevelure cet aspect de crinière indomptée. Jero la regardait faire sans rien dire. Que pensait-il à ce moment-là ? Neala n'en avait aucune idée, elle-même était complètement absorbée dans sa tâche.

Ils restèrent un long moment ainsi, auprès du feu, silencieux et s'observant de temps en temps à la dérobée, à peine troublés par les mouvements du chien qui tournait autour du foyer en cherchant des caresses auprès de l'un et de l'autre.

Le feu faiblissant peu à peu, la chaleur n'était plus suffisante pour les réchauffer, d'autant que le vent s'était levé. Neala se leva et rassembla ses affaires, ce qui donna le signal du retour.

La baignade avait revigoré Jero, il marchait d'un pas plus rapide et plus assuré, de sorte que le retour leur parut beaucoup plus court.

En chemin ils croisèrent Seena et son amie Marna, accompagnées de leurs enfants. En voyant Jero, Seena mit un moment avant de comprendre. L'homme était souriant, jeune, grand et, cela ne lui avait pas échappé, très séduisant. Elle ne put s'empêcher de faire une remarque à sa sœur :

— Ne me dis pas que c'est le vieillard que tu as trouvé dans la forêt !

— Eh bien il semble que si, répondit Neala, amusée de la réaction de Seena.

— Ça alors ! C'est la Source de Vie qui l'a transformé ?

— Hmmm, la rivière plutôt, en l'occurrence.

Mais voyant que Jero commençait à fatiguer, elle reprit :

— On doit rentrer avant qu'il ne s'écroule. Je passerai te voir plus tard.

Ils atteignirent bientôt la maisonnette et effectivement, Jero s'effondra sur sa litière, épuisé.

N'ayant même pas la force d'avaler la galette que Neala lui tendait, il s'endormit comme une masse.

La jeune femme en profita pour finir de se peigner les cheveux, elle croqua une galette d'orge et quelques noisettes puis partit sur le chantier.

Les jours suivants, Jero fit des progrès spectaculaires dans son rétablissement. Tout d'abord il se nourrissait bien mieux, il mangeait maintenant de bon appétit tout ce que Neala lui présentait.

Son corps redevenait vigoureux, il faisait de courtes promenades près de la cabane. Il était même retourné à la rivière, seul, pour laver quelques ustensiles et ramener de l'eau.

Collun et Drennan lui rendaient régulièrement visite pour échanger quelques mots. Il avait en effet aussi beaucoup progressé dans la compréhension de la langue de Neala et des siens, il parvenait maintenant à nommer la plupart des objets du quotidien et il commençait à faire quelques phrases.

En fait ils s'étaient tous deux rendus rapidement compte que leurs langages n'étaient pas si éloignés. Globalement, les mots se ressemblaient beaucoup, mais la prononciation était très différente. Quand on avait compris cela, passer d'un langage à l'autre devenait presque facile.

Seena et ses amies passaient tous les jours pour amener quelques vivres, un reste de ragoût, des fruits secs ou des galettes de céréales. Là aussi, quelques mots étaient échangés mais surtout, il ne perdait pas une miette des conversations entre Neala et ses divers interlocuteurs. Quelquefois il demandait à Neala, après le départ des visiteurs, de résumer la conversation, lui faisant répéter certains mots et vérifiant avec elle qu'il avait bien saisi le sens des échanges.

Avec les autres femmes du village, Jero montrait une certaine retenue et échangeait peu. Il se mettait en retrait, écoutait de loin.

Mais avec Neala, les discussions étaient de plus en plus longues et précises.

Il posait beaucoup de questions sur la structure de leur village, les relations entre les gens. Il avait très vite compris que Collun représentait l'autorité et que c'était, en cas de litige, celui qui décidait.

Il avait aussi rapidement saisi que Seena était sa sœur.

Un jour, alors qu'ils prenaient leur repas à l'intérieur, tandis qu'un orage se déchaînait au dehors, il demanda, en la pointant du doigt :

— Tes parents, où ?

Un peu surprise, la jeune femme répondit :

— Ma mère est morte quand je suis née, et je n'ai pas connu mon père. C'est ma grand-mère, Ama, qui s'est occupée de Seena et moi. Elle est morte aussi.

— Seena deux enfants, un compagnon, et toi ?

— Je n'ai pas d'enfants et pas de compagnon, dit-elle un peu déroutée par la question. Je suis la Gardienne du Passage, comme Ama ma grand-mère. Les Gardiennes n'ont pas de compagnon.

— Gardienne ?

Comment expliciter ce qu'était une Gardienne ? Peut-être que ce rôle n'existait pas, là où il vivait. Elle tenta une explication avec des mots simples.

— La Gardienne c'est la personne qui accompagne les mourants dans leur passage vers l'autre côté. Elle aide leur esprit à rejoindre la Source de Vie. Et elle soulage les souffrances, quand c'est possible.

Tout ceci semblait très étrange pour Jero. L'incompréhension se lisait clairement sur son visage.

— Si toi pas de compagnon et pas de parents, pourquoi toi pas vivre avec Seena ?

— Parce que la cabane de Seena était trop petite, et j'aime vivre toute seule.

— Pourquoi Gardienne pas de compagnon ? insista-t-il.

Elle avait accepté cette condition depuis longtemps. Cependant, d'avoir la question posée aussi directement l'obligeait à réfléchir à une réponse claire et logique.

— Parce que la Gardienne est en relation avec les esprits. Et elle fait peur.

—Peur ? Toi ? demanda Jero, moqueur.

Il se mit à rire. Vexée, Neala rétorqua, avec une pointe d'agacement :

— Oui, je fais peur aux gens de mon village. Si tu es observateur, tu verras que les gens ne s'approchent pas trop près de moi. Je ne ressemble pas aux autres femmes du village, Je n'attache pas mes cheveux comme elle, mes cheveux sont différents et la couleur de mes yeux n'est pas normale non plus.

Voyant qu'il avait touché un point sensible, Jero cessa de rire et lui dit :

— Moi beaucoup voyagé. Moi voir des femmes avec cheveux et yeux de toutes les couleurs, et femmes avoir enfants et compagnons. Moi pas comprendre ce qu'est Gardienne.

— Ce n'est pas grave, dit-elle en soupirant. Et toi ? Tu as une compagne ? Des enfants ?

A ces mots, une ombre passa dans ses yeux et son visage se ferma. Avec la voix très serrée, il répondit cependant.

— Moi avoir une compagne, Tamea. Elle attendre enfant, mais enfant vouloir venir trop tôt. Elle morte quand enfant arrive, et enfant trop petit pour vivre. Eux tous morts. Alors moi quitter village.

— C'est très triste, je suis désolée pour toi, dit-elle doucement.

Pendant un moment personne ne prononça un mot, chacun perdu dans ses pensées.

Puis, remarquant que l'orage avait cessé, Neala proposa :

— Viens, on va chercher des champignons. Il n'a pas encore eu de gel, il en reste sûrement.

— Champignons ?

— Oui, je te montrerai, ce sera plus simple. Allez debout ! Il reste peu de temps avant la nuit ! dit-elle en l'entraînant par la main, dans l'espoir de faire disparaître la mélancolie qui s'était emparée de lui.

Elle décida d'aller en direction de la forêt à l'ouest du village, cet endroit étant plus escarpé il était rarement visité par les habitants, les chances de succès pour la cueillette étaient donc plus élevées.

Elle avait pris un panier en osier pour chacun et en même temps qu'elle regardait au sol à la recherche de champignons comestibles, elle ramassait ici et là quelques feuilles et herbes.

Soudain elle s'écria :

— là, regarde comme ils sont beaux !

Elle montra du doigt un bel ensemble de bolets fraîchement sortis.

La réaction de Jero fut cependant très inattendue.

— Moi pas manger ça, moi malade, fit-il d'un air horrifié en secouant violemment la tête.

Soudain Neala comprit ce qu'il s'était passé.

— Tu t'es empoisonné avec des champignons ! C'est pour ça que tu étais si malade quand on t'a trouvé ! Mais quels champignons as-tu mangés pour être dans un état pareil ?

— Moi manger mêmes champignons que dans mon village. Là-bas, bons, ici, mauvais.

— Ça alors ! Et est-ce que tu peux me montrer les champignons que tu as mangés ?

— Moi te montrer, mais moi pas manger. Pas vouloir mourir encore !

— C'est quand même étrange ce que tu me racontes. Ama, ma grand-mère, m'a montré deux sortes de champignons. Ceux qu'on peut manger, et ceux qui sont très dangereux. Elle m'a aussi dit que je ne devais jamais manger des champignons que je n'avais pas ramassés moi-même. Parce que certaines fois les gens font des erreurs, ils pensent ramasser certains champignons et ils en ramassent d'autres. De plus, les bons et les mauvais se ressemblent souvent, et parfois ce qui les différencie est un tout petit détail, sur le champignon lui-même, ou l'endroit dans lequel tu le trouves. Par exemple, certains champignons ne doivent pas être ramassés près de certains arbres. Il faut être prudent avec les champignons, comme avec certaines plantes d'ailleurs.

— Moi plus vouloir manger champignons, jamais !

— Très bien, soupira-t-elle, je ne vais pas t'obliger. Alors, tu me les montres ces champignons qui t'ont rendu malade ?

Ils poursuivirent leur quête un moment, trouvant quelques rares bolets comestibles, avant que Jero ne s'arrête net devant deux champignons au chapeau olivâtre.

— Ça ! Très mauvais pour moi !

Surprise, la jeune femme s'agenouilla pour observer les champignons de plus près. Elle saisit une branche et retourna un des champignons, découvrant les lamelles sous le chapeau, un anneau juste en dessous du chapeau. On pouvait aussi apercevoir la volve qui entourait le pied.

— Mais c'est très dangereux de manger ces champignons ! C'est le premier qu'Ama m'a montré en me disant de ne jamais les toucher.

— Chez moi, même champignons mais pas ça, dit-il en montrant l'anneau autour du pied.

— Alors ce ne sont pas les mêmes, affirma-t-elle. Les champignons se ressemblent mais il faut tout vérifier. Mais vraiment, dit-elle en se relevant, je suis très surprise que tu sois encore en vie. Ama m'a toujours dit qu'un seul de ces champignons pouvait tuer un homme en bonne santé. Tu dois être vraiment très solide pour avoir survécu !

— Moi manger plusieurs, eux bons, mais plus tard, mal au ventre, vomir, pendant plusieurs jours moi pas me lever, souffrir, très très soif.

— Oui je me souviens que quand on t'a trouvé tu étais complètement déshydraté. Je comprends mieux pourquoi. Si Ama avait été là, elle aurait été impressionnée de voir que tu t'en es sorti.

Finalement le charbon qu'elle lui avait donné pendant plusieurs jours avait dû faire de l'effet. C'était un des remèdes favoris d'Ama pour tout ce qui était lié aux douleurs abdominales et problèmes de digestion. C'était simple et efficace la plupart du temps. Mais Neala n'aurait jamais pensé que cela puisse sauver un homme victime d'une intoxication aux champignons mortels ! Décidément, il y avait encore tellement de choses à découvrir.

— Ce qui est certain, c'est que personne au village ne va attraper ta maladie, dit la jeune femme en riant et en rebroussant chemin vers le village.

Le jour suivant, le temps s'était beaucoup refroidi. Il faisait gris et il tombait une fine bruine glaçante. Neala se leva et prépara quelques provisions qu'elle mit dans son sac.

— Toi aller où ? demanda Jero qui ne s'était pas encore levé.

— Je dois aller sur le chantier. Le temps du rayon de soleil dans le passage est bientôt arrivé, je dois tout préparer pour ce jour-là.

— Chantier ? Soleil ? Passage ?

— C'est difficile à expliquer.

— Alors moi venir avec toi, et toi montrer.

Un peu prise au dépourvu, elle n'eut pas le temps de répliquer qu'il avait déjà ses sandales de cuir aux pieds.

— Tu dois te couvrir, il fait très froid et tu es encore faible.

Il haussa les épaules mais prit quand même sa couverture de fourrure qu'il jeta sur ses épaules. Il attrapa son sac, mit aussi quelques galettes de blé et quelques noisettes dedans, puis suivit son hôtesse.

Ils empruntèrent le sentier qui montait à la colline, précédés de Feu qui anticipait la destination de leur excursion. Il n'y avait pas de vent ce jour-là, juste cette pluie fine et glacée qui annonçait les grands froids.

En arrivant dans la clairière, la pluie fine s'était transformée et le ciel était si bas qu'il se confondait avec le monument de pierres et de terre. Il n'y avait aucun rayon de soleil pour illuminer les cristaux blancs. Et pourtant... Le spectacle fut si impressionnant pour Jero qu'il émit sifflement strident, plein d'admiration.

— Oh ! s'écria-t-il. Qu'est-ce que c'est ?

— C'est un monument à la gloire de la Source de Vie, expliqua la jeune femme.

— Très, très grand !

— Oui, et ce n'est pas encore terminé. Viens, je vais te montrer.

Ils s'approchèrent du passage et de la magnifique pierre sculptée qui en marquait l'entrée. Les bâtisseurs du village étaient en train d'agencer quelques-uns des blocs de cristal de part et d'autre de l'entrée.

En apercevant Jero, Collun vint à sa rencontre.

— Eh bien, on dirait que notre malade reprend des forces ! C'est bien, dit-il en souriant à Neala, je crois bien que tu l'as sauvé.

— Bonjour Collun, je crois comprendre ce qu'il s'est passé. Il s'est empoisonné avec des champignons, un de ceux contre lesquels Ama m'avait mise en garde. Les verts et blancs, avec un anneau, qui donnent l'impression de sortir d'un œuf.

— Il en a mangé et il est toujours en vie ? C'est vraiment très surprenant.

— Oui, il a eu beaucoup de chance. En tous cas il ne veut plus manger de champignons maintenant !

— Oui je comprends, dit Collun en riant d'une voix forte. Allez viens, Jero, je te fais visiter.

Ils partirent tous les deux, suivis de Drennan et Rudd, ravis de pouvoir s'interrompre dans leur lourde tâche quelques instants. Neala resta seule et commença ses préparatifs pour la cérémonie à venir.

Elle prit de sa besace le bloc de cristal qu'elle avait déterré dans la cabane d'Ama et pénétra dans le passage. Avançant à pas lents, en pleine conscience de ce qu'elle faisait, elle déposa le bloc de cristal au centre de la bassine de pierre dans laquelle reposaient toujours quelques cendres de l'ancienne Gardienne.

Elle s'assit en face de la bassine, dos à l'entrée, et partit dans une longue contemplation, invoquant les esprits des ancêtres et la Source de Vie. Une fois sa prière achevée, elle reprit le passage et sortit du bâtiment. La pluie avait momentanément cessé.

Les hommes avaient fini leur visite et Jero était très enthousiaste de tout ce qu'il avait vu. Il avait pu observer les énormes pierres, certaines gravées, qui ceinturaient le bâtiment. Il avait aussi pu apprécier les dimensions monumentales en faisant le tour complet. Collun l'avait même invité à monter tout en haut afin de pouvoir jouir de la vue sur tous les environs.

C'était un spectacle extraordinaire. En descendant, il avait contemplé les dizaines de blocs de cristal qui recouvraient les deux pentes de part et d'autre de l'entrée. Même si le travail n'était pas terminé, on pouvait deviner quelle merveille cela deviendrait.

Quand Jero aperçut Neala près de l'entrée du passage, il fit mine de la rejoindre. Mais il fut arrêté par Collun qui le retint par le bras.

— Ici il n'y a que la Gardienne qui peut inviter les personnes à entrer. Et seulement pour certaines occasions. C'est elle qui décide.

Jero fut surpris puis déçu quand il comprit qu'il ne pourrait pas rentrer. Mais il comprit aussi que ce lieu avait un caractère sacré et, ne voulant pas offenser ses hôtes, il recula et entreprit d'observer de plus près la pierre gravée de l'entrée.

La jeune femme s'approcha et posa sa main sur les spirales de gauche.

— Ceci, expliqua-t-elle, représente la période des jours qui deviennent de plus en plus courts et de plus en plus froids.

Puis, posant sa main sur les spirales de droite, elle poursuivit :

— Ceci correspond à la période où les jours commencent à devenir plus longs. C'est la victoire du jour sur la nuit, et ça annonce, pour plus tard, le retour des beaux jours. Mais il faut être patient, dit-elle en souriant.

— Et ça ? demanda-t-il en positionnant son index précisément entre les spirales qui s'enroulaient à gauche et celles qui s'enroulaient à droite.

— Ça, c'est la période de basculement. La période où tout est possible, c'est une période très importante pour nous et, si le ciel le permet, tu comprendras mieux pourquoi cet édifice a été construit.

— Quand ?

— Dans deux ou trois jours, c'est ce que je voulais vérifier aujourd'hui.

Jero poursuivit son observation minutieuse et la jeune femme retourna à ses repères afin de déterminer avec précision la date du basculement.

Elle revint vers Collun pour lui annoncer que cet événement aurait lieu dans trois jours. Cela lui laisserait le temps de prévenir les gens du village et aussi ceux des villages voisins.

Puis, profitant du répit offert par le ciel, tous s'installèrent devant l'entrée pour manger quelques victuailles.

En reprenant la direction de la maisonnette, Jero, perdu dans ses pensées depuis un long moment, s'arrêta soudainement et interpella Neala :

— Toi Gardienne, toi pas comme ta sœur et autres femmes du village.

— Oui c'est vrai, je ne suis pas comme les autres femmes du village, répéta-t-elle un peu tristement.

— Chez moi, pas de Gardienne, c'est chef du village, comme Collun, qui communique avec esprits des anciens.

— Chez nous, chacun a un rôle différent. Collun n'aimerait pas accompagner les mourants dans le passage.

— Chez moi, malades et vieux restent avec famille ou seuls.

— Mais chez nous aussi, quand j'accompagne quelqu'un, tout son foyer est autour et tous passent du temps avec moi.

— Mais pas de chant ou de nourriture pour nous. Mort fait peur. Mort n'est pas fête.

— Chez nous, la mort est une fête, même si c'est triste. Et c'est un événement qui se partage. Tout le monde participe, comme il peut, soit en chantant, soit en partageant un plat qu'il a fait, soit en ramassant du bois pour le feu, soit en restant juste là. C'est important d'être ensemble.

— Mais pendant ce temps, pas travailler aux champs ou s'occuper des animaux ?

— Mais si, dit-elle en riant. Tout le village ne passe pas des jours et des jours autour des vieillards et des malades ! On mourrait tous de faim si c'était le cas. Mais quand une personne qui va mourir, tout le monde le sait et tout le monde aide un peu la famille. Et moi, mon rôle c'est d'accompagner les mourants dans le passage vers La Source de Vie.

— La Source de Vie ?

— Oui, c'est là où tout commence et tout finit. Quand un bébé naît, il vient de la Source de Vie. Et quand une personne meurt, elle retourne à la Source de Vie. C'est pareil pour les animaux, les plantes, les cailloux, les nuages.

— Et toi un jour dans Source de Vie ? demanda-t-il, sceptique.

— Oui, bien-sûr, affirma-t-elle sans aucune forme ni d'inquiétude, ni de doute. Et toi aussi d'ailleurs.

— Moi ? Non. Moi dans la terre quand mort.

— Oui, ton corps ira dans la terre. Mais ton esprit retournera à la Source de Vie.

— Esprit ? Moi pas savoir ce qu'est esprit, répondit-il, presque agacé.

Prise de court, la jeune femme ne sut que répondre. Si elle pouvait parfaitement comprendre que l'étranger ne parle pas la même langue qu'elle, elle avait du mal à admettre qu'il ne sache pas ce qu'était l'esprit. Finalement, se dit-elle, peut-être que Seena avait raison et que cet homme était en fait issu des hordes sauvages qui ne croyaient rien et ne respectaient rien. Mais en l'observant à la dérobée alors qu'il marchait un peu devant elle, le visage grave et le regard sombre, ses yeux ayant viré du bleu clair au gris, elle rectifia sa pensée en admettant qu'elle le trouvait très semblable à son propre peuple, malgré ses croyances particulières.

Le grand jour arriva. Tout le village se rassembla dès les premières lueurs de l'aube et monta en procession, Neala et Collun en tête, vers la colline. Jero marchait près de Drennan, Seena et leurs enfants. Il semblait très intrigué par cette curieuse cérémonie et se demandait à quoi il allait assister. Neala n'avait rien voulu lui raconter, préférant lui laisser la surprise.

Quand ils atteignirent la colline, plusieurs dizaines de personnes originaires des villages alentour étaient déjà réunies.

Le temps était sec malgré de gros nuages. La jeune femme scrutait le ciel avec inquiétude. Le phénomène se produirait-il cette année ? Étrangement, elle ne pensait pas à Ama cette fois-ci. Autant l'année précédente avait été marquée par le décès d'Ama et la cérémonie lui avait été quasiment entièrement dédiée, autant cette année elle voulait surtout que Jero puisse observer ce phénomène. Elle voulait qu'il soit impressionné. Pourquoi cela ? Elle n'aurait su l'expliquer. Mais elle ne voulait pas le décevoir.

Toutes les personnes s'installèrent devant l'entrée du passage, face à la pierre couchée. L'assemblée, d'abord bruyante et joyeuse, se calma et attendit avec solennité les premiers rayons de soleil.

Neala était entrée dans le passage sombre et avait atteint la chambre au fond. Elle s'était assise face à l'entrée, dos à l'imposante bassine qui contenait, entre autres, les restes d'Ama.

Les yeux fermés, elle démarra une prière en murmurant quelques mots.

Puis soudain elle ouvrit les yeux et vit venir vers elle un rayon de lumière au travers du couloir. Ce rayon s'approchait lentement, il semblait vivant. Elle se leva et se décala sur le côté pour le laisser atteindre son but. Quand il frappa la bassine de pierre, elle accourut vers la sortie et s'écria :

— La Source de Vie s'est manifestée !

Toute la foule partit d'un grand cri d'allégresse, frappant dans les mains et se congratulant, des larmes de joie furent versées tandis que le bonheur se lisait sur le visage de tous.

Neala fit signe à Jero qui était resté légèrement en retrait sur un côté de l'assemblée.

Il rejoignit la jeune femme en quelques enjambées et elle l'invita à entrer. D'abord réticent, il la suivit, intimidé, dans le long passage bordé des immenses pierres debout.

Et c'est en atteignant la chambre du fond qu'il comprit la puissance du phénomène. Alors que tout le passage était complètement dans le noir quand il l'avait vu de l'extérieur, quelques jours auparavant, le rayon de soleil illuminait maintenant toute la bassine de pierre et le fond de la chambre C'était absolument incroyable. Il en eut le souffle coupé et fut incapable de prononcer un mot.

Après quelques instants elle lui dit à voix basse :

— Allons viens, d'autres personnes veulent voir ceci et nous n'avons que peu de temps.

Elle le raccompagna vers l'entrée et proposa aux personnes qui se trouvaient à proximité de venir observer le passage illuminé. Elle fit ainsi plusieurs aller-retours avant que le rayon de soleil ne disparaisse du passage et que celui-ci ne revienne aussi sombre qu'à l'accoutumée.

Alors elle remercia la Source de Vie de s'être manifestée, elle salua ses ancêtres et en particulier Ama, puis elle se dirigea vers la sortie.

L'assemblée avait commencé à quitter la clairière et prenait la direction du village où un grand festin était prévu. Le ciel s'était maintenant chargé de nuages et un vent glacial s'était levé. La pluie ne tarderait pas.

Quelle chance incroyable, se dit Neala en sortant du passage, heureuse d'avoir pu montrer ceci à Jero. Celui-ci, d'ailleurs, l'attendait près de la pierre couchée, gravée de ses spirales. Il n'avait pas voulu suivre Drennan et Seena, il avait trop de questions à poser.

— Comment toi savoir ? demanda-t-il presque agressif tant il avait envie de comprendre.

— C'est ma grand-mère qui a conçu ce bâtiment. Elle savait exactement comment aligner les pierres pour que le passage, et surtout la chambre au fond, soient éclairés quand la course du soleil bascule. A partir d'aujourd'hui, très vite, les ombres vont raccourcir et la nuit tombera plus tard. Ce jour indique aussi que les jours vont devenir plus longs mais plus froids. C'est le début d'un nouveau cycle. Ce temps est nécessaire pour laisser reposer la terre pour préparer une nouvelle récolte. Pendant cette période, les villageois ne travaillent pas aux champs. Les hommes préparent leurs outils et vont à la chasse, les femmes cousent les peaux et s'occupent des animaux. Et pour célébrer le début de ce nouveau cycle, nous allons faire une belle fête ! Allons au village !

L'assaillant de questions sur le bâtiment, les coutumes et autres habitudes de son peuple, Jero consentit à la suivre pour participer à la grande fête.

Chapitre 6

Échanger

Plusieurs mois s'étaient écoulés depuis la cérémonie qui avait marqué l'entrée dans un nouveau cycle de saisons.

La nature était en fête, les prairies étaient décorées de milliers de fleurs et le vert des feuilles était éblouissant.

Partout la vie renaissait, on entendait les oiseaux chanter à tue-tête, à la recherche d'un partenaire et préparant leurs nids pour accueillir leur progéniture à venir. Les mammifères aussi étaient de la fête, on les apercevait beaucoup plus, imprudents et enthousiastes, surtout au lever du soleil ou à la tombée de la nuit.

Jero était resté au village et vivait toujours chez Neala. Il avait complètement intégré leur langage et avait, au fur et à mesure de l'avancée sa convalescence, participé à des activités de plus en plus physiques.

Il était maintenant complètement remis de son intoxication et avait retrouvé toute sa puissance. Selon les jours, il aidait les hommes du village à la construction du bâtiment, participait à l'entretien des logements et du bétail, taillait et polissait des pierres ou accompagnait Neala dans ses cueillettes en forêt. Lors de ces sorties, si l'occasion se présentait, il chassait volontiers de petits gibiers, à poils ou à plumes, qui croisaient son chemin.

Neala le laissait faire mais refusait de préparer ses butins de chasse. Jero l'avait bien compris et, s'il ramenait quelque prise, il l'apportait directement à Seena qui se faisait un plaisir d'accommoder le gibier en délicieux repas auxquels Neala et Jero étaient, bien entendu, chaleureusement conviés.

Lors de leurs excursions, Jero et Neala discutaient peu. Mais quand il leur arrivait de parler, leurs conversations étaient très animées. Non pas pour échanger des banalités sur la vie courante ou les interactions entre les villageois, sujets privilégiés des conversations des femmes lorsqu'elles se retrouvaient autour d'une activité. Leurs conversations à eux étaient tournées sur des sujets plus profonds et personnels, autour de leurs croyances et convictions.

Pour Jero, il était clair que chaque être vivant naissait par hasard, vivait sa vie sans but précis et mourait sans laisser plus de traces que les quelques os qui se décomposeraient dans la terre au bout de quelques années.

— Mais que c'est triste de penser ainsi, s'était offusquée Neala. Cela signifierait que notre existence n'a pas de sens.

— Mais c'est le cas ! avait répondu Jero. Crois-tu que la vie du lièvre que je viens de tuer a un sens ?

— Bien sûr ! Ce lièvre a vécu sa vie de lièvre, il a été nourri par sa mère, il a grandi, il a probablement eu des bébés lièvres et aujourd'hui, il va te nourrir, toi. Voilà le sens de sa vie et c'est une vie très noble.

— Et donc ça veut dire que pour que ta vie ait un sens il faut avoir des enfants ? Donc moi, comme j'ai perdu ma compagne et mon enfant, ma vie n'a pas de sens, c'est ça ?

— Pas du tout ! Tu es jeune, tu auras d'autres compagnes et d'autres enfants dont tu devras t'occuper.

— Mais je n'en ai ni l'envie ni l'intention. Je suis très bien comme ça, m'occuper de moi-même est suffisant, je ne veux rien d'autre. Et tant pis si ma vie n'a pas de sens, dit-il dans un ricanement moqueur. Et d'ailleurs, ajouta-t-il un peu plus tard, voyant qu'elle ne répondait pas, puisqu'en tant que Gardienne tu n'auras ni compagnon ni enfant, ta vie n'a pas de sens non plus, n'est-ce pas ?

— C'est ta façon de voir les choses, dit-elle après un temps de réflexion. Le sens de ma vie c'est de poursuivre ce que ma grand-mère a commencé, c'est de m'occuper de la construction de notre monument et aussi de gens de mon village dans les moments difficiles. C'est une très belle mission que je serai très fière d'accomplir.

— Ce qui ne t'empêchera pas de finir dans la terre, comme tous.

— Et alors ? Je suis préparée pour ça, et je serai prête le jour où ça arrivera. Je veux juste mener à bien ce que m'a confié la Source de Vie. Et si ce que j'ai commencé n'est pas terminé, j'espère juste que quelqu'un prendra le relais.

— Mais n'appréhendes-tu pas ce jour-là ?

— Non, ce jour arrivera quand ce sera le moment. J'aimerais évidemment que quelqu'un m'accompagne dans le Passage. Mais si la Source de Vie en décide autrement, je l'accepterai.

— Cela signifie donc que tu n'as aucune liberté dans ta vie de décider, vu que c'est ta Source de Vie qui prend les décisions pour toi. Moi je ne supporte pas cette idée. Je veux décider pour moi-même de ce que je fais et de ce que je vis.

— Es-tu vraiment dans l'illusion de croire que tu peux décider de tout ? Par exemple, quand tu t'es empoisonné, ne crois-tu pas que la Source de Vie a décidé que tu devais avoir la vie sauve et que c'est pour ça que nous t'avons trouvé ?

— C'était un hasard, rien de plus.

Triste et déçue, la jeune femme n'avait pas souhaité poursuivre la discussion. Ils étaient rentrés en silence, chacun plongé dans ses pensées.

Certains jours, leurs conversations étaient plus légères et concernaient leurs techniques, coutumes et méthodes, pour tous les aspects du quotidien.

Jero voulait tout savoir, tout comprendre et, autant que possible, tout expérimenter. Il avait déjà beaucoup travaillé avec Danio pour comprendre sa technique de taille des pierres, en retour il lui avait montré comment polir des haches de la façon la plus fine possible. Sur la flore, Jero voulait apprendre le nom des plantes, leur période d'apparition dans le temps, leur utilisation possible et leurs dangers potentiels.

Sur la faune, il voulait savoir quels étaient les animaux présents dans la région, quel était leur habitat favori, quand est ce qu'ils se reproduisaient, et plus encore.

Il était intarissable de questions et Neala faisait appel aux souvenirs de discussions avec Ama et d'autres, ainsi que ses propres expériences, pour lui répondre. En échange, il lui parlait du lieu d'où il venait et de ses particularités.

En fait il comparait beaucoup les deux endroits, en essayant de trouver les similitudes et les différences et il avait, au fur et à mesure des jours, acquis une grande somme de connaissances à propos du lieu de vie de Neala.

C'était la première fois depuis qu'il avait quitté les siens, avait-il raconté, qu'il séjournait aussi longtemps dans une région. Jusqu'à maintenant il n'avait fait que passer de village en village le long de la côte.

Lors d'une promenade en forêt, Neala avait voulu en savoir plus sur son mode de vie. Alors qu'ils ramassaient des baies, elle commença la conversation ainsi, sans préambule comme à son habitude.

— Donc tu connais bien la mer, n'est-ce pas ?

— Oui, avait répondu Jero, un peu surpris par la question soudaine. D'abord parce que mon village est situé près de la mer. Mais tout autour du village, on trouve rapidement des montagnes, ce n'est pas comme ici où on trouve des forêts, des prairies et des champs en terrain plat.

— Comment faites-vous pour cultiver la terre alors ?

— Il y a beaucoup moins de champs que chez vous. Chez moi on se nourrit essentiellement de poisson.

— Il n'y a pas de gibier non plus ?

— Si, mais il faut aller chasser dans les montagnes et quand on y va, ce sont des expéditions de plusieurs jours. On le fait quand le poisson devient rare.

— Comment faites-vous pour pêcher ?

— On pêche surtout dans l'embouchure de la rivière. On a créé une sorte de barrage avec un passage étroit, les poissons qui descendent vers la mer ou qui remontent vers la rivière sont obligés de l'emprunter. Pour les attraper on utilise des harpons faits avec des os taillés, et aussi parfois des lances.

— Mais vous restez sur le bord de l'eau ?

— Non, dit-il en riant, sinon on n'attraperait rien du tout. On utilise des radeaux un peu similaires à ceux que vous utilisez pour traverser votre rivière, mais plus gros.

— J'en ai vu de très gros quand je suis allée chercher les cristaux blancs, pour traverser la grande rivière. Ils étaient même utilisés pour faire traverser les animaux !

— Les nôtres ne sont pas si grands, pas ceux pour la pêche en tous cas. Ce ne serait pas assez maniable.

— Mais comment as-tu traversé la mer alors ? Sur un petit radeau ?

— Heureusement non ! D'abord il faut que tu saches que ton île et mon île sont, par endroits, très proches.

— Île ?

— Oui, l'endroit où tu vis est une île. Cela signifie que si tu pars de ton village et que tu vas dans n'importe quelle direction, tu trouveras la mer à un moment où un autre.

Il saisit une branche, dessina un cercle grossier dans le sol et fit un point au milieu, puis il traça plusieurs rayons autour de ce point.

— Mais j'ai marché pendant des jours pour trouver les cristaux blancs et je n'ai pas vu la mer ! D'ailleurs je ne l'ai jamais vue de ma vie.

— Ah bon ? Un jour je t'emmènerai.

Ravie de cette promesse, la jeune femme continua.

— Donc ça veut dire que si je pars de cet endroit, dit-elle en montrant un point imaginaire sur le cercle, et que je marche très longtemps en suivant la côte, je vais retomber sur le même endroit ?

— Exactement, mais tu as intérêt à te préparer pour une longue marche, fit-il en pouffant.

— C'est à dire ? Combien de jours ?

— Je ne sais pas, je ne l'ai jamais fait. Mais j'ai croisé des gens qui l'avaient fait cela avait pris environ une saison. Après, tout dépend si tu veux juste marcher sans t'arrêter ou si tu veux prendre le temps de découvrir les régions que tu traverses.
— Comme ce que tu fais en ce moment ?
— Exactement !
— Et ça veut dire que tu vas repartir un jour ?
— Oui, et j'ai prévu de le faire bientôt d'ailleurs. J'ai déjà passé beaucoup de temps dans ton village, il est bientôt temps que je continue ma route.

Sans qu'elle ne sache trop pourquoi, ces mots remplirent Neala d'une grande tristesse. Elle n'en montra rien cependant.
— Et quand irons nous voir la mer alors ?
— Tu es bien impatiente, dit-il en riant. En descendant la rivière, la mer n'est pas très loin, quelques heures de marche au plus. On peut y aller demain, rester un jour ou deux puis revenir.
— Super ! Un couple d'amis habite dans un village proche de la côte, j'aimerais tant aller les voir !
— Très bien, on peut faire ça. Et on pourra ramener à Seena des coquillages et des poissons de mer, leur goût est très différent des poissons de ta rivière.
— D'accord ! Je vais préparer mon sac de voyage alors !

Très enthousiaste, elle rentra au village presque en courant. Elle arriva hors d'haleine chez sa sœur.
— Seena ! Jero va m'emmener voir la mer ! On ira voir Josi et on te rapportera du poisson de mer !
— Bonjour Neala, tu m'as l'air bien excitée, qu'est-ce que tu me racontes là ?
— Demain je vais aller voir la mer, je suis tellement contente !

Devant la mine renfrognée de sa sœur, son enthousiasme redescendit d'un cran.
— Qu'est-ce qui se passe ?

— Tu vas partir toute seule avec lui ?
— Oui pourquoi ?
— Cela ne me rassure pas, ce pourrait être dangereux…
— Mais s'il y a un danger, Jero me protégera.
— Et si le danger c'était lui ?
— Quoi ? Mais enfin Seena, cela fait des mois qu'il vit avec nous au village, et plus précisément chez moi, il n'a jamais été agressif envers moi ni envers personne d'autre au village, pourquoi le serait-il maintenant ? répondit Neala avec surprise et une pointe de colère.
— Mais si le fait de se retrouver seul avec toi le rendait… Enfin tu vois, s'il t'obligeait à quelque chose que tu ne veux pas ?

Comprenant ce que voulait dire sa sœur, Neala la rassura :

— Alors ça, aucun risque. Il ne m'a jamais montré le moindre intérêt pour ça, il pleure sa compagne et son fils et pour tout te dire, je pense qu'il ne me voit pas comme une femme. Pour lui je suis juste la Gardienne du village et je lui ai expliqué que les Gardiennes n'avaient pas de compagnon. Il n'en a plus jamais parlé depuis, il accepte la situation telle qu'elle est même s'il ne comprend pas cette coutume.

— Mais je ne suis pas en train de te parler de relation entre compagne et compagnon ! Je te parle d'un acte brutal et violent qu'il te forcerait à faire comme…

— Oui j'ai compris, pas la peine de me rappeler ça ! s'écria Neala au bord des larmes. Ça n'arrivera pas, c'est tout. Et si ça te rassure, je porterai sur moi mon racloir très tranchant et s'il s'approche de moi, je te garantis que je l'égorge, ça te va ?

A ces mots Seena se mit à rire.

— C'est peut-être étrange, mais autant tu es incapable de manger un animal à fourrure, autant je sais que sous tes airs d'apparente fragilité, tu pourrais tuer un homme de la trempe de Jero à mains nues. J'en suis convaincue !

Neala la rejoignit dans son rire.

— Et encore plus s'il s'agissait de défendre ma sœur, fit-elle avec un clin d'œil. Bon es-tu assez rassurée, maintenant que tu sais que je truciderai l'étranger des hordes sauvages au moindre faux pas ? Je peux aller préparer mes affaires ?

— Tu veux trucider qui ? demanda Drennan qui venait d'arriver et passait la tête par la porte.

Les deux sœurs partirent dans un grand éclat de rire.

— Personne, répondit Neala, enfin sauf peut-être un poisson ou deux si j'arrive à en pêcher dans la mer !

— Bonne idée, ramène-nous-en beaucoup alors ! On se régalera tous ensemble.

— Avec plaisir, à bientôt !

La jeune femme rentra chez elle en réfléchissant à la conversation qu'elle venait d'avoir avec sa sœur.

Il était vrai que Jero n'avait jamais montré le moindre intérêt pour elle. Il aimait discuter et apprendre avec elle et, en cela, il était indéniable qu'il appréciait sa compagnie. Mais il n'avait jamais eu ne serait-ce qu'un petit geste de témoignage d'affection. Quand ils rentraient se coucher, il se mettait sur sa litière, prenait contre son torse son petit paquet ficelé, se retournait contre le mur de bois de la maisonnette et s'endormait sans dire un mot. Neala s'était habituée à ce rituel et ne l'avait jamais interrogé sur le contenu du paquet auquel il semblait tenir tant.

Depuis toujours, La jeune femme était de toute façon convaincue qu'elle était trop laide pour intéresser un homme. Les inquiétudes de sa sœur l'avaient donc un peu déroutée : pourquoi l'attitude de Jero changerait aujourd'hui ? Chassant de son esprit ces pensées, elle se mit à faire mentalement la liste de ce qu'elle devrait emporter pour leur escapade.

Le jour suivant, ils prirent la route dès l'aube.

Le temps était frais et nuageux, annonçant quelques averses. Feu était ravi de cette excursion et sautait fébrilement autour des deux voyageurs.

Jero avait emporté sa besace dans laquelle il avait mis la plupart de ses affaires, dont le petit paquet ficelé qui ne le quittait jamais la nuit.

Neala, elle, avait emporté surtout de la nourriture, quelques présents pour Josi et Mogan et sa couverture de fourrure. Elle avait, comme promis à Seena, emmené aussi son racloir le plus tranchant, au cas où.

Ils cheminèrent sur le bord de la rivière, tantôt sur la berge, tantôt, quand les buissons étaient trop denses, à distance de la berge mais en gardant toujours la rivière à portée de vue. C'était la façon la plus sûre d'arriver à la mer, avait dit Jero.

Au bout de quelques heures de marche et après avoir subi plusieurs averses, ils s'arrêtèrent pour faire une pause déjeuner bien méritée. Neala avait amené principalement des galettes de céréales ainsi que des noisettes et Jero avait, en complément, quelques tranches de viande séchée procurées par Seena. Ils profitèrent d'une éclaircie temporaire pour s'allonger sous un bosquet auprès de l'eau et se reposèrent un petit moment. Feu, lui, en profita pour prendre un bon bain et revint les réveiller en s'ébrouant auprès d'eux.

Puis ils reprirent leur route le long de la rivière qui s'élargissait à vue d'œil. Après avoir contourné une zone marécageuse, ils atteignirent l'embouchure de la rivière et Neala put enfin apercevoir la mer.

Le ciel était très gris et se confondait avec la mer. La jeune femme fut assez déçue de son premier contact avec ce qu'elle attendait à être l'immensité bleue. Pour l'instant, tout n'était que nuances de gris. En s'approchant ils entendirent le bruit des vagues, impressionnant et, pour quelqu'un qui entendait ce bruit pour la première fois, assez inquiétant aussi.

Ils marchèrent jusqu'à l'eau sur le sable, gris lui aussi, trempé et froid. Le vent était très fort et soulevait l'écume blanchâtre des vagues. Neala ne put résister à l'envie de toucher la mer, elle s'approcha quand une vague se retira et mit la main dans l'eau. Son premier réflexe fut de porter ses doigts à sa bouche.

— Oh, c'est vraiment salé alors !

— Bien sûr, tu ne me croyais pas ? demanda Jero en riant de sa réaction.

— Si, et Ama aussi m'avait prévenue, mais c'est tellement mieux de faire sa propre expérience ! Merci de m'avoir emmenée ici, Jero, il y a si longtemps que je voulais voir ça !

— Et qu'en penses-tu ?

— Sincèrement ? Je trouve ça totalement effrayant et jamais je n'embarquerai sur un radeau pour voir ce qu'il y a après la mer ! Tu es complètement fou !

— Hahaha ! s'esclaffa le jeune homme. Mais je n'ai pas embarqué sur un radeau pour aller explorer le monde par un temps pareil. On ne peut pas aller sur la mer tout le temps. Certains jours, comme aujourd'hui, c'est impossible de naviguer, il y a trop de vent et de vagues. Mais d'autres jours, la mer est calme et on peut diriger notre embarcation.

— J'ai du mal à y croire...

— Allons trouver le village de tes amis.

Ils s'éloignèrent de la plage et remontèrent le long de la côte un long moment avant d'apercevoir quelques cabanes éparses.

Les enfants qui jouaient près des habitations détalèrent en voyant ce grand blond aux yeux de la couleur du ciel et cette femme à la crinière auburn et aux immenses yeux de la couleur des feuilles. Pour les enfants, ces deux arrivants ne ressemblaient à aucun des villageois et étaient tout simplement effrayants.

Voyant leurs enfants se réfugier dans les cabanes, terrorisés, quelques adultes sortirent et s'approchèrent des deux étrangers.

— Bonjour, je suis Neala, la Gardienne du village qui construit le monument sur la colline à quelques heures de là, près de la rivière. Je cherche Josi et Mogan.

Soudain, une petite femme brune et visiblement enceinte s'écria :

— Neala, est-ce bien toi ? Que je suis heureuse de te voir !

Et quelques secondes plus tard, Josi l'étreignait affectueusement.

— Mogan, viens voir qui nous rend visite !

Le jeune homme sortit d'une des cabanes, avec un tout jeune enfant manifestement mécontent dans les bras.

— Ça alors, quelle bonne surprise ! Neala est la Gardienne du village d'où nous venons, Josi et moi, expliqua-t-il aux autres membres du village.

— Et voici Jero, dit Neala.

— C'est ton compagnon ? Je suis contente que tu aies décidé de prendre un compagnon, malgré tout ce qui t'est arrivé, et en plus visiblement il n'est pas du village et ça, c'est encore mieux ! fit Josi d'un air complice.

— Ce n'est pas mon compagnon, dit Neala, gênée. Nous avons trouvé Jero près du village, il est tombé malade alors qu'il voyageait, nous l'avons soigné et il est resté quelque temps avec nous, mais avant de repartir il m'a promis de me montrer la mer.

— Ah, dit Josi un peu déçue. Bon, venez à l'intérieur, vous allez me raconter tout ça et aussi les nouvelles du village, je veux tout savoir ! Vous allez partager notre repas, le poisson est bientôt prêt.

Un peu sur la défensive et sentant que des informations lui échappaient, Jero suivit Josi, Mogan et Neala dans la petite cabane au toit bas.

A l'intérieur, quelques braises chauffaient un grand plat de terre cuite. Le vent soufflait fort et soulevait la cendre du foyer, rajoutant des volutes de poussière à l'atmosphère déjà largement enfumée.

L'enfant que Mogan tenait dans les bras, une petite fille âgée d'un peu plus d'un an, hurlait toujours.

— Que se passe-t-il avec ta fille ? demanda Neala.

— Elle hurle depuis trois jours. Elle ne veut pas manger, elle ne dort pas et nous non plus. Je suis très inquiète et épuisée. De plus, comme tu le vois, je vais bientôt donner naissance à un autre bébé.

— Oui je vois ça, tu n'as pas perdu de temps, dit-elle en souriant. Est-ce que tu veux bien me montrer ta fille ? Comment s'appelle-t-elle ?

— Je serai très contente si tu l'examines et si tu peux la soulager, répondit Josi en prenant la petite fille des bras de Mogan et en la mettant dans les bras de Neala. Elle s'appelle Dina.

Sentant qu'on l'avait changée de bras, la fillette se mit à hurler de plus belle. Neala l'allongea doucement devant elle et commença par lui palper le ventre.

— Elle a le ventre tout dur, est-ce qu'elle fait ses besoins normalement ?

— Pas depuis quelques temps, non. Ses crottes sont très dures et on voit qu'elle a du mal à les sortir.

— Qu'est-ce qui a changé récemment dans son alimentation ?

— Je n'ai presque plus de lait pour la nourrir. D'ailleurs je m'inquiète pour le bébé à venir, comment vais-je faire si je n'ai pas de lait ?

— Ne t'inquiète pas pour ça, la nature est bien faite. Et si tu as moins de lait pour ta fille c'est peut-être parce qu'elle en a moins besoin. Qu'est-ce qu'elle mange en complément ?

— Pas grand-chose. Un peu de poisson.

— Il faut qu'elle mange comme vous. Elle a des dents maintenant, elle peut manger des galettes de céréales, des fruits, des noisettes écrasées et des herbes. Quand tu fais cuire ton poisson, tu peux y ajouter des herbes fraîches. Et les noisettes écrasées lui feront beaucoup de bien. Mais tout ça, ce sera pour quand elle aura moins mal au ventre. Je vais lui donner une purge qui va nettoyer son ventre, et ensuite elle devra s'habituer à manger de tout, pour éviter que le problème ne recommence.

— Entendu.

Les deux femmes se mirent à préparer la purge en question, Josi fit bouillir de l'eau et Neala sortit quelques herbes de son sac pour préparer la décoction.

— Ça tombe vraiment très bien que tu sois venue aujourd'hui ! Il n'y a pas de Gardienne dans notre village, le premier guérisseur dans les environs est à trois heures de marche et je ne lui fais pas confiance. Il donne des conseils étranges, plusieurs enfants sont morts après l'avoir vu.

— Tu sais, ils seraient peut-être morts de toute façon, il y a beaucoup de maladies qu'on ne sait pas guérir.

— Mais lui il donne vraiment l'impression qu'il ne sait pas ce qu'il fait.

— Est-ce qu'il accompagne les gens aussi ?

— Ah non ! Il donne des potions au goût atroce et s'en va le plus vite possible !

— Étrange, en effet. Dès que ce mélange sera tiède, tu en sors les herbes et tu le fais boire à Dina, même si elle n'aime pas ça.

Pendant ce temps, Mogan avait proposé à Jero de l'accompagner vérifier les nasses à poissons et les deux hommes étaient ressortis sous la pluie battante.

Dans le foyer les cris s'étaient calmés. La petite Dina avait bu suffisamment de décoction pour que celle-ci commence à faire effet. Elle avait eu une diarrhée sonore et malodorante mais juste après, elle s'était enfin endormie paisiblement, ce qui avait permis aux deux jeunes femmes de bavarder tranquillement.

Les hommes rentrèrent trempés et bredouilles mais enchantés du calme qui régnait. Mogan loua les mérites de Neala et tous s'installèrent auprès du feu pour déguster le plat de poisson.

Les conversations allaient bon train, Jero et Mogan échangeaient sur les techniques de pêche, les constructions côtières, le climat. Josi, de son côté, voulait tout savoir sur la vie des villageois, les unions, les naissances, les décès. Elle n'était pas retournée au village depuis qu'elle l'avait quitté. Ses parents étaient venus la voir une fois, juste après la naissance de Dina. Mais les voyages étaient longs et périlleux et donc, rarement entrepris.

C'est pour cette raison que quand un membre du village partait, tout le monde était triste car tous savaient que les chances de se revoir étaient faibles. Mais ceci faisait partie de la vie d'alors, les départs et les arrivées étaient célébrés, on souhaitait bonne route à celui qui partait, sachant très bien que dans la plupart des cas, on perdrait le contact.

Mogan aussi était content d'avoir des nouvelles des uns et des autres et il interrogea longuement les deux voyageurs sur la construction du monument.

Le seul sujet qu'ils évitèrent soigneusement était le départ soudain de Dugal. En effet celui-ci avait, lors d'un soir de célébration quelques mois auparavant, largement abusé de boisson des fêtes. Il s'était mis à insulter Collun et avait frappé plusieurs hommes avant d'être maîtrisé. Le lendemain, Collun l'avait vertement réprimandé puis avait tenté une réconciliation. Mais le jeune homme, vexé et toujours très amer de son sort après l'agression de Neala, avait décrété qu'il préférait quitter ce village d'incapables plutôt que de subir de nouvelles brimades. Il avait préparé une besace et était parti sans se retourner, plein de ressentiment, sous les yeux désespérés de ses parents.

Sur la fin de la soirée, après des heures de discussion animée, Jero revint sur la réflexion que Josi avait faite lors de leur arrivée et qui l'avait tant intrigué.

— Josi, de quoi parlais-tu quand tu as dit que tu étais contente que Neala ait un compagnon après tout ce qui lui était arrivé ?

Un silence de mort tomba dans la petite cabane enfumée.
— Eh bien... commença Josi.
— Je n'ai pas envie de parler de ça, coupa Neala. De toute façon je suis maintenant la Gardienne du village et donc je n'ai pas de compagnon.

Sentant qu'il avait mis tout le monde mal à l'aise sans comprendre pourquoi, Jero n'insista pas.

Comme il faisait nuit depuis déjà longtemps, Josi leur proposa de rester avec eux. Elle fit de la place près du feu en déplaçant les ustensiles de cuisine et les paniers à poissons dans un coin. Neala et Jero s'allongèrent silencieusement chacun sous leur couverture, à la distance la plus éloignée possible que leur permettait la petite surface mise à leur disposition.

Malgré le bruit de la tempête qui faisait rage au dehors et menaçait à tout moment d'emporter le toit de l'habitation, ils s'endormirent rapidement.

A leur réveil, la tempête s'était calmée. La petite Dina s'était réveillée en babillant, ce qui contrastait totalement avec les hurlements de la veille. Tout le monde semblait apaisé.

Neala se leva et sortit du petit logis enfumé et fit quelques pas. Au dehors l'attendait un spectacle extraordinaire. Le ciel était d'un bleu limpide, à peine troublé par quelques nuages blancs. Et au loin, elle pouvait voir cette mer incroyablement bleue qui ressemblait enfin à la description qu'en avait faite Ama. C'était tellement beau qu'elle en eut le souffle coupé.

Quand elle sortit de sa contemplation, elle s'aperçut que Jero l'avait rejointe et se tenait tout près d'elle, absorbé lui aussi par le magnifique spectacle.

Ayant oublié le malaise de la veille, Neala lui adressa un large sourire.

— Tu vois, dit-il, ce que j'aime avec le bord de mer, c'est que les jours se suivent et ne se ressemblent pas. On a souvent l'impression d'être dans des endroits complètement différents au fil des jours.

— Oui, hier tout était gris et froid, aujourd'hui le soleil nous chauffe et les couleurs sont complètement différentes. Je suis tellement contente que tu m'aies emmené ici, je ne te remercierai jamais assez !

— Ce n'était pas un grand voyage, tu es déjà allée beaucoup plus loin toute seule, tu aurais pu venir ici toute seule aussi.

— Mais je suis contente d'y être avec toi.

Entendant les appels de Josi, ils retournèrent vers le village.

Il fut décidé que Jero et Neala accompagneraient Mogan à la pêche. La jeune femme était très excitée à cette idée et aussi quelque peu effrayée d'embarquer sur cette mer qui semblait infinie.

Les autres pêcheurs du village allèrent chercher les embarcations qui avaient été mises à l'abri lors de la tempête, pendant que Mogan et Jero rassemblaient les harpons, lignes et filets fabriqués avec de la laine.

Trois bateaux furent mis à l'eau et Neala dut se mettre dans l'eau jusqu'aux cuisses pour se hisser à bord de l'un d'eux.

Ils s'éloignèrent rapidement du rivage à l'aide de rames de bois. Ils jetèrent les lignes au bout desquelles se trouvaient des hameçons pointus taillés dans de l'os. Sur ces hameçons, les hommes avaient accroché des entrailles de poisson pour servir d'appât.

On voyait toujours la côte au loin mais il était impossible d'apercevoir les bâtiments du village. Autant Neala montrait des signes d'inquiétude, autant Jero était parfaitement dans son élément. Il se déplaçait agilement sur la petite embarcation alors qu'elle restait accrochée sur un des bords, nauséeuse et dans l'impossibilité de se lever. Elle regardait souvent la côte et faisait la grimace chaque fois qu'il lui semblait que le rivage s'était encore éloigné.

— Mais comment fais-tu pour te déplacer sur un radeau aussi instable ? demanda-t-elle à Jero en gémissant.

— C'est une question d'habitude, répondit-il en riant. Depuis tout petit j'ai suivi les hommes de mon village sur la mer. Même si nos bateaux sont différents, je comprends les vagues et les courants. Et surtout, je n'ai pas peur. Je vois bien que tu es terrorisée, de quoi as-tu peur ?

— On ne voit presque plus la rive, je ne vois pas le village, on est sûrement perdus !

— Aucun risque, les hommes qui sont à bord connaissent parfaitement la région. C'est comme quand tu vas te promener en forêt, même loin de chez toi. Tu sais retourner chez toi sans te perdre, non ? Eh bien c'est pareil pour eux.

— Mais quand je vais en forêt il y a des repères, des arbres d'une certaine forme, des tas de cailloux, des clairières, des chemins tracés par les animaux. Ici il n'y a rien, que de l'eau !

— C'est l'impression que tu as. Mais pour ceux qui connaissent la mer, il y a aussi des repères. Le rivage qui change, les courants, les ombres le jour et bien sûr, les étoiles la nuit.

— Quoi ? On peut naviguer la nuit aussi ? C'est de la folie !

Les hommes se mirent à rire devant le désarroi de la jeune femme. Puis soudain, l'un d'entre eux cria quelque chose. Un banc de poissons avait trouvé les appâts. Ils jetèrent un filet au plus près des poissons, les piégeant et semant la panique dans le banc organisé. Ils saisirent les harpons au bout desquels une cordelette était reliée et remontèrent autant de poissons que possible. Sur le pont, un des hommes était chargé d'assommer les poissons qui n'étaient pas encore morts.

Neala observait la scène sans rien dire. Cela ne ressemblait pas à la pêche qui se pratiquait dans la rivière proche de son village. Chez elle on pêchait la plupart du temps individuellement, quelquefois à deux ou trois. On prenait un poisson à la fois et il pouvait se passer un grand moment avant d'en attraper un.

Ici c'était différent, l'effort était collectif et les prises étaient bien plus importantes. Pour ce village, le poisson était la principale source de nourriture. Il y avait quelques champs aux alentours mais pas de bétail. Les modes de vie, même pour deux villages distants de quelques heures de marche, étaient assez éloignés. Et pour Jero, même s'il venait d'un village de l'autre côté de la mer, son quotidien était bien plus proche de ce village ci ! Finalement ce n'était pas la distance qui faisait la différence, c'était l'environnement. Le climat, le relief, la faune et la flore, tout ceci conditionnait les modes de vie des personnes.

Bien sûr il y avait parfois la possibilité, toutefois limitée, de transformer son environnement. Par exemple, défricher des forêts pour en faire des champs cultivables, c'était une façon de changer de mode de vie. Mais amener la mer près du village de Neala, ce serait autre chose !

Souriant à cette idée, Neala commença à se détendre. L'idée d'un bon repas à la vue de tous ces poissons lui mettait l'eau à la bouche. Et quand Mogan annonça que la partie de pêche était terminée et qu'ils rentraient au village, elle fut complètement soulagée. Peut-être que Jero s'amusait beaucoup sur un bateau mais pour elle, ceci n'avait rien de naturel. Elle fut donc ravie de voir le rivage s'approcher, de reconnaître les habitations et encore plus, de sauter du bateau une fois la plage atteinte.

Ils débarquèrent leurs prises, mirent en commun l'ensemble des poissons pêchés par les trois bateaux puis le chef du village les répartit par foyer, sans oublier ceux qui, pour diverses raisons, n'avaient pu participer à la pêche ce jour, soit parce qu'ils étaient malades, soit parce qu'ils étaient occupés à d'autres tâches.

Mogan reçut un beau panier bien plein de magnifiques poissons. Ils les vidèrent et le nettoyèrent avant de rentrer chez Josi, en prenant soin de garder les viscères dans un plat d'argile pour la pêche du lendemain.

Après s'être régalés de poissons grillés, Jero voulut aider leur hôte à réparer les filets et les lignes. L'étranger était curieux de leur technique, en effet chez lui ils n'utilisaient pas de filets, seulement des harpons et des lignes comprenant plusieurs hameçons.

Ils passèrent donc la fin de l'après-midi à échanger sur leurs méthodes et à imaginer des solutions plus performantes pour améliorer les prises.

Pendant ce temps, Neala aidait Josi à coudre les vêtements de peau qui habilleraient le futur bébé.

— Aimerais-tu avoir un bébé aussi ? lui demanda Josi

— Tu sais bien que ce n'est pas possible, répondit Neala, convaincue. Tu es même la première à me l'avoir dit. Et puis j'ai beaucoup à faire pour le village. Soigner les blessures, soulager les maux, accompagner les mourants quand je ne peux pas les sauver. Et aussi je dois suivre la construction de notre bâtiment. Il me reste déjà très peu de temps pour communiquer avec les anciens et la Source de Vie, et encore moins pour m'occuper d'un enfant.

— Ce sont des prétextes Neala, tu le sais bien. Quelle est la vraie raison ?

— Je ne veux pas de partenaire. Je ne veux plus jamais qu'un homme me touche et...

— Je sais ce que tu vas dire. J'ai vécu la même chose que toi, rappelle-toi. Et moi aussi je rejetais toute possibilité d'avoir un compagnon. Mais j'ai changé d'avis quand j'ai commencé à fréquenter Mogan. Il a été patient et ne m'a jamais fait de mal. Et je suis heureuse d'avoir changé d'avis.

— Mais ce n'est pas pareil. Tu as toujours été une belle femme qui attirait les hommes. Avec mon physique particulier je n'ai jamais attiré personne, que des ennuis et ceux qui ont voulu m'humilier, comme ton frère.

— Et Jero ?

— Jero ? Il n'a jamais montré le moindre intérêt pour moi. Il est arrivé dans notre village par hasard, Il est resté le temps de se remettre de sa maladie et il repartira très bientôt. De toute façon il ne pense qu'à la mort de sa compagne et de son fils.

— Mais un jour il guérira de ses blessures.

— Probablement, et ce jour-là il sera loin d'ici. C'est drôle, ma sœur m'a tenu les mêmes propos que toi juste avant mon départ. Décidément, vous n'êtes pas les meilleures amies pour rien ! ajouta Neala en riant.

— Pourquoi n'as-tu rien dit à Jero de ce qui t'était arrivé ?

— A quoi bon ? Je n'aime pas parler de ça. C'était il y a longtemps et je préfère oublier.

— Mais tu n'oublies pas, et la preuve c'est que cet événement conditionne ta vie aujourd'hui.

— On ne peut pas changer le passé.

— Non, mais on peut changer notre perception des événements. Je ne dis pas que c'est facile à faire. Mais certaines personnes autour de toi peuvent t'aider à dépasser ce que tu as vécu. Tu vivras d'autres expériences avec les hommes, et peut—être un jour décideras tu d'avoir un compagnon.

— Je ne crois pas. Tu me l'as dit toi-même, que les Gardiennes n'avaient pas de compagnon, souviens-toi ! Et puis en fait, je suis bien toute seule.

— C'est vrai qu'en général les Gardiennes n'ont pas de compagnon. Mais je te rappelle que Jero vit avec toi depuis le début de l'hiver, tu n'es donc pas vraiment toute seule !

— Mais ce n'est pas pareil. Il parle peu, sa présence n'est pas envahissante.

— C'est le compagnon idéal donc !

— Oui, probablement, mais pour quelqu'un d'autre, dit Neala avec une touche de tristesse avant de sortir de la cabane pour chercher du bois pour le feu.

Les hommes revinrent en fin de journée après avoir longuement conversé sur les techniques de pêche et le matériel utilisé.

Tous partagèrent un bon repas dans la bonne humeur, les anecdotes et les rires. Il était convenu que Neala et Jero les quitteraient le lendemain pour amener à Seena de très beaux poissons, conservés dans de l'eau fraîche. Josi avait aussi préparé un petit sac de sel, denrée rare au village, qui servirait pour les potions et autres cataplasmes préparés par Neala.

Une fois les préparatifs terminés, tous allèrent se coucher, épuisés par cette journée riche en aventures et émotions.

Dès l'aube, les deux voyageurs quittèrent leurs amis, après quelques derniers échanges et recommandations pour l'alimentation de Dina ainsi que de la future maman en prévision de l'arrivée du bébé.

Neala retournait dans son village la tête pleine d'images et de souvenirs, elle était enchantée de leur escapade.

— Merci de m'avoir accompagnée voir la mer. Je n'oublierai jamais cette expérience !

— Tes amis sont très accueillants. Pourquoi ont-ils quitté le village ?

— Eh bien… commença Neala. Ne trouvant pas ses mots, elle s'interrompit.

— Est-ce que c'est en relation avec ce qui t'est arrivé et dont tu n'as pas voulu parler ?

Comme elle ne répondait toujours pas et qu'elle marchait deux pas devant lui, Jero la saisit par le bras et l'obligea à se retourner.

— Alors ? demanda-t-il en même temps.

— Ne me touche pas ! hurla la jeune femme en se dégageant violemment. Je ne veux plus jamais qu'un homme me touche !

— Mais enfin qu'est-ce qui te prend ? Je ne t'ai jamais fait de mal et je n'ai pas l'intention de t'en faire ! dit-il en reculant.

Soudain la jeune femme réalisa qu'une vieille angoisse profondément ancrée et enfouie jusqu'alors venait de refaire surface.

Surprise par la violence de sa propre réaction, elle chercha d'abord à s'expliquer.

— Je... je suis désolée, je sais que tu n'as pas l'intention de me faire du mal, mais quand tu m'as attrapé le bras ça m'a rappelé... Cette situation que Josi évoquait et que je voulais oublier... C'est tellement difficile...

Et, prise de violents tremblements, elle fondit en larmes.

Jero était totalement dérouté de la voir ainsi, si fragile et vulnérable, elle qui, depuis le premier jour qu'il l'avait rencontrée, s'était montrée si forte, capable, contrôlant chaque situation. Il avait très envie de la prendre dans ses bras pour la rassurer. Mais il avait aussi très peur de sa réaction et ne voulait pas l'effrayer.

Il se dirigea sous un arbre tout proche et lui fit signe de s'asseoir à côté de lui. Elle le suivit, s'assit et cacha son visage dans ses mains pour pleurer tout son saoul. Après un long moment, les tremblements cessèrent et, la voix encore pleine de sanglots, elle se mit à parler.

— C'était il y a quelques années, j'étais très jeune et je venais juste de commencer à saigner. Des garçons du village se moquaient souvent de moi car, comme tu as pu le remarquer, je ne ressemble pas aux filles de mon village. C'était surtout Dugal, le frère de Josi qui me harcelait, me bousculant et m'insultant dès qu'il pouvait. Ses amis, dont Mogan, participaient en riant, même s'ils ne disaient rien. Un jour, Dugal est devenu très agressif. Il me craignait car il savait que j'étais la future Gardienne, mais en même temps il voulait m'humilier. J'étais seule dans la forêt, il était avec ses deux amis et il a commencé à m'interpeller. Puis il m'a bousculée et il est devenu fou furieux. Il disait que comme je n'aurais jamais de compagnon puisque j'étais si laide, il voulait bien me rendre service en me faisant connaître les plaisirs physiques. Plaisirs, tu parles ! Il est devenu de plus en plus pressant et, voyant que je ne me laissais pas faire, il a commencé à me frapper. Ses amis lui ont demandé de s'arrêter mais il ne les écoutait pas. Mogan a essayé de s'interposer mais il l'a frappé au menton et l'a assommé. Son autre ami, Tuder, voyant ça, était tellement choqué et effrayé qu'il est resté immobile, sidéré. Alors Dugal m'a jetée par terre et, tout en continuant à me frapper, il m'a… Il m'a forcée.

Les sanglots reprirent de plus belle. Jero était atterré. Sur son visage se lisait un profond dégoût et une immense colère.

— Mais comment peut-on faire une chose pareille ? Et personne n'est intervenu ?

— J'étais à ce moment-là à demi consciente donc ce qui s'est passé ensuite, c'est ma grand-mère qui me l'a raconté. En fait mon neveu Brino m'avait suivi dans la forêt. Il s'était caché dans les buissons et quand Dugal a commencé à me frapper, il a couru au village chercher ma sœur et grand-mère. Celle-ci était déjà très faible à cette période, mais elle a trouvé une énergie incroyable pour faire le trajet aussi vite que possible. En arrivant elle a hurlé et Dugal s'est enfui. Mogan venait juste de retrouver ses esprits et le troisième larron est sorti de sa torpeur. Ils sont partis bien vite aussi, effrayés par la colère incommensurable de ma grand-mère. Même vieille et faible, elle pouvait être terrifiante ! Quand j'ai repris connaissance, j'étais brisée. Autant physiquement que mentalement. Je voulais mourir pour ne plus souffrir. Tout mon corps n'était que douleur, j'avais plusieurs fractures et j'étais défigurée. La cicatrice que j'ai sur la tempe vient de ce jour-là. Mais le pire, c'était ce qui se passait dans ma tête. L'humiliation, la terreur, le dégoût, la colère et l'incompréhension… Je ne pensais pas survivre à tout ça.

Sa voix ne tremblait plus. Elle ne revivait plus la scène, elle la racontait, détachée, le regard dans le vide.

— Et que s'est-il passé ensuite ? demanda Jero.

— Ama m'a aidée à me purifier. Je me suis plongée dans la rivière glacée pour nettoyer mon corps et mon esprit de cette agression. Et finalement, j'ai survécu, ajouta-t-elle avec un triste sourire.

— Et tes agresseurs ?

— Mon agresseur, les autres n'y étaient pour rien. Ils n'ont pas réagi assez vite ou assez tôt, et d'ailleurs ils ont été punis pour ça. Mogan s'est senti tellement coupable qu'il est venu me voir par la suite, et c'est lui qui m'a offert Feu. Il a compris que ce que Dugal avait fait était terrible. Et étrangement, cette histoire lui a permis de se rapprocher de Josi, qui avait vécu la même chose des années auparavant. Il a pu comprendre le traumatisme laissé par une telle agression. Tous deux ont décidé de quitter le village pour s'éloigner de cette histoire. Josi revivait l'agression dont elle avait été victime à travers moi, et de penser que c'était son propre frère l'agresseur, c'était insupportable pour elle.

— Et lui, a-t-il été puni ? demanda Jero, les dents serrées.

— Oui, Collun a convoqué tout le village pour expliquer ce qui s'était passé. Tous ont vu mes bleus, mes blessures et mon visage méconnaissable. Collun a rappelé à tous trois lois essentielles, qui font partie des fondements de notre communauté : les relations dans le même foyer, les relations avec les non adultes et les relations forcées sont interdites, et qui déroge à ça sera puni. Puis il l'a obligé à travailler sur le chantier, plus que n'importe quel autre homme, pour payer sa dette au village. Et il lui a aussi interdit de prendre une compagne pour longtemps.

— C'est tout ?

— En travaillant sur le chantier, Dugal s'est calmé. Il n'avait plus envie de parader et de faire le malin. Pendant des mois personne ne lui a adressé la parole. Le travail harassant lui a fait du bien et il a été d'une grande aide pour faire avancer les travaux. Tout le monde pensait qu'il avait compris son erreur mais finalement, son agressivité est ressortie récemment, lors de la dernière fête des récoltes, un peu avant ton arrivée. Il s'est battu avec plusieurs et il a quitté le village, complètement enragé.

— Et toi, dans tout ça ?

— Moi ? J'ai pardonné, mais je n'oublie pas. Quand il est parti il a été très menaçant et m'a fait très peur, même si je n'ai pas voulu le montrer. En fait jusqu'à aujourd'hui je n'avais pas réalisé à quel point cette agression m'avait traumatisée. Je crois que c'est en discutant avec Josi que j'ai compris cela. Finalement, d'en parler avec toi, c'était très difficile mais c'était une bonne chose. C'est comme si j'avais un caillou dans le ventre qui s'était volatilisé.

— Neala, j'ai mes propres cicatrices et mes propres expériences difficiles. Une chose est sûre, je ne veux pas te faire de mal. Tu m'as sauvé la vie, tu m'as énormément appris et je te dois beaucoup. Jamais je ne ferai quelque chose contre toi.

— Merci, lui dit-elle en le regardant droit dans les yeux.

Puis, de façon très inattendue, elle le prit dans ses bras. D'abord surpris, il l'enlaça, puis elle vint poser son visage contre son torse puissant. Elle pouvait sentir son odeur, sa chaleur et elle ressentit une immense douceur l'envahir. Ils restèrent ainsi quelques instants puis elle se dégagea doucement.

— Allez, si on veut amener ces poissons à ma sœur avant qu'ils ne pourrissent, il faut avancer !

Elle se leva d'un bond et lui tendit la main pour qu'il se relève aussi. Inconsciemment elle voulait prolonger ce contact physique qui lui avait apporté tant de réconfort. Mais en même temps ce qu'elle ressentait à ce contact était nouveau et un peu effrayant. Elle décida de remettre un peu de distance entre eux, pour reprendre le contrôle de ses émotions.

Le reste du trajet se passa tranquillement. Ils discutèrent beaucoup de ce qu'ils avaient vécu ces deux derniers jours, de la vie en bord de mer, des différences et des similitudes entre les modes de vie. Jero comparait et analysait ce qui se passait dans son propre village ainsi que dans les autres villages qu'il avait visités jusqu'alors. La conversation était animée et détendue, si bien que les quelques heures de marche leur parurent très courtes.

En arrivant au village, Brino, le fils de Seena, et ses amis, coururent dans leur direction dès qu'ils les aperçurent. ils accompagnèrent les voyageurs jusqu'au foyer de Seena où son clan les attendait. Tous étaient ravis de voir les énormes poissons dans le panier que Jero portait, la perspective d'un bon repas les enchantait. Et ils ne furent pas déçus du résultat, Seena s'étant servi du sel et des herbes aromatiques envoyées par Josi, elle prépara un somptueux dîner.

Le lendemain matin, Neala décida d'aller à la rivière pour laver ses habits et se débarrasser de la poussière du voyage et du sel qui s'était déposé lors de leur sortie en mer. Jero l'accompagna, suivi d'un Feu très enthousiaste quand il reconnut le chemin de la rivière.

Arrivés sur la berge, Neala ôta ses vêtements de peau et commença par se tremper entièrement dans l'eau très fraîche malgré le soleil. Jero l'observait, assis sur la berge et bien décidé à profiter du spectacle.

— Tu ne viens pas ? C'est tellement agréable de se baigner dans de l'eau non salée, dit-elle en riant.

A contrecœur il quitta son poste d'observation, se déshabilla et vint la rejoindre. Feu nageait tout autour d'eux en jappant.

— Tu avais raison, c'est un délice cette eau fraîche ! répondit-il juste avant de plonger la tête la première pour réapparaître un peu plus loin.

Le laissant nager, Neala en profita pour frotter sa longue crinière dans l'eau. Elle alla ensuite chercher ses vêtements sur la berge et les nettoya soigneusement aussi.

Puis elle saisit le peigne qu'elle avait apporté et se mit à démêler ses cheveux trempés.

Jero vint la rejoindre quelques instants plus tard. Il lava lui aussi ses habits puis lui emprunta le peigne qu'elle avait posé sur les galets et entreprit de peigner ses cheveux blonds qui, détachés, cascadaient sur ses épaules. Il les noua ensuite avec le lien de cuir et s'allongea sur les galets tièdes. Neala avait remis sa tunique de peau et s'allongea sur le ventre, la tête posée sur ses avant-bras.

— J'ai beaucoup aimé la mer, dit-elle, mais j'aurais du mal à me passer de ma rivière.

— Pourquoi « ta » rivière ? Des rivières il en a partout.

— Probablement, mais celle-ci j'y suis habituée, j'ai mes repères et je m'y sens bien.

Jero se redressa sur les coudes et demanda :

— Tu n'as jamais envisagé de quitter ton village, pour voir comment sont les autres rivières justement ?

— Mais j'ai déjà quitté mon village plusieurs fois pour voyager.

— C'est vrai, mais quelques jours seulement. Mais faire un grand voyage, tu n'en as jamais eu envie ?

La jeune femme se retourna et vint s'asseoir en tailleur face à lui.

— Je n'y ai jamais pensé. J'ai mon rôle de Gardienne ici, les gens comptent sur moi. Si je partais j'aurais l'impression de les abandonner.

— Donc c'est ton devoir de rester ici, c'est ça ?

— En quelque sorte oui. Et puis si je partais d'ici ce serait pour aller où ?

— Partir à l'aventure ! Rencontrer d'autres personnes, voir d'autres endroits magnifiques…

— Et être confrontée à d'autres dangers inconnus aussi.

— Parce que tu te sens complètement en sécurité ici ? Vu ce que tu as raconté hier…

— Mais c'était il y a longtemps et ici, même si tout le monde ne respecte pas les règles, chacun les connaît, le coupa-t-elle. Ama avait beaucoup voyagé et elle m'a raconté de très belles aventures, mais aussi des histoires effrayantes d'hommes qui s'entre-tuent, de rivalités terribles entre les clans où les femmes, d'ailleurs sont les principales victimes.

— Comment ça ?
— Quand un groupe attaque un autre groupe, les femmes et les enfants sont en général emmenés par les vainqueurs et ne retournent plus jamais chez eux.
— Et les hommes ?
— Ceux qui le peuvent fuient, et les autres sont tués pour éviter les représailles.
— Et donc, leur sort est plus enviable ?
— Je n'ai pas dit ça, se récria-t-elle. Mais face à un homme, la plupart des femmes n'a pas la force physique de se défendre. Elles n'ont pas d'autre choix que de subir.

Un long silence suivit. Jero reprit :
— Et c'est pour ça que tu ne veux pas voyager ?
— Une femme qui voyage toute seule est plus vulnérable qu'un homme. Peut-être que quand je serai vieille et expérimentée j'irai visiter le vaste monde !
— Et bien en ce qui me concerne, je ne vais pas attendre d'être plus vieux.
— C'est à dire ? demanda-t-elle, inquiète de la réponse.
— Je vais repartir très bientôt. Je suis resté ici plus longtemps que je ne pensais. J'ai beaucoup appris de vous tous : votre langue, vos techniques de taille, de pêche, de construction, et beaucoup encore. Mais il est temps pour moi de continuer ma route. Demain je préparerai mes affaires pour la suite de mon voyage, puis je partirai le jour d'après.

A ces mots la jeune femme ressentit un grand abattement. Jero partageait la plupart de ses journées et toutes ses nuits depuis des lunes et elle s'était habituée à sa présence tranquille.

Ne voulant montrer sa peine, elle se leva, ramassa ses affaires, appela son chien et reprit le chemin du village.

Elle alla prévenir Seena et Collun du départ imminent de Jero et il fut entendu qu'un repas serait partagé le lendemain soir avec tous ceux qui le souhaitaient. Jero avait été adopté par le village, Seena, Drennan et les autres étaient tristes aussi de le voir partir.

La journée suivante, Jero s'occupa des préparatifs de son voyage et Neala aida sa sœur et les autres femmes du village à préparer les galettes de blé ainsi que les plats d'agneau qui avait été tué pour l'occasion. Les villageois se rassemblèrent à la tombée de la nuit sur la place devant la maison commune et, ravis de l'occasion de, s'installèrent à même le sol pour partager le repas.

Tous festoyèrent gaiement jusque tard dans la nuit. Seule Neala avait du mal à s'imprégner de l'ambiance joyeuse. Elle faisait des efforts pour paraître enjouée mais son regard laissait clairement entrevoir un profond désarroi. Ne voulant pas gâcher la dernière soirée de Jero, elle rentra chez elle dès la fin du repas, prétextant qu'elle devait terminer de préparer les provisions pour le départ du lendemain matin.

Quand le jeune homme rentra se coucher, elle faisait mine de dormir, évitant ainsi toute possibilité de conversation qui, de toute façon, était inutile puisqu'il avait pris sa décision.

Dès les premières lueurs de l'aube, Jero compléta son paquetage avec les provisions préparées la veille, mit sa besace en bandoulière et sortit. Neala proposa de l'accompagner jusqu'à la sortie du village et fut surprise de voir que plusieurs villageois, dont sa sœur avec sa famille, avaient eu la même idée.

Jero avait passé beaucoup de temps avec eux et les gens s'étaient attachés à sa présence et à son enthousiasme à partager les tâches du quotidien. Tous l'embrassèrent en lui souhaitant bonne route. Neala était un peu en retrait du groupe et observait la scène.

Quand Jero eut fini ses adieux, il s'approcha d'elle. Il n'osa pas l'embrasser ou la prendre dans ses bras, comme il l'avait fait pour tous les autres. Elle semblait tellement inaccessible, distante. Il la remercia cependant de lui avoir sauvé la vie et de s'être occupée de lui pendant sa convalescence. Elle ne lui posa qu'une seule question :

— Vas-tu revenir ?

— Je ne pense pas. Comme je te l'ai expliqué, je fais le tour de l'île, donc je vais maintenant descendre vers le sud puis je remonterai au nord en passant par l'ouest donc je n'ai pas de raison de revenir par ici.

— Très bien. Si tu changes d'avis, sache que tu seras toujours le bienvenu ici. Bonne route !

Le jeune homme parut presque surpris du ton qu'elle avait employé. Neutre, presque froid. Mais qu'avait-il espéré ? Qu'elle le supplie de rester ? Il avait décidé qu'il partait de toute façon. Qu'elle parte avec lui ? Elle lui avait expliqué pourquoi c'était son devoir de rester auprès des siens.

En écourtant leurs adieux, elle lui facilitait énormément ce moment difficile. Il la remercia simplement, salua le petit groupe d'un signe de la main et se mit en route.

On n'entendait que le chant des oiseaux et les reniflements des enfants de Seena, les seuls à exprimer ouvertement leur tristesse du départ de l'étranger.

Chapitre 7

Survivre

On était maintenant au cœur de l'hiver.
Depuis de longs mois, Neala traînait sa tristesse et sa mélancolie. Il ne se passait pas un jour sans qu'elle ne pense aux bons moments passés avec Jero, à toute cette complicité qu'ils avaient partagée et même à ses moments de conflits qui n'avaient fait qu'enrichir leur relation.
Depuis le départ du jeune homme elle se sentait terriblement seule et vide. Seule ? Elle l'avait toujours été, alors pourquoi cela lui était-il plus pénible maintenant ? Le problème était qu'en la présence de Jero, elle avait découvert ce sentiment de complétude, de connivence. Et maintenant qu'elle en était privée, elle ressentait ce manque implacable, cette absence dévorante.
Évidemment elle avait essayé de combler ce vide en se noyant dans les activités et tâches qui ne manquaient pas au village : suivre le chantier, soigner les malades, récolter des plantes médicinales et de la nourriture en forêt, s'occuper des animaux et aider pour les récoltes dans les champs.
Elle avait été très occupée ces derniers mois et elle n'avait consacré que peu de temps à ses méditations. En se plongeant dans un travail physique éreintant, elle rentrait chez elle le soir et s'écroulait de fatigue d'un sommeil sans rêves.
Sa stratégie s'était finalement avérée payante puisqu'aujourd'hui, elle commençait à mieux supporter l'absence et elle retrouvait peu à peu de la joie dans les moments simples tels que le partage d'un repas avec sa sœur ou le rire des enfants se courant après.
L'hiver était arrivé tôt cette année-là et il avait apporté beaucoup de pluie. Tout le village était détrempé, les sols n'étaient qu'amas de boue collante et glissante, les animaux

autant que les hommes souffraient de cette humidité qui transperçait tout.

Le soleil n'avait même pas daigné se montrer pour la cérémonie du passage. Pendant toute la période propice à l'illumination du passage par les rayons de soleil, période où les jours étaient les plus courts de l'année, il avait plu sans discontinuer et le ciel était resté de plomb.

Collun avait trouvé que c'était de mauvais augure. Il avait demandé son avis à Neala et la Gardienne avait essayé d'invoquer les esprits des anciens mais sans succès, en tous cas sans réponse interprétable de façon claire.

La morosité s'était emparée du village tout entier. Les habitants limitaient leurs sorties, la moindre tâche du quotidien devenait une corvée.

Devant le peu de distractions disponibles, Collun suggéra à un groupe d'hommes du village de faire le trajet jusqu'au bord de la mer pour ramener du sel et des poissons de mer. Cette escapade redonnerait un peu de dynamisme aux gens du village, pensait-il.

L'expédition fut vite sur pieds, les cinq hommes mirent quelques provisions dans leurs besaces, ainsi que beaucoup de viande séchée pour procéder aux échanges, et prirent la route. Neala les enviait presque de quitter ce village triste, mais elle n'avait pas l'énergie de les accompagner.

De plus, quelque chose la préoccupait. Depuis plusieurs nuits elle faisait le même rêve, où Ama voulait la prévenir d'un danger imminent mais Neala n'arrivait pas à interpréter lequel. Dans son rêve, elle voyait Ama se couvrir d'une peau de loup, faire de grands gestes et creuser dans la terre. Qu'est-ce que cela pouvait bien signifier ?

Malgré plusieurs séances de communication avec les esprits des anciens et la Source de Vie, Neala ne reçut aucune réponse. Cependant elle savait que tout ceci avait un sens, même si elle ne savait pas lequel pour l'instant. Elle devait donc patienter.

Trois jours plus tard, les hommes du village étaient de retour avec des petits sacs de sel et leurs besaces pleines de poissons.

Pour célébrer leur retour et pour tenter de faire sortir les habitants de leur léthargie, Collun décida d'organiser un repas avec tout le village. Ce serait aussi l'occasion de partager les poissons pêchés par les hommes de l'expédition.

Les plats de nourriture furent préparés par chaque foyer avec enthousiasme. Ce fut un moment très convivial et très agréable qui fut partagé et qui devait marquer les esprits très longtemps. La bonne humeur était de retour et pour fêter cette occasion, le soleil refit son apparition dès le lendemain matin, après une longue période d'absence, pour la plus grande joie des villageois.

Mais ce moment de grâce fut de courte durée.

Deux jours après le retour des hommes, la compagne de Kelan, l'un d'entre eux, vint frapper à la porte de Neala.

— Peux-tu venir voir mon homme ? Il est malade.

— Qu'est-ce qu'il a ? demanda la jeune femme.

— Il n'a pas pu se lever ce matin. Il a très froid malgré les fourrures, il a mal partout et il tousse.

— Je prends mes remèdes et je viens.

En chemin elles croisèrent le fils d'Emer, un autre homme de l'expédition.

— Gardienne, il faut que tu viennes voir mon père, il est très malade.

— Je viendrai dès que possible.

Inquiète, Neala se demanda ce qui pouvait bien se passer. Les deux hommes en question étaient de solide constitution, pas le genre à s'enrhumer au moindre coup de vent. Elle n'avait pas pris le temps de demander au garçon de quoi souffrait son père mais elle avait un mauvais pressentiment.

En entrant dans le foyer de Kelan elle entendit un gémissement plaintif entrecoupé d'une toux rauque et caverneuse.

Elle s'installa près du malade qui ouvrit à peine les yeux. Il était vraiment mal en point.

— Peux-tu me dire ce qui te fait souffrir, Kelan ? demanda-t-elle doucement.

— J'ai... très froid, j'ai des douleurs partout, comme si on m'avait battu. Et j'ai du mal à respirer, ça me brûle à l'intérieur.

— Et quand tu tousses, est-ce que tu craches ?

— Non, j'ai juste très mal quand je respire.

— Très bien, je vais demander à ta compagne de préparer une potion avec des herbes qui guérissent. Je reviendrai te voir demain.

L'homme ferma les yeux et replongea dans un demi-sommeil agité. Neala donna les herbes, expliqua comment les utiliser et sortit.

Dehors un vent glacial soufflait. Il n'y avait plus de pluie mais la température était tombée soudainement, faisant presque regretter la longue période d'humidité.

Quand la jeune femme pénétra dans le foyer d'Emer, le père du jeune garçon qu'elle avait croisé un peu plus tôt, il lui sembla revivre la même scène. Même tas de chair tremblant et gémissant, même toux rauque. Elle lui demanda s'il crachait, il répondit que non. Elle demanda aussi s'il y avait des gens malades dans le village de Josi.

— Oui, lui avait répondu l'homme faiblement. Mogan, le compagnon de Josi était alité, et... sa fille aînée, Dina, aussi. Ils toussaient beaucoup et ce qu'ils crachaient... n'était pas beau à voir. Mogan rentrait de voyage, il revenait... des forêts du nord où ils avaient passé plusieurs jours à chasser... avec d'autres hommes. Ils avaient aussi... séjourné dans un village quelque temps. Je n'en sais pas plus.

— Et à part eux, il y avait d'autres malades ?

— Je... ne sais pas.

— Tu vas prendre ces remèdes qu'on va te préparer. Je repasserai te voir demain.

Elle demanda à son fils de venir la prévenir si son état se dégradait.

Soucieuse, elle rentra dans sa maisonnette. Elle pensait avoir vu toutes sortes de maladies malgré son jeune âge et Ama lui avait parlé de beaucoup d'autres. Elle lui avait notamment parlé de cette maladie qui donnait beaucoup de fièvre, des douleurs en respirant, une toux importante et des crachats verdâtres.

Mogan en était peut-être atteint et si c'était le cas, il avait peu de chances de s'en sortir. Et sa fillette... Pauvre Josi ! Que devait-elle faire ? Aller au village de son amie pour tenter de soigner sa famille ? Ou rester ici et surveiller ces malades ? En tous cas eux ne crachaient pas, et c'était bon signe. Neala se dit qu'elle attendrait le lendemain pour décider si elle ferait le voyage jusqu'à la mer. Il fallait d'abord être sûre que les deux gaillards alités étaient sur le chemin de la guérison.

Malheureusement ce ne fut pas le cas. Le lendemain elle passa voir ses patients et aucun d'entre eux ne montrait de signe d'amélioration. Ils ne s'alimentaient pas et il fallait les forcer pour prendre leur décoction. Neala laissa d'autres herbes, en plus de celles laissées la veille, pour préparer une potion qui aiderait à faire baisser la fièvre. Elle promit de repasser le jour suivant.

Mais dès les premières lueurs de l'aube elle entendit frapper à sa porte. C'était le fils d'Emer.

— Gardienne il faut que tu reviennes, mon père va très mal.

Angoissée, elle saisit sa besace et suivit le garçon. Avant même d'entrer dans la cabane, elle entendit cette toux rauque qui avait pris une tournure encombrée, macabre. Elle se précipita à l'intérieur.

— Aide-moi à l'asseoir, demanda-t-elle au jeune garçon qui était venu la chercher. Il étouffe !

En redressant l'homme, elle sentit qu'il était très faible, épuisé. Il subit une grosse quinte de toux et à la fin, se mit à cracher des glaires denses et opaques. Il faisait trop sombre dans la cabane pour voir la couleur mais Neala ne devinait que trop qu'elles étaient jaunes à verdâtres.

— Tu dois donner un bol pour qu'il puisse cracher dedans et surtout, que personne ne touche ce bol à part lui.

Dans la cabane, une odeur de sueur aigre se mélangeait à l'odeur de la décoction qui était censée le soigner.

— Il faudra aussi le maintenir à demi assis pour qu'il ne s'étouffe pas.

— Est-ce qu'il va mourir ? interrogea le jeune garçon.

— Je ne sais pas, répondit simplement Neala. Ce qu'il a est très grave.

Et puis, devant l'air terrorisé du jeune garçon et se rappelant qu'il avait perdu sa mère lors d'un accouchement prématuré quelques mois plus tôt, elle lui dit :

— Je vais t'aider à t'occuper de lui. Je passerai te voir plusieurs fois par jour et je demanderai à ma sœur de t'amener de quoi manger, d'accord ?

Les yeux pleins de larmes, le garçon fit oui de la tête et la laissa partir.

Elle se dirigea rapidement chez Kelan. Là aussi les choses avaient empiré.

— Gardienne je suis passée chez toi pour te chercher mais tu n'y étais pas, dit sa compagne d'un ton angoissé. Il tousse encore plus souvent, il s'étouffe et il crache du liquide vert.

— Donne lui un bol pour ses crachats, maintiens-le en position presque assise avec des fourrures et surtout, ne touche pas à ce bol ni aux crachats, ni toi ni tes enfants. Et s'il veut manger c'est très bien.

— Oh non il ne veut pas, j'ai déjà essayé.

— Alors il faudra ressayer plus tard. Je reviendrai avant la nuit.

Elle prit la direction de la forêt. Elle n'avait pas suffisamment d'herbes contre la toux, il fallait absolument qu'elle s'en procure d'autres. Elle devait aussi trouver ces racines spéciales qui aidaient à lutter contre la fièvre, ainsi que d'autres plantes à guérir. Il ne fallait pas perdre de temps, la nuit tombait très vite en hiver et elle devait être de retour auprès de ses patients au plus tôt. En espérant que les nouvelles ne seraient pas pires.

En revenant de sa cueillette, elle croisa Collun.

— Gardienne, il paraît qu'on a trois malades au village, que se passe-t-il ?

— Trois ? Il n'y en avait que deux quand je suis partie en fin de matinée. Ils ont une maladie qui les fait tousser et les empêche de respirer correctement. Je leur ai donné des potions à prendre mais pour l'instant, leur état empire. Et le troisième ?

— C'est Brino, le fils de ta sœur. Il tousse beaucoup aussi.

— Quoi ? s'écria Neala, folle d'inquiétude. Je dois aller le voir !

Et elle courut jusqu'au logis de Seena.

En arrivant elle trouva sa sœur en larmes.

— Allons, nous allons soigner cette toux, ce n'est pas la première qu'il a ! dit Neala en tentant de sourire pour rassurer sa sœur.

— Mais si c'est la même chose que les deux hommes ? Tout le monde au village dit qu'ils vont mourir. Alors si ces hommes, solides comme des rocs, meurent, mon fils n'a aucune chance de s'en sortir, sanglota Seena.

— Laisse-moi l'examiner d'abord, il y a plein de maux différents et il n'y a aucune raison pour que ce soit le même.

Neala s'agenouilla auprès du garçon qui était maintenant presque un adolescent. Il avait effectivement de la fièvre et il toussait. La jeune femme sortit de son sac une poignée des herbes contre la toux qu'elle était allée récolter et expliqua à sa sœur comment les préparer, vu que celles-ci n'avaient pas eu le temps de sécher.

— Je viendrai demain matin. En attendant essaie de lui donner à boire du bouillon, en plus des décoctions. Et pourrais-tu aussi amener quelque chose à manger aux enfants d'Emer ? Leur mère est morte il y a quelques mois, tu te souviens ?

— Oui, comment aurais-je pu oublier ? Ça a été terrible. Marna est sa voisine et elle m'a dit qu'elle lui avait amené leur repas aujourd'hui. J'irai donc demain.

— Merci Seena, c'est bon de savoir qu'il y a cette entraide dans le village.

— On a tous besoin les uns des autres, on doit prendre soin de tous.

— Oui tu as entièrement raison ! Ne t'inquiète pas trop pour Brino, son état n'est pas alarmant.

— Merci Neala !

La jeune femme reprit sa tournée pour visiter ses patients. Leur état n'avait pas évolué depuis le matin.

Le lendemain en revanche, la situation s'était franchement dégradée. Kelan ne respirait qu'avec difficulté, il crachait maintenant du sang, en plus des glaires verdâtres. Il s'était considérablement affaibli et Neala n'avait que peu d'espoir qu'il s'en sorte. Le jeune veuf, lui, ne crachait pas de sang. Il transpirait beaucoup et délirait dans les accès de fièvre. Sa toux était stable.

L'état de Brino était stationnaire, fièvre et toux mais pas de crachats.

Mais Collun vint lui annoncer que quatre nouveaux malades s'étaient déclarés. La vieille Lanis, l'amie d'Ama, avait commencé à tousser deux jours avant mais personne ne s'était trop inquiété dans son foyer à ce moment-là. Aujourd'hui elle s'étouffait et crachait des glaires vertes, vu son état de faiblesse général il paraissait évident qu'elle ne tarderait pas à mourir.

Une jeune femme semblait atteinte du même mal, ainsi qu'un jeune enfant. Et Drennan avait débuté les mêmes symptômes dans la nuit.

Sans vouloir le montrer, Neala était très inquiète de la tournure des événements. Qu'est-ce qui provoquait cette maladie et d'abord, étaient-ils tous atteints de la même maladie ? Est-ce que tout le village allait l'avoir ? Ama lui avait parlé de villages entiers qui avaient été décimés par des maux mystérieux. Rien que d'y songer, Neala sentait son cœur se serrer et son ventre se tordre.

Il était hors de question qu'elle laisse mourir le village dont elle était responsable, dont elle était la Gardienne. Elle se battrait jusqu'au bout. Refusant de se laisser envahir par la peur, elle saisit sa besace comme on saisit son arme et reprit sa tournée, son combat contre la maladie.

Elle passa de foyer en foyer, pour évaluer l'état des malades et pour renouveler les diverses potions quand c'était nécessaire. A la fin de la journée, la compagne de Kelan vint la trouver chez elle, affolée.

— Gardienne tu dois venir ! Mon compagnon n'arrive plus à respirer, tu dois l'aider !

— J'arrive, répondit Neala en empoignant sa besace. Pressentant que la nuit serait longue, elle prit sa couverture de fourrure.

En arrivant chez eux, elle n'entendit d'abord qu'un râle caverneux et encombré, une respiration extrêmement laborieuse, superficielle et trop rapide. Elle réalisa que ses craintes étaient en train de se vérifier : il ne faisait aucun doute que l'homme allait mourir. Elle devrait l'accompagner jusqu'au bout, c'était son rôle.

Elle s'agenouilla auprès de lui et demanda à sa compagne d'humecter son visage brûlant avec une peau trempée dans le bol de tisane préparée le matin.

Celle-ci s'exécuta et, ayant pris soin d'éloigner ses enfants de l'autre côté de la pièce, elle demanda à voix basse :

— Est-ce qu'il va mourir ?

Prenant une longue inspiration, Neala répondit :

— Seule la Source de Vie décidera. Mais son état s'est fortement dégradé, il n'a plus assez de force pour respirer ni même pour tousser. J'ai bien peur que le mal ne soit le plus fort…

La femme ne commenta pas. Elle se tourna vers son compagnon et Neala vit deux grosses larmes couler sur ses joues tremblotantes, larmes de fatigue et d'espoir déçu. S'essuyant les yeux d'un revers de la main elle demanda :

— Peux-tu rester pour l'accompagner ? Je ne sais pas quoi faire et je n'ai pas envie de lui montrer que j'ai peur.

— Ne t'inquiète pas, bien sûr que je vais rester. Tu dois t'occuper de tes enfants, les nourrir et les coucher. Moi je vais rester auprès de lui jusqu'à son passage vers la Source de Vie.

— Est-ce que… est-ce que ce sera long ?

— On ne peut jamais savoir, seule la Source de Vie décide. Mais vu son état de faiblesse je ne pense pas qu'il verra un autre matin se lever.

Sur ces mots, Neala s'installa plus confortablement en tailleur auprès du mourant, elle s'enveloppa dans sa couverture, ferma les yeux et commença à murmurer une mélodie apaisante.

Au bout de quelque temps, la respiration de Kelan se fit moins saccadée, moins laborieuse. Il s'était endormi. Seul un léger râle était perceptible. Les enfants se couchèrent aussi sur leur paillasse et s'endormirent rapidement, rassurés par la présence bienveillante de Neala. Avaient-ils compris ce qui était en train de se passer ? En tous cas ils n'avaient posé aucune question. Ayant pour principe que les enfants étaient prêts à entendre seulement les réponses aux questions qu'ils posaient eux-mêmes, Neala n'avait rien dit, rien anticipé. Ils avaient droit à une dernière nuit d'insouciance.

Après avoir mouillé le visage de son compagnon, la femme alla s'allonger sur sa paillasse auprès de ses enfants. Malgré sa volonté de rester éveillée pour répondre aux éventuels besoins du malade, elle se sentit glisser dans le sommeil, épuisée par les événements des derniers jours et la surveillance constante qu'elle avait dû mettre en œuvre.

Inconsciemment elle sentait que Neala avait pris le relais et qu'elle pouvait enfin se laisser aller. De plus, les prochains jours s'annonçaient difficiles… Mais pour l'heure, la Gardienne veillait sur la maisonnée et la douce mélodie qu'elle chantonnait était si apaisante, ce moment semblait suspendu dans l'éternité.

Malheureusement cet instant de grâce ne dura pas. La femme s'éveilla en sursaut au milieu de la nuit, paniquée et désorientée. Puis elle entendit la litanie de la Gardienne qui était devenue à peine audible. Mais c'était le seul bruit perceptible du foyer. Le râle s'était éteint.

La femme se leva, s'approcha du corps de son compagnon et elle essaya de le réveiller.

— Il est retourné à la Source de Vie, dit simplement Neala. Je vais rester jusqu'au lever du jour, pour m'assurer que le passage se fasse correctement. Tu peux retourner te reposer, tu en auras besoin.

Hébétée, la femme se dirigea d'un pas lourd vers sa paillasse et s'y écroula dessus.

Dès les premières lueurs de l'aube, Neala se leva, réveilla la femme et alla prévenir Collun. Celui-ci rassembla une équipe de quatre hommes pour organiser les rites funéraires. Un trou fut creusé dans le champ dédié aux morts et le corps fut enterré le soir même, sous une pluie glacée, avec une bonne partie du village pour l'accompagner dans son dernier voyage.

Au moment où les hommes recouvraient le corps de terre, Collun ne put s'empêcher de regarder au-delà de la tombe de l'homme et jeter un œil inquiet à Neala et lui demanda à voix basse :

— Crois-tu que nous aurons d'autres morts ?

— J'en ai bien peur. L'état de Drennan a empiré. Et je vais aller revoir la vieille Lanis ce soir, je ne crois pas qu'elle survivra une nuit de plus. Je l'accompagnerai aussi. Pour les autres, c'est trop tôt pour le dire. Mais ce mal est terrible, il s'attaque même aux plus forts et rien ne semble l'arrêter.

Dans la journée en effet, Neala était allée visiter tous les malades. Il y avait encore trois nouveaux cas. Une femme, un adolescent et un bébé. Presque tous les foyers comportaient un malade désormais.

— Nous allons interrompre la construction du monument pour l'instant, annonça Collun aux villageois. Nous devons nous occuper de nos malades et de leurs familles, ainsi que des animaux. La Gardienne fera une tournée quotidienne dans tous les foyers, suivez bien ses recommandations. C'est tous ensemble que nous surmonterons cette épreuve. Rentrez donc vous mettre à l'abri !

Cette nuit-là, la vieille Lanis mourut paisiblement, bercée par les chants ancestraux fredonnés par la Gardienne.

La journée du lendemain fut harassante. Neala n'avait plus assez d'herbes pour préparer les potions pour tous les malades. Elle demanda de l'aide à deux adolescentes pour aller cueillir ces plantes. L'idée était de leur montrer de quelles plantes il s'agissait, dans quels milieux on pouvait les trouver et aussi, de leur apprendre à reconnaître quelles étaient les plantes ressemblantes mais qui pouvaient être dangereuses.

Elles partirent toutes les trois en direction de la forêt dès que le jour fut levé. Elles n'avaient que peu de temps, les journées étant encore très courtes à cette période de l'hiver. Elles ne traînèrent pas pour faire leur récolte, les malades attendaient.

Tout en collectant les plantes, Neala fut prise d'un doute : même si elle était sûre des recettes des potions concoctées autrefois sous ses yeux par Ama, ces breuvages ne semblaient pas guérir les malades. Ces derniers semblaient tous être atteints du même mal, en tous cas les symptômes étaient très similaires. Et si ces potions étaient totalement inefficaces ou pire, si elles empêchaient la guérison ? Et si ces potions étaient responsables de l'aggravation de la maladie ?

Secouant la tête pour faire disparaître ce terrible doute, Neala reprit sa récolte tout en se convainquant qu'Ama n'avait pas pu se tromper de la sorte. Elle avait vu sa grand-mère préparer ces potions des dizaines de fois, contre la toux, contre la fièvre, contre les maux de ventre, pour soigner des blessures. Bien-sûr le résultat n'était pas toujours celui espéré. En cas d'échec, on s'en remettait à la décision de la Source de Vie. Que faire d'autre de toute façon ? Il fallait accepter ce que l'on ne pouvait pas changer.

Une fois les paniers bien remplis, elles se hâtèrent sur le chemin de retour vers le village. A peine arrivées, elles aperçurent Seena qui venait vers elles en pleurs.

— Neala, ma sœur, tu dois venir tout de suite, Drennan est au plus mal !

Une coulée de sueur glacée descendit le long de la colonne vertébrale de la jeune femme. Tout en essayant de garder un visage impassible, elle s'adressa aux deux adolescentes :

— Vous répartirez les herbes dans les proportions que je vous ai montrées et vous les amènerez dans les foyers où il y a des malades, en donnant les instructions pour les préparer. Merci pour votre aide !

Et elle s'éloigna rapidement pour suivre sa sœur qui courait presque à travers les habitations.

Ce qu'elle trouva en arrivant chez sa sœur dépassait ses angoisses. Drennan n'était plus que râle et toux, il était très affaibli et très fiévreux.

Son neveu, en comparaison, paraissait mieux, même s'il était toujours alité et toussait beaucoup aussi.

— Tu dois le soigner, la supplia Seena. Tu ne dois pas le laisser mourir !

— Ce mal est plus fort que mes remèdes, même si je fais exactement ce qu'Ama m'a enseigné, ce n'est pas suffisant.

— Mais on doit pouvoir le soigner ! Il est jeune et fort et il peut gagner contre cette maladie !

— Mais Seena, regarde-le ! Il est très affaibli, il est brûlant de fièvre et il n'arrive presque plus à respirer. De plus il n'a pas mangé ni bu depuis un moment donc il perd encore plus de forces à chaque instant. J'ai donné les traitements d'Ama mais rien n'y fait. Je ne peux rien faire de plus, je suis désolée.

— Mais tu as bien réussi à soigner Jero alors qu'il était encore plus faible !

Jero... Neala n'avait pas vraiment eu le temps de penser à lui ni à sa mélancolie depuis plusieurs jours. Elle aurait tellement aimé qu'il soit auprès d'elle dans ces moments si difficiles. Peut-être aurait-il pu raisonner Seena, au nom de l'amitié qu'il avait pour Drennan. Mais il était parti, pour suivre son propre chemin, et Neala se trouvait seule face à la détresse de sa sœur.

— C'était différent, tous les maux sont différents, certains se soignent et d'autres non. Et certains maux sont bénins pour certaines personnes alors qu'ils sont fatals pour d'autres. Je ne sais pas t'expliquer pourquoi. Seule la Source de Vie décide. Nous devons accepter.

— Je ne peux pas accepter ! hurla Seena. Mon compagnon est en train de mourir sous mes yeux et mon fils va le suivre de près dans la tombe ! C'est trop difficile !

Et elle fondit en larmes.

Neala prit sa sœur dans ses bras et attendit qu'elle se calme.

— Nous allons rester auprès d'eux. Et nous accepterons la décision de la Source de Vie. Ce qu'elle nous a donné, elle seule peut décider de le reprendre. En fait, ce que j'ai compris, c'est que la Source de Vie ne donne pas, elle prête. Il faut toujours se souvenir de ça. Et vivre chaque moment de bonheur pleinement.

— Mais ça veut dire qu'on doit toujours vivre dans la peur que le bonheur disparaisse ? demanda Seena entre deux sanglots.

— Si tu vis dans la peur du lendemain, tu vis dans l'angoisse permanente. Et puis tu te prépares pour quelque chose qui ne va peut-être pas arriver. Et si tu vis dans la nostalgie du passé, c'est pareil. Tu vis dans un moment qui n'existe plus.

— Mais qu'est-ce que je vais devenir si Drennan et mon fils meurent ?

— Pour l'instant, ils ont besoin de soins et ils ont besoin que tu sois forte. Allons nous occuper d'eux.

Les deux jeunes femmes s'affairèrent auprès de leurs patients, à tenter de leur faire boire un peu de potion et à essuyer leur visage. L'état de Drennan empirait rapidement. Sa respiration était très superficielle et très rapide. Et s'il essayait de respirer plus profondément, immanquablement il se mettait à tousser et s'étouffait avec ses glaires.

La nuit était déjà tombée depuis longtemps, Seena avait préparé quelques galettes d'orge pour son jeune fils Milen qui était inhabituellement très calme. Il sentait que quelque chose de grave était en train de se passer. Quand elle l'envoya dormir il ne protesta même pas. Il regarda tristement son père, puis son frère, et s'en alla sous sa couverture de fourrure sans un mot. Neala en eut le cœur déchiré.

Elle réalisa à cet instant la chance qu'elle avait d'avoir sa sœur auprès d'elle, de pouvoir partager cette complicité, de vivre cette histoire commune depuis l'enfance. La gorge nouée, elle s'installa près de son neveu malade et commença une longue méditation.

Elle avait besoin de se connecter à la Source de Vie. Elle avait besoin du guidage d'Ama dans cette épreuve, elle voulait savoir si son attitude et ses gestes étaient les bons. En fait elle se sentait un peu perdue depuis ce moment de doute dans la forêt quelques heures plus tôt. Elle avait besoin de faire le point.

Elle centra son esprit sur la question suivante : comment gérer cette crise ? Et elle demanda l'aide de la Source de Vie en général, et des ancêtres, en particulier d'Ama. Elle laissa ensuite partir son esprit sans restriction. Elle avait confiance dans la Source de Vie, elle amènerait son esprit sur les bons chemins.

Assez rapidement elle eut une vision du champ des morts, désert mais rempli de tas de terre fraîche. C'était terrifiant.

Ensuite son esprit voyagea dans la forêt et s'arrêta sur un plant de fraisier sauvages. De gros escargots se trouvaient sur le sol, ils avaient dévoré la plupart des fraises et laissé des grosses traces de bave sur les plantes et le sol alentour. Elle reconnut ensuite les herbes sauvages qu'elle avait cueillies le matin même avec les deux jeunes filles. La dernière vision fut celle de ses deux neveux Brino et Milen se courant après, riant et chahutant, sous les yeux bienveillants de Seena qui tenait un petit enfant dans ses bras. Auprès d'elle se trouvait un homme qui la tenait par la taille. Ce n'était pas Drennan.

La jeune femme revint très brutalement dans la réalité. Elle était en sueur et paniquée. Son cœur battait à tout rompre et elle mit un moment avant de se rappeler où elle était et pourquoi. Quelque chose l'avait brutalement sortie de sa transe, mais quoi donc ? Elle observa autour d'elle, tout était calme. Seena somnolait près de Drennan qui respirait toujours aussi mal, les garçons dormaient.

Neala essaya de se rappeler des images vues dans sa méditation et tenta de trouver une explication.

La vision champ des morts, avec toutes ces tombes fraîches, lui donnait froid dans le dos.

Une chose était sûre, ce mal mystérieux n'avait pas dit son dernier mot. Est-ce que le village allait survivre ou est-ce que tous allaient succomber ? Elle essaya de se raisonner en se concentrant sur la dernière image. Seena et ses fils survivraient. Pour Drennan… Neala essuya avec rage les larmes qui s'échappaient de ses yeux.

Que devait-elle faire pour stopper cette catastrophe ? Déjà, la vision des herbes de la forêt la rassurait. C'étaient les herbes qu'Ama avait toujours utilisées et elles étaient toujours d'actualité. En revanche les fraisiers avec les escargots, qu'est-ce que cela signifiait ?

Elle décida de retourner dans la forêt dès que possible.

Mais avant, il faudrait s'occuper des malades et en premier, de Drennan.

Le jeune homme, il y a quelques jours encore, si robuste, jovial et toujours serviable, n'était plus aujourd'hui que l'ombre de lui-même. Il s'était recroquevillé en position fœtale sur sa paillasse. Il respirait avec beaucoup de difficulté, très superficiellement, pour éviter les respirations profondes qui provoquaient invariablement des toux prolongées et épuisantes.

Il avait le visage blême, en sueur, le front plissé et les yeux rarement ouverts. Il n'avait rien avalé, ni solide ni liquide, depuis des jours. Malgré les soins de Seena qui ne le quittait que de rares instants dans la journée, il dépérissait à vue d'œil.

Son fils, en revanche, avait l'air de mieux supporter la maladie. Très affaibli, il arrivait malgré tout à manger et boire, par petites quantités. Ceci lui permettait de poursuivre son combat contre la maladie. Il toussait beaucoup mais moins que son père et surtout, il ne produisait pas ces horribles glaires vertes qui semblaient étouffer Drennan au fur et à mesure.

Neala prépara les potions en silence, fit un signe rassurant à sa sœur quand celle-ci ouvrit les yeux quelques instants et elle sortit.

Elle rentra dans sa maisonnette, épuisée et triste, s'enfouit sous sa couverture de fourrure et tomba dans un sommeil sans rêves.

Dès le petit matin elle avala quelques noisettes et un reste de galette d'orge que Seena lui avait donnée, prit son panier d'osier et s'enfonça dans la forêt. Elle voulait trouver des escargots pour tenter une expérience. Il n'y avait pas de temps à perdre, la journée s'annonçait éreintante et le village avait besoin de sa présence auprès des malades.

Elle se dirigea d'un pas assuré vers une clairière où elle était sûre de trouver des fraisiers. Il n'y avait plus de fraises pendant la saison froide mais, avec un peu de chance, les escargots ne seraient pas loin.

Arrivée près des fraisiers, elle observa les plantes minutieusement, sans succès. Persévérante, elle se mit à retourner délicatement les cailloux au pied des fraisiers. Rapidement elle trouva un, puis deux, puis une grosse poignée d'escargots à l'abri dans leur coquille. Elle les décolla doucement de leur support sans les abîmer et les mit dans son panier. Ayant collecté une quantité qu'elle jugeait suffisante, elle rebroussa chemin tout en réfléchissant à la manière dont elle allait s'y prendre.

Sur le sentier du retour, elle ramassa des joncs ainsi que des jeunes pousses qu'elle savait comestibles pour les escargots.

Le jour était à peine levé quand elle arriva à l'orée du village, déjà attendue par Milen.

— Milen, que fais-tu là ?

— Maman demande que tu viennes, dit le jeune garçon en se jetant dans ses bras, en larmes.

- Allons-y.

La situation avait empiré pendant la nuit pour Drennan. Sa respiration était devenue un râle laborieux, il n'avait plus de fièvre, au contraire son front était glacé, avait remarqué Seena.

A la hâte, Neala demanda à son neveu d'apporter son panier ainsi que les joncs chez elle et de revenir. Puis elle s'agenouilla auprès de Drennan.

Dès qu'il sentit la présence de la Gardienne, il tourna son visage vers elle et ouvrit de grands yeux. La jeune femme pouvait y lire de la souffrance, de l'inquiétude et surtout une grande interrogation. Elle devait faire de son mieux pour y répondre.

— Tout va bien se passer, dit-elle d'un ton apaisant. Je vais rester avec toi, Seena est là aussi. Tes garçons vont bien. Brino va survivre. Tu dois continuer ton chemin, tous ceux que tu aimes continueront le leur. Tous les chemins mènent à la Source de Vie et elle est à l'origine de toute vie. Il n'y a ni début ni fin, juste une source qui se renouvelle continuellement. Tu as fait ce que tu avais à faire et plus encore. Tout va bien.

Sur ces mots prononcés avec une douceur infinie, Drennan ferma les yeux et son visage se détendit. Il avait cessé de lutter, il avait accepté.

Seena vint s'asseoir auprès de lui, les joues couvertes de larmes. Elle lui prit la main, la serra très fort, attendit une réaction en retour mais rien ne se passa. Elle mit un long moment à réaliser que Drennan avait cessé de respirer.

Quand elle revint à la terrible réalité, elle se mit sangloter.

— Pourquoi ? Pourquoi lui ? Pourquoi maintenant ? C'est trop tôt, il est trop jeune... Il ne peut pas m'abandonner comme ça !

— Seena, ne pose pas de questions pour lesquelles il n'y a pas de réponse, c'est inutile. Il ne t'abandonne pas volontairement, ni toi ni vos enfants. C'est la Source de Vie qui a décidé. Tu dois poursuivre ton chemin. Et pour commencer, tu dois maintenant te ressaisir et t'occuper de tes enfants. Seul le temps apaisera ta douleur. Je vais prévenir Collun.

— Ne me laisse pas !

— Tes garçons sont avec toi, je dois préparer un remède pour ton fils. Et Il y a d'autres malades au village que je dois aller voir. Je comprends ta peine, mais tout le village est affecté par cette maladie. J'ai besoin de ton aide, Seena !

Cette supplication fit à Seena l'effet d'un coup de fouet. D'un revers de la main elle essuya ses larmes. Son visage se ferma sous l'effet de la douleur mais elle demanda, les lèvres serrées :

— Par où dois-je commencer ?

— Il faut préparer des galettes pour nourrir tes enfants et ceux dont les parents sont malades, notamment ceux d'Emer. Il était très mal aussi, je ne sais pas s'il a survécu à la nuit. Je vais aller voir tous les foyers aujourd'hui, pour savoir où on est. Il n'y a plus une famille qui ne soit touchée.

— C'est atroce, je ne me rendais pas compte...

— C'est tout à fait compréhensible, ce tu que tu es en train de vivre toi-même est terrible, dit Neala en désignant la dépouille de Drennan d'un signe de tête. Mais chacun d'entre nous doit aider, se battre. Il en va de la survie de notre village. Je vais voir notre chef et je reviendrai plus tard.

Elle quitta le foyer de sa sœur et partit à la rencontre de Collun. Il fut très affecté d'apprendre le décès de Drennan. Il l'avait toujours considéré un peu comme son fils, comme celui qui aurait pu reprendre sa succession à la tête du village. Le jeune homme était apprécié de tous, pour son enthousiasme à aider les autres et sa sagesse.

— Merci de l'avoir accompagné, Neala. C'était un formidable compagnon, il va manquer à tout le village. Dis à Seena que nous l'enterrerons ce soir, à la nuit tombée. J'ai appris qu'un enfant est mort cette nuit, nous l'enterrerons aussi.

— Je vais aller faire le tour des foyers pour avoir une idée de l'étendue de cette maladie. Mais d'abord je veux préparer une nouvelle potion.

— Puisse la Source de Vie nous amener plus de succès dans la lutte contre ce mal ! implora Collun.

— C'est mon plus cher désir, répondit la jeune femme, la gorge serrée par l'émotion.

Lorsqu'elle passa la porte de sa maisonnette elle se dirigea immédiatement vers son panier. Vide ! Qu'avait donc fait son neveu des escargots qu'il contenait ? En observant autour d'elle, Neala comprit. Sous l'effet de la chaleur résiduelle dans le foyer, les escargots étaient sortis de leur sommeil et s'étaient dispersés dans toute la cabane, laissant derrière eux une trace brillante.

— Et bien, au moins je n'aurai pas à vous réveiller ! s'écria-t-elle.

Ils avaient au passage mangé presque toutes les jeunes pousses qu'elle avait collectées pour eux.

— Parfait, maintenant que vous êtes repus, au travail !

Sur ce, elle attrapa un petit bol en terre, un racloir en os et un premier escargot qui escaladait des pots de terre.

— Viens me voir, toi, dit-elle en le saisissant délicatement par la coquille de la main gauche.

Elle prit le racloir dans la main droite et entreprit de racler légèrement le dessous du pied de l'escargot. Surpris, celui-ci fit mine de rentrer dans sa coquille.

— Allons, je ne te veux pas de mal, tout ce que je veux c'est un peu de ta salive.

Elle attendit que l'escargot ressorte puis recommença l'opération. Elle récupéra une petite quantité de salive et la fit glisser du bord du racloir sur le bord du petit bol.

Elle renouvela son geste plusieurs fois, devant à chaque passage de racloir, attendre que l'escargot veuille bien ressortir de sa coquille. L'escargot étant de plus en plus réticent, elle le posa dans le panier et s'en saisit d'un autre.

Après un long moment et le raclage de tous les escargots éparpillés sur les murs de bois, elle évalua la quantité de salive récupérée. C'était trop peu pour l'essai qu'elle voulait faire, et elle perdait trop de temps.

Elle observa les ingrédients qu'elle avait à sa disposition.

Son regard s'arrêta sur un petit paquet de cuir.

— Pourquoi pas ? se dit-elle.

Elle saisit le paquet et ouvrit le cordon de cuir qui le retenait fermé. Elle prit une toute petite pincée de sel qu'il contenait et la versa sur sa première victime. Assez rapidement, elle vit des bulles se former à la surface du corps de l'escargot.

Enchantée, elle saisit son racloir, l'escargot et cette fois-ci, elle récupéra une quantité de salive suffisante pour remplir le fond du bol.

— Parfait ! s'exclama-t-elle. Ça ira pour aujourd'hui.

Elle rinça l'escargot avec de l'eau de pluie contenue dans un bol et le remit dans le panier. Rapidement elle tressa une sorte de bol avec les joncs qu'elle avait ramassés la veille. Elle confectionna aussi un couvercle, en jonc aussi. Elle ramassa les escargots en balade dans la cabane et les mit dans le récipient de jonc.

— Si ce remède marche vous allez m'être très utile, je veux vous garder sous la main !

Elle prit son petit bol qui contenait la salive, y mélangea un peu de potion anti toux qu'elle avait concoctée avec les herbes d'Ama, et versa le tout dans un pot qu'elle enfouit dans sa besace. Elle sortit de chez elle pour démarrer sa tournée.

Elle passa d'abord chez Emer. Son état était stable, il s'alimentait très peu, il toussait beaucoup mais ne crachait presque plus. Neala lui fit avaler un peu du contenu de son pot à l'aide d'une tige de roseau coupée dans le sens de la longueur, sans préciser ce que c'était. De toute façon, personne au village ne questionnait les remèdes de la Gardienne. Il se contenta de faire la grimace et se recoucha immédiatement.

La jeune femme demanda ensuite aux enfants s'ils avaient faim, mais ils répondirent que Seena était venue et leur avait offert des galettes et des fruits séchés. Rassurée, Neala demanda aux enfants de surveiller leur père et surtout, de lui donner à boire le plus souvent possible.

Elle poursuivit ses visites chez Marna et Juni, puis acheva sa tournée par le foyer de sa sœur.

La dépouille de Drennan était toujours sur sa paillasse. Seena l'avait peigné et lui avait nettoyé le visage. Elle lui avait mis son plus beau collier autour du cou. Si ce n'était son teint cireux, on aurait pu penser qu'il dormait paisiblement.

Collun allait arriver sous peu pour procéder aux rituels mortuaires. L'enfant qui était mort la nuit précédente était déjà en route pour le champ des morts, emmené par ses parents et les personnes de son foyer.

En attendant, Neala fit aussi boire un peu de breuvage à son neveu Brino. Il toussait toujours beaucoup, mais ce qu'il expectorait n'était pas verdâtre. Pas encore, du moins, se dit

Neala avec angoisse. Le garçon eut juste le temps d'avaler sa dose de remède quand Collun entra dans le foyer, suivi de Rudd et Danio.

Ils s'agenouillèrent auprès de Drennan, murmurèrent quelques mots à voix basse puis saisirent le corps et le déposèrent sur la civière de bois.

La nuit était tombée. Seena demanda à son fils Milen de veiller sur son frère, puis suivit les hommes qui portaient son défunt compagnon. Neala accompagnait le silencieux cortège.

En arrivant dans le champ des morts, elle aperçut une bonne partie des villageois, venus dire un dernier adieu à Drennan. La famille du bébé décédé la nuit précédente était là aussi. Le corps de leur bébé était déposé sur le sol, au fond du petit trou creusé pour lui. La terre ne l'avait pas encore recouvert. Juste à côté, les hommes du village avaient creusé la tombe de Drennan.

Sur un geste de Collun, les hommes descendirent le corps de Drennan de la civière et l'allongèrent au fond de la tombe. Collun déposa sur son torse un arc et des flèches, en souvenir de l'excellent chasseur qu'il avait été.

Soudain on entendit une douce mélodie s'élever de l'assemblée.

Neala, prise d'une tristesse sans pareille, s'était mise à chanter à voix haute un des airs qu'elle murmurait en général lorsqu'elle accompagnait les personnes dans le passage vers la Source de Vie.

D'abord surpris, les villageois l'écoutèrent sans mot dire, subjugués par cette mélodie si triste mais si apaisante à la fois. La mélodie étant répétitive, Seena entreprit spontanément d'accompagner sa sœur à l'unisson. Elle se mit à murmurer d'abord, puis son murmure devint un chant si mélancolique et si pur que d'autres villageois ne purent s'empêcher de l'imiter.

Bientôt tout le village s'unit dans un extraordinaire et unique chant d'adieu, une parfaite communion jamais expérimentée jusqu'alors.

Il n'y avait à cet instant précis ni tristesse ni joie, ni peur ni colère, juste un total partage d'énergie entre toutes ces personnes qui vivaient ce moment hors du temps.

Portée par cet élan collectif et par la Source de Vie avec qui elle se sentait en parfaite fusion, Neala ferma les yeux et leva les mains vers le ciel et ressentit une extraordinaire explosion d'énergie au travers de tout son corps, comme si elle était devenue le trait d'union entre le Ciel et la Terre, le centre de l'Univers. Ce moment dura-t-il un instant, ou une éternité ?

Quand elle rouvrit les yeux, son visage était trempé. La pluie s'était mise à tomber, comme pour faire sortir les habitants du village de la transe dans laquelle ce chant commun les avait fait entrer. Mais en plus de la pluie il y avait les larmes. Larmes de tristesse d'avoir perdu Drennan, Kelan, le bébé, Lanis, sa mère Ailin, Ama, et tous les autres. Mais aussi, larmes de joie de les savoir de retour à la Source de Vie.

Hébétés et à la fois conscients d'avoir vécu une expérience collective unique, les villageois se remirent en mouvement. Les femmes et les enfants retournèrent rapidement dans leurs foyers pendant que les hommes recouvraient les tombes de terre.

De retour au village, Neala passa voir Emer.

— Notre père a moins toussé aujourd'hui, est-ce qu'il va mourir ? demanda son fils.

La jeune femme s'assit auprès du malade et attendit. Il toussait effectivement moins, mais surtout sa toux était moins profonde, moins caverneuse.

— Comment te sens-tu ?

— Pas plus mal qu'hier, c'est vrai que... j'ai moins toussé cet après-midi, j'ai pu... me reposer.

— As-tu faim ?

— Un peu, ta sœur a amené des galettes aujourd'hui, j'en ai mangé quelques bouchées. C'était... très gentil à elle de venir malgré... C'est terrible... D'abord Kelan, puis Drennan, ils étaient... mes amis.

— Tout le village les appréciait, c'est une grande perte pour nous tous. Mais nous devons continuer notre chemin. Et je souhaite tellement que ton chemin soit celui de la guérison !

— Moi... aussi, pour mes enfants.

Une quinte de toux survint. Neala lui redonna une dose de remède à base de bave d'escargot puis lui ordonna de se reposer. Elle repasserait le lendemain.

En sortant de chez lui, elle hésita. Elle était épuisée, elle n'avait qu'une envie, dormir. Mais elle devait encore aller voir son neveu. Pour les autres malades, chaque famille savait ce qu'il y avait à faire. Leur donner à boire dès que possible la boisson à base d'herbes d'Ama, les rafraîchir s'ils avaient de la fièvre, leur donner à manger s'ils avaient faim. Et attendre.

Essayant de retrouver du courage, elle retourna chez Seena.

Le logis lui parut bien vide sans Drennan et sa toux quasi permanente. Assez rapidement elle réalisa que ce n'était pas la seule raison du silence. La toux de son neveu avait diminué d'intensité.

— Comment vas-tu, Brino? demanda-t-elle.

— Je suis très triste et très... fatigué. Est-ce que je vais mourir bientôt... moi aussi ? C'est pour m'accompagner... que tu es venue ce soir ?

— Non ! répondit Neala précipitamment. Certainement pas ! Tu vas prendre ce remède et on verra comment tu te sens demain.

Seena avait suivi l'échange, horrifiée. La perte de son compagnon avait été terrible, mais elle savait qu'elle ne survivrait pas à la perte de son fils. Neala le savait aussi, c'est pour cela qu'elle devait tout tenter.

— Allons, tu avales ça, et si tu te réveilles dans la nuit tu en auras encore. Je viendrai te voir demain matin.

Devant l'air interrogateur de sa sœur, Neala lui dit :

— Il tousse moins, il ne crache pas de glaires vertes. On va continuer ce nouveau remède et voir ce qui se passe. Tu dois te reposer maintenant.

— Je ne pourrai pas dormir toute seule, veux-tu bien rester ici cette nuit ? demanda Seena d'une voix tremblante.

— Bien-sûr, je vais rester avec vous. Mais je dois partir très tôt demain matin, je dois préparer mes remèdes, avant même que vous ne soyez réveillés.

— Merci Neala, pour tout ce que tu fais.

Neala prit sa sœur dans ses bras, et les deux fondirent en larmes. Puis, autant exténuées l'une que l'autre, elles allèrent se coucher sans rajouter un mot.

Comme annoncé la veille, Neala se leva dès l'aube pour aller chercher les ingrédients nécessaires à ses potions. Elle passa chez elle récupérer deux paniers ainsi que deux pots pour les remplir d'eau fraîche et, bravant la fine pluie glaciale, elle prit la direction de la rivière. Elle se dit qu'elle aurait peut-être plus de chance de trouver des escargots, même avec cette température.

Arrivée près de la berge elle se mit en quête de ceux-ci. Elle fouilla dans les touffes d'herbes trempées par la pluie, sous les pierres, et elle ne mit pas longtemps à récolter un panier à moitié plein de beaux spécimens.

Elle ramassa plusieurs sortes d'herbes pour compléter sa pharmacopée, et prit pour ses pensionnaires quelques poignées de jeunes pousses.

Elle remonta ensuite vers le village pour aller préparer ses potions. Elle alluma un feu, pour se réchauffer et pour faire bouillir de l'eau. Elle en profita pour se préparer un gruau à base d'orge, venant à peine de réaliser qu'elle n'avait rien mangé de consistant depuis longtemps.

— Si moi aussi je tombe malade ça ne nous avancera à rien, dit-elle, s'adressant à son fidèle Feu, en avalant le bol fumant.

Revigorée, elle démarra son opération de récolte de salive d'escargots, grâce au sel, à l'eau et son racloir. Cette fois-ci, elle en récolta un demi bol, qu'elle mélangea à sa potion habituelle. Elle avait maintenant à sa disposition une quantité de remède suffisante pour tous les malades pour la journée. Elle enferma les escargots avec une grosse poignée de feuilles fraîches dans le panier qu'elle avait conçu la veille. Elle prit soin d'ajuster le couvercle, de poser un caillou dessus et d'avertir Feu :

— Pas touche, je compte sur toi !

Puis elle versa une partie de la potion dans un petit vase et alla démarrer sa tournée.

A peine sortie de chez elle, elle rencontra Collun qui l'informa que deux nouveaux malades s'étaient déclarés, Juni et Marna.

— Je vais les voir tout de suite, dit la jeune femme.

Juni était couchée, fiévreuse et elle toussait déjà beaucoup.

— Avale une gorgée de ça, lui ordonna Neala en présentant son petit vase.

Juni se releva sur un coude avec difficulté mais elle s'exécuta sans poser de questions.

— Je vais te montrer comment préparer une potion pour la soulager, expliqua Neala à Danio, le compagnon de Juni. Il y a trop de malades au village et je n'ai pas le temps de préparer les potions pour chacun, j'ai donc besoin de votre aide à tous.

Elle lui montra quelles herbes prendre, en quelle quantité et lui dit qu'il devait les laisser macérer jusqu'à ce que l'eau soit tiède. Puis il devait faire boire cette préparation tout au long de la journée, en la réchauffant si besoin.

— Et ce qu'il y a dans ton vase, c'est pareil ? interrogea-t-il.

— J'ai rajouté d'autres ingrédients, je fais un essai. Donc pour ça je reviendrai dans la journée le lui donner. Et bien-sûr il faut la nourrir dès qu'elle a faim, plus elle garde ses forces plus elle a de chances de s'en sortir.

Danio avait le visage grave, il était rongé d'inquiétude.

— Si quelqu'un comme Drennan n'a pas survécu, est-ce que Juni a vraiment une chance de s'en sortir ?
— Je ne connais pas les intentions de la Source de Vie, répondit Neala, fataliste. Mais je vais tout essayer pour soigner notre village. Je ne baisse pas les bras, et tu dois faire pareil.
— Je… je vais essayer, murmura Danio.
— Bien ! dit la jeune femme avec un sourire encourageant. Je reviens vous voir dans la journée.

Elle poursuivit ses visites de foyer en foyer, faisant boire une gorgée de potion gluante à chaque malade. Elle termina par le foyer de sa sœur.
— Alors, comment va mon neveu ? demanda-t-elle en passant la porte.
A sa grande surprise, il lui répondit lui-même.
— Je tousse moins et ce matin j'ai mangé une galette de céréales entière. Mais je suis tellement triste pour mon père, je n'arrive pas à croire qu'il ne reviendra plus.
Les mots tremblaient dans sa gorge et les larmes ne tardèrent pas à couler. Il était tout seul dans la cabane, Seena étant sortie avec Milen.
— C'est normal d'être triste, dit Neala en se baissant près de la couche de son neveu et en le prenant dans ses bras. Moi non plus je n'arrive pas à y croire. Il va terriblement nous manquer. Mais je sais aussi qu'il sera toujours près de nous et que, depuis la Source de Vie, il nous aidera à avancer. Il nous aide déjà, au travers de tout ce qu'il nous a appris et de tout ce qu'il a fait pour nous. C'est grâce à ton père que j'ai un toit et ça, je n'oublierai jamais. C'est lui qui m'a protégée et soutenue quand j'en avais besoin, je lui faisais totalement confiance. Tu as perdu ton père, moi j'ai perdu un ami.
Puis, se détachant de lui, elle poursuivit, en le regardant droit dans les yeux :
— Mais nous devons continuer notre chemin. Il compte sur nous pour ça. Il t'a appris énormément déjà, mais tu vas

apprendre encore. Avec d'autres personnes, en vivant d'autres aventures. Et un jour, ce sera à ton tour d'enseigner tout ça à tes enfants ! ajouta-t-elle avec un grand sourire et un clin d'œil.

— Je crois que je vais mourir plutôt, pour être avec mon père, se résigna-t-il en se rallongeant.

— Et laisser ta mère et ton frère tout seuls ? Allons, un peu de courage ! Tu dois faire honneur à la mémoire de ton père !

— Mais tu l'as dit toi-même, c'est la Source de Vie qui décide, pas nous. Et elle a décidé que j'aie cette maladie moi aussi. Donc je vais mourir.

— Ce n'est pas aussi simple. Être malade ne signifie pas que l'on va systématiquement mourir. Il faut se battre pour survivre.

— Tu veux dire que mon père ne s'est pas battu ? demanda-t-il avec colère.

— Bien-sûr qu'il s'est battu ! Il a été très brave ! Il ne voulait pas vous laisser, c'est certain. Il a essayé de survivre, de toutes ses forces. Mais la maladie a été plus forte. Alors dans ton cas, on ne sait pas encore ce qui va se passer. Mais si tu te mets dans la tête que tu vas mourir, ça ne va pas t'aider. On doit tout faire pour s'en sortir, et c'est pour ça que je suis là aujourd'hui. On doit mettre toutes les chances de notre côté. Même si on sait que la décision finale ne nous appartient pas. Donc ce que je te demande, c'est d'essayer.

Jaugeant sa tante du regard, il prit son temps pour répondre.

— D'accord, pour mon père, je vais faire de mon mieux.

Neala n'eut pas le temps de le féliciter que Seena rentra dans la cabane, trempée jusqu'aux os.

— Nous sommes allés nourrir les animaux et traire les brebis. Tout le village est occupé avec cette horrible maladie et les animaux risquent de mourir de faim ! Et nous juste après…

— Merci Seena. C'est vrai que tout est désorganisé. Juni, qui s'occupe en général de la traite, est tombée malade dans la nuit.

— Oui j'ai entendu ça. Mais que va-t-on devenir si tous les gens du village meurent les uns après les autres ?

— On n'en est pas là pour l'instant, temporisa Neala. On s'occupe des malades et on gère le plus urgent. Mais toute l'organisation va être à revoir, c'est certain. En tous cas, ton fils a l'air d'aller mieux. C'est encore trop tôt pour savoir s'il va guérir mais je suis optimiste.

— Enfin une bonne nouvelle, souffla Seena tandis qu'elle caressait la tête de son fils qui s'était endormi.

— Je vais refaire un tour pour voir les malades. Tu dois te sécher et te réchauffer maintenant, toi tu n'as pas le droit de tomber malade !

— Il ne manquerait plus que ça, dit Seena en grimaçant.

La jeune femme recommença ses visites. Deux malades, une petite fille et un homme dans la force de l'âge, étaient au plus mal et ne passeraient probablement pas la nuit. Les autres se maintenaient mais il n'y avait pas d'amélioration en vue.

A la nuit tombée elle rentra chez elle et s'écroula sur sa paillasse.

Dans la nuit elle fut réveillée pour venir accompagner l'homme dans le passage vers la Source de Vie. Sa famille avait demandé ses services de Gardienne, effrayés par la situation. Elle resta avec eux quelques heures, accompagnant l'homme de chants rassurants et épaulant sa famille. La petite fille, elle, était morte dans les bras de sa mère alors que celle-ci s'était endormie d'épuisement. Il y aurait donc deux personnes de plus dans le champ des morts, le jour suivant.

Neala était rentrée chez elle, puis avait fabriqué son remède à l'aide de ses complices baveux et avait repris sa tournée, inlassablement.

Elle ne se posait même plus la question de savoir dans quel foyer elle devait aller, puisque tous étaient atteints.

Ce matin cependant, une bonne surprise l'attendait. Quand elle arriva dans le foyer d'Emer, elle le trouva debout.

— Bonjour Gardienne, je me sens un peu mieux ce matin. Ce n'est pas la grande forme mais j'ai pu sortir pour faire mes besoins, et j'ai mangé aussi, la nourriture que ta sœur m'a apportée hier. Je tousse encore, mais moins. Et je n'ai plus de fièvre je crois.

— Je suis très contente d'apprendre ça Emer. Tu dois continuer avec les tisanes et le remède au moins jusqu'à demain. Et tes enfants ?

— Ils vont bien aussi, grâce à ta sœur et aux femmes du village qui se sont occupés d'eux. Aujourd'hui je peux au moins faire le feu et préparer de quoi manger. Et si demain je suis en forme, ce sera à mon tour d'aider le village.

— Ne sois pas trop ambitieux quand même, tu es encore très faible, dit-elle en observant le grand corps amaigri aux gestes incertains. Je reviendrai te voir ce soir.

Ce premier signe de guérison était encourageant. C'était le premier vrai signe d'espoir qu'elle avait pu observer depuis le début de cette maladie. Allait-on enfin sortir de cette terrible situation ?

Son espérance fut de courte durée. Mis à part les deux personnes qui étaient mortes pendant la nuit, trois nouveaux cas s'étaient déclarés, dont Adna, la compagne de Collun. Celui-ci était effondré. Il donnait l'air d'avoir vieilli de dix ans en une nuit.

— Je savais que cette maladie était terrible, dit-il quand Neala arriva dans son foyer. Mais je me suis toujours senti protégé, comme si cette maladie ne pouvait pas m'atteindre. Je n'ai pas été surpris du décès de la vieille Lanis mais jamais je n'ai pensé un seul instant que les autres personnes de mon foyer étaient menacées.

— C'est tout à fait compréhensible. Quand quelque chose nous effraie, on décide parfois de l'ignorer. C'est un mécanisme de protection qui nous permet d'avancer, malgré la menace.

— Mais ça ne nous protège en rien, dit-il à voix basse, déçu.

— On choisit rarement la réaction que l'on va avoir. Dans ton cas, tu es le chef du village et les gens comptent sur ta force et ta sagesse. Et que ce serait-il passé si, dès le début de la maladie, tu avais montré que tu étais terrorisé ?

— Les gens auraient paniqué, j'imagine.

— Donc tu as fait ce qu'il fallait. On va tout faire pour soigner Adna, on a besoin d'elle.

— On avait aussi besoin de Drennan, de Kelan, et de tous les autres, et pourtant ils sont enterrés dans le champ des morts ! dit-il avec colère.

— Tu sais mieux que moi qu'on ne décide pas de notre sort. Mais on doit tout tenter, et la décision finale appartient à la Source de Vie.

— Mais comment peux-tu rester aussi détachée ? s'énerva Collun.

— Je viens d'enterrer mon ami et beaucoup d'autres personnes de ce village auquel j'appartiens, commença Neala avec une voix tremblante d'émotion. Je ne suis pas détachée, je suis triste, je suis en colère et j'ai surtout très peur de ce qui va se passer. Mais il y a des gens en vie dans ce village, malades ou en bonne santé. Et tant qu'il y aura une seule personne vivante, je ferai tout pour la maintenir en vie !

Se radoucissant, elle poursuivit :

— Reprends toi, Collun. Les gens comptent sur toi, et en priorité ta compagne. Ce matin j'ai eu une bonne surprise, un début de guérison. Emer a l'air d'aller mieux. Je te confirmerai ça demain mais si c'est le cas, ça signifie que d'autres vont survivre. Nous devons garder espoir, c'est la meilleure façon d'aider nos malades.

— Tu as raison, soupira Collun. Je suis tellement inquiet pour Adna, elle a eu un début d'hiver difficile et elle est déjà affaiblie. Elle avait beaucoup maigri ces derniers temps.

— Je sais, elle est venue me voir, il y a peu de temps, pour ses douleurs. Elle a un mal mystérieux dans le ventre et il est certain que cette nouvelle maladie ne va pas aider. Mais rappelle-toi, ce n'est pas nous qui décidons... Pense à lui faire boire sa tisane et manger dès qu'elle veut. Je repasse ce soir.

Impatiente de se retrouver à l'air libre, Neala sortit. Dehors, elle prit une grande inspiration puis une grande expiration, comme pour emmagasiner l'énergie positive de la Terre et expulser l'énergie défaitiste de sa conversation avec Collun.

Leur chef se fissurait, il ne supportait plus de voir les personnes de son village mourir les unes après les autres. Et l'état de sa compagne avait été la goutte d'eau qui avait fait déborder le vase. Mais que faire ? Il faudrait de toute façon affronter cette situation, alors autant garder un minimum de contrôle. Et chacun avait besoin du soutien de tous, ce n'était pas le moment de lâcher.

Les visites aux malades reprirent, de même que la distribution de remède gluant. Le soir, Neala repassa voir Emer. Il était très fatigué mais il tenait toujours debout. Il toussait de temps en temps, une toux forte mais claire, sans signe d'encombrement. Il la reçut même avec le sourire.

— J'ai passé une journée presque normale, même si je ne suis pas sorti. J'ai pu fabriquer un racloir, car j'avais cassé le mien. Toutes mes forces ne sont pas encore revenues mais je suis sur la bonne voie !

— C'est très réconfortant d'entendre ça, Emer. Prends encore une bonne nuit de sommeil et si tu te sens, demain tu pourras sortir.

— Merci Gardienne ! Je crois que ton remède gluant a été très efficace.

— J'espère qu'il pourra sauver d'autres personnes !

Le cœur léger, Neala termina sa journée par le foyer de sa sœur. Son neveu avait clairement meilleure mine, il plaisantait avec son frère quand Neala les rejoint.

— Je crois que Brino est sauvé. Je ne veux pas me réjouir trop tôt mais je vois bien qu'il va mieux. Il a mangé normalement, ne tousse presque plus et n'a plus de fièvre.
— Oh Seena, je suis tellement contente !
— J'ai entendu qu'il y avait de nouveaux malades et trois personnes sont mal en point.
— Oui, je les ai tous vus aujourd'hui. Collun est très inquiet pour Adna sa compagne mais pour l'instant son état est correct, même si elle tousse beaucoup. On verra demain. Là tout ce dont j'ai besoin c'est de dormir !
— Tu dois manger avant, dit Seena en riant, sinon tu vas t'écrouler. Prends ce gruau et ces noix d'abord, et ensuite je t'autorise à rentrer chez toi.
— C'est très gentil à toi, merci.

Quand elle se leva le lendemain matin pour préparer ses remèdes, Neala fit un premier bilan.
Elle avait observé qu'en gros, il y avait deux groupes de malades. Tous toussaient beaucoup, mais ceux qui s'encombraient rapidement et crachaient un mucus verdâtre ne survivaient pas longtemps. Emer avait été une exception.
De plus, depuis qu'elle avait commencé sa préparation à base de salive d'escargots, elle avait observé que les effets n'étaient pas les mêmes, en fonction de l'état des personnes. Soit la maladie était déjà avancée, les personnes étaient très encombrées avec beaucoup de fièvre et pour ces situations, le remède ne faisait pas grand-chose. Soit la maladie était encore superficielle, avec une toux importante mais pas d'encombrement à base de mucus verdâtre. Et dans ces cas-là, le remède semblait empêcher, ou en tous cas ralentir, la dégradation de l'état des personnes.

— Si c'est vraiment le cas, se dit-elle, alors la compagne de Collun a une vraie chance de s'en sortir.

Une fois son remède prêt, elle démarra son porte-à-porte. Deux personnes étaient décédées depuis la veille et une troisième était sur le point de partir aussi. Elle resta auprès d'elle cette matinée pour l'accompagner dans le passage à la Source de Vie.

Puis elle passa chez Collun, vérifier l'état d'Adna. Elle dut aussi l'informer que le champ des morts devait être agrandi de trois nouvelles tombes. Collun n'en revenait pas, il n'arrivait pas à digérer cette nouvelle.

— Mais tout le village va disparaître, ce n'est pas possible !

— Ce n'est pas la première fois que nous devons faire face à une maladie, même si c'est vrai que celle-ci est particulièrement meurtrière. Ama m'avait raconté que quand elle était jeune, un mal mystérieux avait décimé son village et que près de la moitié des gens étaient morts en quelques jours.

— Pourvu que l'on soit épargnés d'une telle catastrophe ! Je vais m'occuper de faire creuser les tombes et ce soir nous ferons les rituels. J'ai l'impression que cela devient une routine, c'est terrible.

— Je n'ai pas vu de nouveaux cas ce matin. Alors on garde espoir.

Neala voulait se montrer forte, mais elle avait de plus en plus de mal à lutter contre cette maladie qui semait la désolation dans son village. Certes, des malades étaient en train de guérir, ce qui était très bon signe. Mais son énergie vitale à elle diminuait de jour en jour, comme si le combat contre la maladie se nourrissait d'elle. Elle avait perdu l'appétit et même si elle était éreintée, elle n'arrivait plus à dormir que d'un sommeil haché et non réparateur. Elle avait besoin de reprendre de la force à la Source de Vie, mais elle n'avait pas de temps pour ça.

Pendant quelques jours encore elle passa ses journées à préparer ses potions, soigner les malades et accompagner les mourants. Il y avait énormément à faire mais Neala sentait que la maladie perdait du terrain.

Il n'y avait plus eu de nouveaux cas et les derniers malades étaient sur le chemin de la guérison. C'était une grande satisfaction.

D'un autre côté, elle-même s'affaiblissait dangereusement. Elle avait beaucoup maigri, elle avait perdu son entrain et sa combativité. Elle ne faisait les gestes que machinalement, sans vraiment prendre conscience de ce qu'elle faisait.

Ce jour-là, elle revenait de chez Collun et avait trouvé Adna, sa compagne, guérie. Collun était visiblement soulagé et avait témoigné une immense gratitude à Neala. Puis, s'inquiétant de la voir si affaiblie, il lui suggéra d'aller se reposer, maintenant que les derniers malades poursuivaient leur convalescence.

— Je vais me reposer, mais d'abord je dois aller sur le champ des morts.

— Je t'accompagne, proposa Collun.

Elle passa chez elle prendre la peau de loup gris offerte des années plus tôt par Ama, puis ils marchèrent ensemble jusqu'au champ des morts, en silence. Le ciel était entièrement bleu, l'air était toujours très froid mais on pouvait ressentir les rayons du soleil réchauffant la terre pour la première fois depuis longtemps.

En arrivant sur le champ des morts, Neala put faire le bilan de cette maladie. Il y avait une vingtaine de tas de terre frais, au village presque une personne sur quatre avait succombé. Aucun foyer n'avait été épargné. Bien portants ou déjà malades, bébés, enfants, adultes et personnes âgées, hommes ou femmes, cette maladie avait emporté les gens sans distinction de condition physique, d'âge ou de sexe. C'était terrifiant. Mais c'était terminé. Et le village allait finalement survivre.

— Neala, au nom de tout le village, je te remercie pour tout ce que tu as fait. Beaucoup de nos amis sont partis, mais ceux qui restent sont là grâce à toi.

— Nous devons remercier la Source de Vie pour ça. Je dois... Je dois aller à notre monument. Mais je n'ai plus de force, dit-elle en tombant à genoux face au champ de tombes.

— Tu dois manger et dormir ! Tu iras au monument après, dit Collun d'un ton autoritaire.

— Amène-moi Collun, je t'en supplie, je dois... me connecter à la Source de Vie, et je n'ai pas... la force de le faire ici.

Lentement, elle se laissa glisser sur le sol gelé, à demi consciente. En la voyant aussi faible et vulnérable, Collun fut pris de panique et alla chercher trois hommes ainsi qu'une civière. Ils mirent leur Gardienne délirante sur la civière et la transportèrent à la hâte à l'entrée du monument.

Déjà, la proximité du monument redonna de la vigueur à la jeune femme et ceci lui permit de retrouver l'usage de la parole. Elle murmura :

— Merci, je dois reprendre de l'énergie de vie en me connectant à la Source. Cela va sûrement prendre un long moment. Vous pouvez rentrer au village pour soigner les derniers malades. Ne vous inquiétez pas pour moi, je reviendrai ressourcée.

— Je t'amènerai à manger, proposa Collun.

— Je te remercie mais ce ne sera pas nécessaire. Je n'ai pas besoin de nourriture terrestre pour l'instant. Mais je te promets que quand je reviendrai, je dévorerai tout ce qu'on mettra devant moi ! rit-elle.

— Je te fais confiance, Gardienne, toi seule sais ce dont tu as besoin. Nous t'attendrons au village.

Laissant Neala, couverte de sa peau de loup, déjà en transe en position de lotus à l'entrée du passage, les hommes quittèrent la clairière.

Chapitre 8

Aimer

Plusieurs mois s'étaient écoulés.

L'hiver avait semblé interminable, plus froid et plus venteux que n'importe quel hiver dont on pouvait se souvenir.

L'épidémie, elle, avait fini par disparaître, emportant avec elle près du quart des villageois. Les survivants s'étaient retrouvés très affaiblis, par la perte de ceux qui leur étaient chers d'abord, puis par la désorganisation causée par ces pertes.

En effet, dans un village où, auparavant, chacun avait sa place et ses tâches à accomplir, tout le fonctionnement avait dû être revu. On manquait de bras pour tout : travailler les champs, s'occuper des animaux, chasser, pêcher, couper du bois, préparer les repas et réparer les logements qui avaient souffert aussi de ce très long hiver.

Aucun nouveau champ n'avait été défriché, les hommes n'ayant même pas eu le temps d'entretenir tous les champs existants.

Dès le début du printemps, la nourriture avait manqué. Les compléments habituellement apportés par la chasse et la pêche avaient été très rares, la plupart des gens étant cloués au lit ou devant s'occuper des malades sur une très longue période.

Les villageois s'étaient rationnés, et, pour la plupart, dangereusement amaigris. Certains, qui avaient survécu à l'épidémie, n'avaient pas eu la force de continuer. Ainsi, pour Adna, la compagne de Collun, le répit avait été de courte durée. A peine remise de sa toux, son état général s'était rapidement dégradé et les privations avaient eu raison d'elle. Elle était morte à la fin du printemps.

De même, deux jeunes enfants et deux adultes affaiblis avaient succombé, augmentant encore le chaos dans le petit village déjà grandement meurtri.

Quant au monument, la fierté du village, plus personne n'y était allé depuis l'hiver. Seule Neala y retournait de temps en temps, quand son besoin de se ressourcer devenait vital. Les travaux n'avaient pas avancé d'un pouce mais ce n'était clairement pas la priorité du village.

La priorité, c'était la survie.

On était maintenant à la fin de l'été et les moissons allaient commencer. Ou en tous cas devaient commencer, si on voulait s'assurer d'avoir une récolte pour passer le prochain hiver.

Le problème était que tous les gens du village étaient occupés à d'autres tâches, toutes plus urgentes les unes que les autres. En mode survie, on avait du mal à prévoir à long terme.

Les femmes préféraient s'occuper des animaux pour avoir du lait, nourriture immédiate et riche. Et plusieurs hommes étaient partis chasser, préférant éviter de tuer leurs animaux d'élevage autant que possible.

Les troupeaux avaient eux aussi énormément souffert cet hiver, autant du manque de nourriture que du manque de soins. La saison froide ayant joué les prolongations, les pâturages avaient mis plus de temps que d'habitude à reverdir, aggravant la famine. Près de la moitié des chèvres et des moutons étaient morts avant la fin du printemps. Et comme il ne leur restait que la peau sur les os, leur mort n'avait que peu contribué à nourrir les humains affamés.

Mais le plus grand souci de Neala à ce jour, c'était Collun.

Depuis la mort d'Adna, il n'était que l'ombre de lui-même. Il ne communiquait quasiment pas, restait prostré chez lui, sortait de façon très sporadique et surtout, il ne dirigeait plus le village.

Aucune décision n'était prise, chacun faisait, individuellement, ce que bon lui semblait. Depuis des mois il n'y avait plus d'action collective, et c'était ce qui faisait très peur à Neala.

Elle avait en effet bien conscience que leur survie à tous était liée à cette interdépendance qui s'était mise en place depuis des générations. Chacun agissait pour la collectivité et en retour, la collectivité assurait le bien-être de chacun.

C'était un modèle qui leur réussissait bien, qui assurait leur prospérité et leur protection face à des menaces extérieures telles que les épidémies, les aléas météorologiques ou même les attaques d'autres villages auxquelles on avait pu assister par le passé.

Mais ce modèle n'était viable que si chacun y participait et que les actions étaient coordonnées.

Et là, leur chef, en qui tout le monde avait toute confiance jusqu'alors, semblait avoir perdu pied.

Au début, Neala l'avait laissé tranquille. Elle pouvait comprendre qu'il avait besoin de solitude pour digérer le décès d'Adna. La tristesse et l'isolement pouvaient faire partie du processus de deuil, ceci n'avait rien d'anormal.

Cependant quand Neala réalisa que, après une saison entière, Collun ne s'intéressait toujours pas à ce qui l'entourait, elle commença à avoir des doutes.

Était-il toujours en capacité de diriger le village ? De prendre les bonnes décisions ?

Puis ses doutes devinrent des certitudes : Collun avait sombré dans un abîme de désespoir et quant à savoir si ces décisions étaient les bonnes, la question ne se posait pas : il ne prenait plus aucune décision.

Neala était souvent allée le voir et elle avait essayé de le faire réagir en lui rappelant ses responsabilités envers le village, sans succès.

Elle avait même menacé de nommer un autre chef, tout en sachant très bien qu'aucun homme du village n'avait la sagesse et le charisme nécessaires pour ce rôle. Et de toute façon Collun n'avait pas plus réagi face à cette éventualité.

Devant l'absence de réaction de leur chef, chacun avait lancé ses propres initiatives. Certains étaient partis chasser, d'autres étaient allés chercher du sel au bord de la mer, un autre s'était lancé dans la construction d'un enclos plus grand pour les moutons, ce qui était inutile vu que le troupeau, malgré les naissances du printemps, n'avait pas retrouvé son niveau initial.

D'autres encore s'étaient mis à fabriquer de nouveaux outils tels que des racloirs ou des haches.

Mais pour la jeune femme, aucune de ces tâches n'était aussi urgente que les moissons des champs d'orge et de blé, qui avaient heureusement été plantés avant l'apathie de Collun.

Les épis étaient mûrs et les pluies de fin de saison chaude n'allaient pas tarder. Le risque principal était que les grains se mettent à germer dans les épis et pourrissent sur place, les privant tous de cette précieuse nourriture.

Elle décida de s'y prendre autrement.

Elle se rendit chez Collun et demanda à lui parler. Comme il ne répondait pas, elle commença :

— Collun, je suis allée au monument la nuit dernière, j'ai observé les astres et j'ai consulté la mémoire des Anciens et la Source de Vie. Nous devons commencer les moissons dès demain.

Elle attendit une réaction de sa part mais rien ne vint.

— Tu dois rassembler les gens du village pour le leur dire, ils doivent être prêts.

Il ne levait toujours pas les yeux vers elle.

— Collun tu dois m'aider ! s'écria-t-elle alors. Si on ne récolte pas les grains maintenant tout le village mourra de faim avant l'hiver !

— Et alors ! rugit-il. Le plus tôt sera le mieux, je n'attends qu'une chose, c'est de retourner moi aussi à Source de Vie.

— Mais tu n'as pas le droit d'abandonner tout le monde de la sorte ! Tu sais très bien que si tu n'organises pas la récolte, personne ne s'en préoccupera, ou alors ce sera trop tard !

— Tu n'as qu'à te débrouiller, tu es leur Gardienne après tout.

— Je n'ai pas le rôle de chef, ils ne me suivront pas.

— Alors on est tous condamnés à mourir, conclut Collun, résigné.

— Évidemment qu'on est tous condamnés à mourir ! s'agaça la jeune femme. Mais pas à mourir de faim en regardant nos proches mourir de faim avec nous, surtout quand on a des grains plein les champs ! Je sais que tu es triste pour Adna, mais la vie continue !

— Pas pour moi...

— Tu parles, tu respires, donc tu es en vie. Regarde comment ma sœur a survécu au décès de son compagnon. Elle pensait qu'elle allait mourir avec lui et finalement ? Finalement je crois bien qu'on va avoir un couple à unir lors de la cérémonie de l'union cette année.

— Mais ce n'est pas pareil, ils sont jeunes et moi, je suis fatigué. Fatigué d'avoir perdu trop de gens qui m'étaient chers. Laisse-moi seul maintenant.

Déçue et en colère à la fois, Neala sortit et alla trouver sa sœur.

Celle-ci était en train de récolter des branches de bois mort à la lisière de la forêt pour préparer son feu.

— Bonjour Neala, tu vas bien ? Tu as l'air contrariée.

— Je le suis en effet. Il est grand temps de moissonner les champs et Collun ne veut rien entendre, il ne veut pas rassembler les habitants pour ceci.

— C'est peut-être un peu tôt dans la saison pour récolter les grains, non ?

— C'est un petit peu plus tôt que d'habitude mais il fait plus chaud que les années précédentes et les grains sont mûrs. De plus une longue période de pluie et d'orages se profile et si on ne récolte pas à temps, les grains vont moisir sur les épis.

— En es-tu sûre ? demanda Seena, dubitative.

— Je me suis connectée à la Source de Vie hier soir. Cela fait plusieurs nuits que je fais le même rêve, comme un présage. Le message est formel, il faut commencer au plus tôt ou nous mourrons tous de faim cet hiver.

— Tu n'exagères pas un peu ?

— Seena je suis très inquiète, les villageois sont trop affaiblis ou trop concentrés sur leurs tâches individuelles. Si on n'agit pas tous ensemble très rapidement, il sera trop tard et nous n'aurons que souffrances et regrets quand l'hiver viendra.

— Qui pourrait t'aider à convaincre notre village ?

— A part Collun je ne vois pas. Les personnes qui auraient pu l'influencer et lui faire entendre raison sont mortes et les autres ne voient pas plus loin que le bout de leur journée.

— Si Drennan avait été là... soupira Seena.

— S'il avait été là, je sais qu'il aurait compris la situation et il m'aurait aidée à rassembler notre peuple, répondit Neala, au bord des larmes. Mais il n'est plus là et nous devons faire sans lui.

— Et Emer ? interrogea Seena.

Depuis qu'il était tombé malade et que Seena l'avait aidé dans sa maladie et dans sa convalescence, tous deux s'étaient rapprochés. Il venait régulièrement chez elle, lui apportant les produits de sa chasse ou de sa pêche, et elle les cuisinait. Ils partageaient ensuite leur repas avec les quatre enfants, ravis de cette situation. Malgré le décès de leur compagne et compagnon respectifs et après une période de quasi anéantissement, la vie reprenait le dessus.

— Je l'ai déjà vu. Il ne saisit pas l'urgence, il me dit que l'été est encore là, que le soleil est toujours haut dans le ciel et que les moissons peuvent attendre. Et toutes les personnes à qui j'ai parlé m'ont dit la même chose.

Comme réfléchissant à voix haute, elle poursuivit :
— Il faudrait que quelqu'un puisse influencer Collun. Et ça, je ne connais personne dans le village qui puisse le faire. Il est beaucoup trop pris dans sa propre peine, inconscient de ce qui se passe autour de lui. Je ne sais vraiment pas comment faire. Et je dois trouver un moyen avant demain, sinon... Je vais aller consulter la Source de Vie et demander de l'aide. Je reviendrai ce soir avec, je l'espère, une solution.

Elle prit congé de sa sœur, contourna le village et se dirigea vers la colline.

En arrivant au bas de la clairière, face à l'imposant bâtiment, elle fut frappée par la majesté du lieu.

Il faisait un temps extraordinairement dégagé, l'air était chaud mais pur, il n'y avait pas un nuage à l'horizon. Effectivement, on avait du mal à s'imaginer qu'une série de tempêtes allait déferler dans les jours qui suivaient.

La jeune femme décida qu'elle avait besoin de rassembler toute l'énergie possible pour fusionner avec la Source de Vie. Elle entra donc dans le passage, à tâtons, et vint se placer dans la chambre en forme de croix. L'air était frais et humide et contrastait grandement avec la chaleur intense de l'extérieur. Elle se retourna et se mit face au passage, dos à la bassine de pierre qui contenait toujours les restes d'Ama. Elle s'assit au centre de la chambre, dans le noir presque complet. Elle prit de profondes et lentes respirations, ferma les yeux et laissa son esprit se laisser guider par la Source de Vie.

Rapidement, elle vit se matérialiser dans son esprit une silhouette. Un messager ? se demanda-t-elle. Elle ne pouvait voir son visage mais elle ressentait une puissance croissante, alors qu'il s'approchait d'elle. Ce n'était pas Ama, elle ne reconnaissait pas son énergie. Cette silhouette s'approchait de Collun, échangeait avec lui puis se tenait près de Collun alors que celui-ci s'adressait à tout le village. Puis, aussi tranquillement qu'elle était venue, elle s'éloignait, laissant un vide immense.

Neala sortit doucement de sa torpeur. Elle voulait prolonger l'expérience de cette présence réconfortante auprès d'elle. Elle aurait voulu la retenir plus longtemps, mais la silhouette s'éloignait inexorablement.

La Gardienne n'essaya pas d'analyser cette vision. Elle remercia la Source de Vie et ses ancêtres, se leva et sortit calmement.

Dehors, le soleil avait baissé et la chaleur était moins forte. Toujours pas un nuage en vue mais cela ne changeait rien, il faudrait agir vite.

Elle redescendit de la colline et entreprit d'aller inspecter les champs. À la suite de l'épidémie de l'hiver, quelques champs avaient été laissés à l'abandon, il n'y avait pas assez de bras pour les travailler. Malgré tout, la récolte s'annonçait prometteuse et effectivement, les grains étant arrivés à maturité, il n'était pas nécessaire d'attendre plus longtemps pour récolter.

Elle passa ensuite de foyer en foyer pour vérifier l'état des récipients. Ces pots étaient vides depuis longtemps, entassés dans un coin dans chaque cabane. Neala demanda que chaque pot soit nettoyé, réparé si besoin, afin d'accueillir la nouvelle moisson. Plusieurs personnes furent surprises par cette demande qui arrivait trop tôt dans la saison, d'après eux. Malgré tout, chacun promit de faire le nécessaire.

Puis elle rentra chez elle pour inspecter ses propres pots. Elle prit ceux qui étaient souillés, les mit dans des paniers d'osier et descendit à la rivière.

— Gardienne, entendit-elle dans son dos, il est trop tôt pour la récolte.

Elle se retourna et vit trois hommes qui descendaient pêcher.

— Il est un peu plus tôt que d'habitude, c'est vrai, mais les grains sont prêts et le temps va changer. Si nous ne voulons pas perdre les grains, il va falloir moissonner très bientôt.

— Collun n'en a pas parlé et moi, tant que notre chef ne dit rien, je ne ferai rien.

— Moi non plus, enchaîna son voisin.

De guerre lasse, Neala ne répondit pas. Elle poursuivit son chemin, bien décidée à préparer les récipients. Elle faisait confiance à ses visions.

D'ailleurs elle revit la même scène dans la nuit. Quelqu'un qui s'approche, parle avec toute son énergie, et qui s'éloigne, la laissant seule et désemparée. Avec une nuance toutefois : cette fois-ci, elle le regarde disparaître mais elle est déterminée. Déterminée à quoi ? Cela, elle n'arrive pas à l'interpréter, même après son réveil.

La journée s'annonçait aussi chaude que la veille et les villageois profitaient de la fraîcheur relative du matin pour s'affairer.

Neala, elle, décida de revoir Collun. Elle se heurta au même mur que la veille : il ne l'écoutait pas et ne montra aucune intention de l'aider. La survie du village ne l'intéressait pas. La mort avait emporté ceux qu'il chérissait et il attendait son tour.

Tant de pessimisme agaça la jeune femme qui ne voulut pas perdre plus de temps, elle laissa Collun à ses pensées morbides et descendit à la rivière pour voir si les nasses en osier qu'elle avait posés la veille avaient été efficaces.

Dans l'une d'entre elles se trouvait une belle truite. Satisfaite, Neala sortit la nasse, versa la truite sur la grève et l'assomma avec un coup sec donné sur la tête. Le poisson s'arrêta de frétiller sur le champ.

La jeune femme s'assit sur les galets et remercia la Source de Vie de pourvoir à ses besoins. Elle adressa aussi une prière silencieuse au poisson qui allait lui servir de repas. Puis, alors qu'elle s'apprêtait à ouvrir la truite pour la vider de ses viscères, elle aperçut une silhouette qui se déplaçait de l'autre côté de la rivière. Ayant le soleil dans les yeux elle avait du mal à reconnaître la personne.

Elle se leva et, de surprise, faillit tomber à la renverse quand elle reconnut, même de loin, ces longs cheveux blonds et cette silhouette altière et puissante à la fois.

Jero !

Mais que faisait-il par ici ? Il était censé être parti pour le bout du monde et n'avait jamais exprimé son intention de revenir.

Incapable de prononcer le moindre mot et sentant son cœur qui battait la chamade, Neala lui adressa un signe de la main, ne sachant si elle était confrontée à une vision ou à la réalité.

Mais pour une vision, il lui sembla quand même très réel, surtout quand il répondit avec un signe et un grand sourire.

Elle l'observa prendre un radeau et une gaffe pour traverser la rivière et arriver jusqu'à elle.

Il attacha le radeau à un arbre avec la corde fixée à cet effet et s'approcha de Neala qui, dans sa stupeur, n'avait pas bougé d'un pas.

— Jero, mais que fais-tu ici ? questionna-t-elle sans préambule.

— Bonjour Neala, dit-il sans se départir de son grand sourire. Je suis tellement soulagé de voir que tu as survécu.

— Survécu à quoi ?

— A cette maladie qui a décimé la région. J'ai beaucoup voyagé, j'ai vu des endroits magnifiques et j'ai rencontré des gens extraordinaires. J'ai fait tout le tour de l'île, tu sais.

— Et tu es revenu pour nous raconter ton voyage ? demanda-t-elle, sceptique.

— Non, je suis revenu parce que, après avoir fini le tour de l'île, j'ai appris qu'il y avait eu une terrible maladie dans votre région, qui avait tué des villages entiers. J'étais très inquiet pour vous, mes amis qui m'avez sauvé la vie. Je voulais m'assurer que vous aviez survécu et que vous alliez bien.

— Pour l'instant, oui.

— Comment ça, pour l'instant ?

Neala prit le temps de préparer sa réponse. Elle était tellement sous le choc de l'apparition de Jero qu'elle ne savait plus que penser ni que dire. D'un côté elle était si heureuse de le voir, fort et en pleine santé, cela lui semblait complètement surréaliste. Elle avait des milliers de questions à lui poser et des milliers de choses à lui raconter. D'un autre côté, elle savait très bien que les gens de son village étaient en sursis et qu'elle devait trouver comment les convaincre de démarrer les moissons. Tout s'embrouillait dans sa tête et elle ne savait pas par où commencer. Alors elle prit une décision pragmatique.

— Tu dois être fatigué de ton voyage et avoir faim. Je viens de prendre une belle truite et nous pourrons la partager, ça te dit ?

— Bien sûr ! répondit-il en lui emboîtant le pas.

Le jeune homme était un peu surpris de la réaction de Neala. S'il était habitué à ses silences empreints de mélancolie et mystère, il s'était quand même attendu à un peu plus d'enthousiasme de sa part lors de leurs retrouvailles.

A l'inverse de sa maîtresse, Feu sautait de joie autour de lui, lui léchant les mains et manifestant autant d'affection que possible.

— En voilà au moins un qui est content de me voir, dit Jero en caressant le grand chien fauve.

— Ne te méprends pas sur mon attitude, dit Neala en se retournant, souriant tristement. Je suis très heureuse de te voir aussi, c'est simplement que j'ai... j'ai un gros problème à régler.

— Je vois bien que tu as l'air fatiguée, tu as beaucoup maigri aussi.

— Tout le village a souffert, même ceux qui ont survécu.

— Il y a eu beaucoup de morts ?

Neala redoutait cette question. Mais elle ne pouvait pas lui cacher le décès de son ami Drennan plus longtemps.

— Oui, beaucoup trop, répondit-elle avec lassitude. Je dois te prévenir, le village ne ressemble plus à celui que tu as quitté il y a presque une année. Les cabanes sont les mêmes mais l'ambiance est différente.

— J'ai traversé plusieurs villages qui avaient été frappés par cette maladie. Certains villages ont été complètement vidés de leurs habitants. Les quelques survivants sont allés se réfugier ailleurs et il n'y a plus que des cabanes à l'abandon.

— C'est terrible.

— Tu te souviens du village de Josi et Mogan, près de la mer ?

— Oui, bien sûr.

— Plus de la moitié des gens sont morts. Josi a perdu son compagnon et sa fille Dina.

— Oh non ! s'exclama la jeune femme, des larmes dans les yeux. J'ai su qu'ils étaient malades mais j'avais espéré qu'ils aient survécu.

— Leur village est dévasté. Il n'y a plus assez d'hommes pour aller pêcher, plus assez de femmes pour collecter le sel. Étrangement, il reste en majorité des vieillards et des enfants. Ils vont probablement abandonner leur village et rejoindre un village plus au nord. Quand la population d'un village est trop déséquilibrée, il n'est pas possible de survivre.

— Pauvre Josi, elle avait enfin trouvé le bonheur, dit Neala avec amertume. J'espère qu'elle surmontera sa peine, comme ma sœur.

— Comment ça ? demanda Jero avec angoisse.

Le terrible moment pour annoncer les mauvaises nouvelles était arrivé.

— Drennan est mort, Jero, je suis désolée d'avoir à te dire ça.

Jero accusa le coup. Cette annonce avait eu raison de sa bonne humeur et de son beau sourire.

— Qui d'autre ? questionna-t-il avec rudesse.

Alors, patiemment, Neala lui fit la liste de tous ceux qui manquaient à l'appel, des plus jeunes aux plus âgés. En arrivant au bout, elle en eut presque la nausée.

Elle laissa Jero digérer les informations, puis elle reprit :

— Le plus grand problème que nous avons aujourd'hui, c'est que les grains sont prêts à être récoltés. Mais Collun, qui est entré dans une tristesse infinie depuis le décès d'Adna, ne veut pas demander aux villageois de démarrer la récolte. Et dans quelques jours, de grosses tempêtes vont s'abattre sur le village. Si on ne récolte pas rapidement, tout sera perdu et nous mourrons de faim cet hiver. Voilà pourquoi je t'ai dit que nous étions en vie... pour l'instant.

— En a-tu parlé avec d'autres villageois ?

— Presque avec tout le monde, dit-elle avec lassitude. Personne ne s'intéresse aux récoltes, tous sont occupés à d'autres tâches qui, pour moi, sont moins urgentes. Il est encore tôt dans la saison et personne ne voit l'intérêt de démarrer les moissons car ils n'ont pas vu la tempête s'approcher. Je sais que les orages seront très soudains et qu'une fois qu'ils seront là, ce sera trop tard. Et comme Collun n'organise rien, il ne se passe rien. Le seul qui aurait pu avoir un peu d'influence sur lui, c'était Drennan.

— Mais il ne peut pas laisser son village mourir de faim !

— Crois-moi, j'ai tout essayé : la douceur, la menace, la culpabilité, rien n'y fait. Je te serais terriblement reconnaissante si tu pouvais essayer de le convaincre de bouger.

— En tous cas, je vais essayer. C'est trop idiot d'avoir réussi à survivre à cette horrible maladie, et de mourir de faim quelques mois plus tard par manque d'anticipation.

— Merci, Jero. Allons, viens d'abord manger quelque chose et te reposer, nous irons voir Collun après. Et tu nous raconteras ton voyage, il me tarde d'entendre le récit de tes aventures !

Tous deux prirent la direction du village. En s'en approchant, ils virent venir à leur rencontre Brino et Milen, les fils de Seena.

— Jero, tu es revenu ! cria Milen en se jetant dans ses bras.

Son grand frère garda un peu plus de retenue mais vint aussi rapidement l'étreindre, trop heureux de revoir l'étranger.

En voyant la scène, Neala eut un pincement au cœur. D'abord parce qu'elle savait que Jero était très triste d'apprendre la mort de leur père, qui avait été son ami le plus proche pendant toute la période qu'il avait passée au village.

Mais aussi parce que quand elle avait revu le jeune homme, elle ne s'était pas précipitée à sa rencontre, elle ne l'avait pas étreint, elle ne lui avait parlé que de ses problèmes sans lui laisser le temps de s'exprimer, sans savourer le plaisir de leurs retrouvailles.

Et pourtant, elle avait tellement espéré ce moment ! Même si elle n'osait se l'avouer, revoir Jero avait été son rêve le plus fou. Et elle ne le réalisait pleinement que maintenant, en voyant ses neveux laisser éclater leur joie. En fait elle avait du mal à croire qu'il était vraiment là, que c'était vraiment lui.

Prenant une grande inspiration, elle suggéra à ses neveux d'accompagner Jero jusque chez leur mère. Après tout, le repas pourrait attendre.

Dès que Seena l'aperçut, elle mit, incrédule, ses deux mains sur son visage, puis fondit en larmes.

— Jero, je ne peux pas le croire ! dit-elle entre deux sanglots tout en le prenant dans ses bras. Jamais je ne pensais te revoir !

— Quand je suis parti d'ici, je ne pensais effectivement pas revenir. Mais j'ai changé d'avis, je voulais savoir comment allaient mes amis qui s'étaient si bien occupés de moi, dit-il en souriant.

— C'est tellement bon de t'avoir parmi nous ! Nous avons vécu tellement de drames ici…

— Je sais, Neala m'a raconté, la coupa-t-il. Toute la région a été touchée par cette maladie atroce.

— C'est ce que nous avons compris, en effet. Mais ça n'allège pas notre peine pour autant. Comme a dit ma sœur, seul le temps y parviendra. Et en attendant, la vie continue. Tu viens manger ? Je viens de finir de préparer un ragoût de chevreau, tu m'en diras des nouvelles !

— Avec plaisir ! s'exclama le jeune homme, ravi. Ça sent délicieusement bon par ici !

Suivi de Neala et des garçons, il entra chez Seena et fut un peu surpris d'y trouver Emer qui réparait un panier avec ses deux enfants.

— Bonjour Jero, je suis content de te voir de retour parmi nous, lui dit-il en lui donnant l'accolade.

Emer avait toujours été un bon camarade et un habile chasseur, estimé de tout le village. Mais le trouver installé chez Seena et Drennan, comme s'il était chez lui, Jero ne s'y attendait manifestement pas, au vu de l'étonnement qu'il exprimait sur son visage. Néanmoins il ne fit aucun commentaire, se promettant d'en apprendre plus avec Neala.

Il mangea un bol de ragoût avec gratitude, racontant quelques anecdotes drôles de son voyage. Il ne se sentait pas assez à l'aise pour parler de Josi et des siens, il ressentait une certaine fragilité chez Seena et ne voulait pas la voir s'effondrer. Après tout, les mauvaises nouvelles pouvaient attendre.

Une fois son repas terminé, Jero prétexta l'envie de se reposer de sa longue marche et, après avoir chaudement remercié Seena pour son hospitalité, il suivit Neala jusque chez elle.

Une fois arrivés dans la maisonnette, Jero installa sa couverture de fourrure à l'opposé de celle de la jeune femme, à l'endroit où il avait précédemment séjourné des lunes entières. Il s'était installé là naturellement, sans vraiment lui demander son avis, comme s'il n'avait jamais quitté cette place.

La jeune femme l'avait regardé faire en silence. Elle ne savait pas vraiment par où commencer, les idées se bousculaient dans sa tête.

Ce fut lui qui rompit la gêne en proposant, une fois installé, d'aller voir Collun.

— Attends, lui dit-elle. Il faut d'abord que tu comprennes tout ce qui s'est passé depuis ton départ.

Et, comme libérée de toute angoisse, elle se mit à lui raconter. Le froid inhabituel, le retour des hommes partis en expédition chercher du sel, la maladie de deux d'entre eux qui s'était déclarée très rapidement, puis le chaos, l'horreur pendant près d'une lune entière. Les villageois qui souffraient, s'étouffaient puis mouraient les uns après les autres, tous les foyers touchés, les enterrements qui se succédaient jour après jour, et Neala qui s'était sentie tellement impuissante face à toute cette douleur.

— Pourtant, commenta-t-il après un long silence, votre village s'en est plutôt bien sorti, comparé à d'autres plus au nord. Comme je te l'ai dit, certains ont entièrement disparu.

— En fait... dit-elle tout en réfléchissant à voix haute.

— Oui ? l'encouragea-t-il.

— Après quelques jours, j'ai demandé l'aide des Anciens au cours d'une transe très poussée. Et j'en suis revenue avec une formule de remède assez... inhabituelle. Je n'ai pas pu sauver ceux qui étaient déjà gravement atteints, mais tous ceux qui ont été malades après la découverte de cette potion ont survécu. Je n'y avais pas vraiment réfléchi jusqu'à aujourd'hui. J'aurais probablement dû entrer en contact avec les Anciens plus tôt, j'aurais peut-être pu sauver d'autres vies, conclut-elle avec amertume.

— Tu ne dois pas te sentir responsable ou coupable, tu as fait tout ce que tu as pu. Et j'imagine que les premiers jours, tu devais être complètement débordée avec tous ces malades à soigner.

— Oh oui ! Préparer les remèdes, soigner les malades et accompagner les mourants, je n'ai quasiment pas dormi pendant des jours et des nuits, j'étais complètement épuisée. Alors je n'ai peut-être pas pris les bonnes décisions.

— Tu as fait ce qu'il fallait, tu as permis à ton village de survivre ! Je te le répète, d'autres n'ont pas eu cette chance.

— Tu as probablement raison, et ce que tu me dis concernant mes choix me réconforte, je te remercie.

— Neala, malgré tous tes efforts, tu ne peux pas lutter contre la loi de la Nature. Tu dois accepter…

— Ce que je ne peux pas changer, c'est vrai, dit-elle en souriant. Je devrais m'en rappeler, pourtant ! Mais c'est plus fort que moi.

— Que s'est-il passé ensuite, quand le dernier malade a guéri ?

— Ensuite le printemps a été très long à arriver. Mais quand on a vu les arbres et les champs se couvrir de fleurs, on a repris espoir. Collun, qui avait été complètement abattu pendant la maladie d'Adna, a retrouvé une nouvelle vigueur quand il a réalisé qu'elle survivrait.

— Mais je pensais qu'elle avait succombé ?

— Pas à cette maladie. Elle a eu un sursis de quelque temps. En fait elle était malade depuis l'automne. Elle avait tout le temps mal au ventre et avait du mal à digérer les aliments. Elle avait beaucoup maigri et ne se nourrissait que de bouillons et d'aliments écrasés. L'épidémie n'a fait que l'affaiblir encore. Mais elle voulait y croire, surtout pour Collun. Alors elle s'est agrippée à la vie, jusqu'à son dernier souffle. Elle a voulu participer à toutes les activités de printemps, le travail des champs, le soin aux animaux, elle a été extrêmement courageuse. Mais au fur et à mesure que les jours passaient, comme elle ne pouvait presque plus se nourrir, ses forces l'abandonnaient. Les trois derniers jours, elle est restée allongée chez elle parce qu'elle ne pouvait plus se lever. Je suis restée auprès d'elle quasiment tout le temps et Collun aussi.

Lui n'acceptait absolument pas ce qui se passait. Il demandait ce que je faisais là, me disant qu'il pouvait s'occuper de sa femme et qu'elle allait de mieux en mieux. Il était aveuglé par la peur de la perdre. Quand j'ai senti qu'elle était sur le point de partir, j'ai commencé à chanter la mélodie des morts, il s'est mis dans une rage folle. Il a voulu me chasser de chez lui, il ne voulait pas se rendre à l'évidence. Plusieurs hommes sont venus pour tenter de le raisonner et il m'a tout juste laissée faire le rituel d'accompagnement. Je crois qu'il me tient pour responsable pour la mort de sa compagne. En fait il en veut à tout le monde.

— Mais c'est ridicule, Collun est quelqu'un de raisonnable, il sait très bien que certaines maladies ne peuvent être soignées.

— Peut-être se croyait-il à l'abri, lui et sa compagne. En fait je crois qu'il avait une peur panique de se retrouver tout seul, avança la jeune femme.

— Un homme de sa trempe ? Ça m'étonnerait.

— Tu sais, Collun était le chef du village, mais en fait Adna l'aidait énormément. Elle était sa confidente, sa conseillère, elle connaissait beaucoup d'informations sur les uns et les autres, ce qui permettait à Collun de prendre des décisions justes et qui, du coup, étaient acceptées par tous. Il ne faut pas se fier aux apparences, il ne dirigeait pas le village tout seul, dit-elle avec malice.

— Tu l'aides beaucoup aussi, fit Jero en souriant.

— C'est différent. Je n'ai pas accès aux mêmes informations qu'Adna. Je suis très isolée dans mon rôle de Gardienne, les gens me respectent en général mais se méfient aussi. Et je n'interviens que dans les questions liées à la Source de Vie, pas dans les conflits du quotidien. Adna avait une sagesse extraordinaire dans ce domaine, et Collun le savait bien.

— Que s'est-il passé après le décès ? s'enquit Jero.

— Quand il a compris que c'était fini, il est rentré dans une colère démesurée. Il a tout cassé chez lui, personne n'arrivait à le raisonner. Puis il s'est calmé, pour les rites funéraires il n'a pas dit un mot, ni pleuré. Il était comme... parti. Seul son corps était là, son esprit était ailleurs. J'ai dû prendre les initiatives pour l'enterrement, il était incapable de prendre la moindre décision, de donner le moindre ordre. Et depuis, il reste enfermé chez lui, au milieu de détritus divers, restes de repas et déjections, se nourrit de façon irrégulière de ce que les femmes du village lui amènent tour à tour. Quelques fois il ne touche à rien, d'autres fois il se jette sur la nourriture comme un animal. Il ne se lave plus, ne veut parler à personne, même pas les salutations d'usage quand quelqu'un vient lui rendre visite. Au début, tout le monde passait pour lui montrer son soutien. Mais les gens se sont lassés, et aujourd'hui seules quelques femmes ont pitié de lui et lui déposent de quoi manger, sans rien dire. Même ses enfants ont quitté le foyer.

Elle marqua une pause puis reprit, plus pour elle-même que pour Jero.

— En fait les gens du village ne comprennent pas son attitude. Ils trouvent que c'est indigne d'un chef. Et lui, il a effectivement perdu toute dignité et il s'en moque.

— C'est terrible de penser qu'il est tombé aussi bas, murmura Jero.

— C'est terrible pour lui, mais c'est aussi terrible pour tout le village. Plus personne n'a d'autorité pour coordonner les tâches. Chacun fait ce qu'il veut, dans son coin. Certaines tâches sont accomplies plusieurs fois inutilement, d'autres tâches primordiales ne sont pas faites. Comme les moissons, par exemple. C'est ce qui me préoccupe le plus aujourd'hui.

— Maintenant que je sais ce qui s'est passé et comment ça s'est passé, allons le voir, proposa le jeune homme en se levant.

Tous deux se dirigèrent vers le foyer de Collun.

En arrivant, ils le trouvèrent prostré, assis sur sa paillasse nauséabonde, le regard perdu sur le sol jonché d'ossements et de restes de repas.

— Collun, dit Neala d'une voix douce, il y a quelqu'un ici qui aimerait te parler.

— Je ne veux voir personne, répondit le chef du village d'une voix bourrue.

— Collun, c'est moi, Jero.

En entendant la voix du jeune homme, Collun redressa légèrement la tête.

— Que fais-tu ici ? Je te croyais rentré chez toi depuis longtemps, soupira Collun.

— Avant de rentrer je voulais voir comment s'en étaient sortis mes amis qui m'avaient sauvé la vie.

— Eh bien tu vois, très mal. Tout le monde est mort ou en train de mourir, grommela Collun.

Neala n'avait pas menti, Collun était dans un état lamentable. Mais plutôt que de déclencher de la pitié, son attitude provoqua chez Jero une colère fulgurante. Il saisit un gros bol plein d'eau croupie la jeta au visage de Collun.

— Non, dit-il en hurlant, tout le monde n'est pas en train de mourir ! Ton village a énormément de chance de s'en sortir aussi bien, j'ai voyagé dans toute la région et crois-moi, je sais de quoi je parle ! Par contre si une seule personne venait à mourir de faim cet hiver, ce serait entièrement ta faute !

Abasourdie par la réaction inattendue de Jero, Neala attendait, bouche bée, la réponse de Collun.

Celle-ci ne se fit pas attendre. Il se leva d'un bond, signe que toutes ses forces ne l'avaient pas encore totalement abandonné, et se mit à rugir :

— Mais pour qui te prends-tu ? Tu n'es qu'un étranger ici, tu n'as pas ton mot à dire sur la façon dont je dirige mon village !

— Ton village ? Il est complètement désorganisé ton village ! Comment peux-tu encore dire que c'est ton village alors que tu ne t'intéresses pas au sort des tiens ? Je comprends ta tristesse d'avoir perdu Adna, c'était une femme sage et forte et j'avais beaucoup de respect pour elle. Mais si elle te voyait, là maintenant, je peux te garantir qu'elle n'aurait aucun respect pour toi !

— Tais-toi ! Je ne te permets pas de me parler de la sorte !

— Je parlerai ainsi jusqu'à ce que tu réagisses ! Enfin, bouge-toi ! Tu crois vraiment qu'elle aurait voulu te voir crever dans tes excréments pendant que tous les gens qu'elle a aimés, y compris ses propres enfants, sont en train de mourir de faim ?

Les deux hommes se faisaient face et il restait très peu de distance entre les deux. Neala était terrorisée par la tournure que prenaient les événements mais que pouvait-elle faire entre ces deux colosses qui s'aboyaient littéralement dessus ? Elle jeta un regard en direction de Feu qui, étrangement, ne bougeait pas.

Mentalement, Neala nota ce comportement qu'elle jugeait bizarre. En général, s'il ressentait de l'agressivité, il réagissait en s'agitant, sautant ou montrant les dents. Là, rien. Ressentait-il autre chose ?

Soudain, Collun fondit en larmes. Jero le prit dans ses bras pour le réconforter.

— Elle me manque tellement, dit-il en hoquetant.

— Je sais, dit simplement Jero, le visage crispé sur sa propre tristesse, je sais.

— Je n'ai pas la force d'avancer sans elle, continua Collun entre deux sanglots.

— Je sais ce que tu vis, parce que je l'ai vécu moi-même, dit doucement Jero. Moi aussi j'ai cru mourir de chagrin, mais finalement, eh bien je suis toujours là. La vie poursuit son cours et je peux même te dire que je suis content d'être en vie.

Il adressa un timide sourire à Neala qui se tenait à deux pas de là et reprit :

— Seul le temps apaisera ta douleur. Le temps, et aussi tes amis, tous les gens ici qui t'aiment. C'est quelque chose qui est difficile à accepter au début, quand on veut juste être seul et se laisser aller. Mais ces personnes sont là pour t'aider à surmonter cette épreuve, laisse-les venir à toi.

Collun s'écarta doucement et constata :

— Je ne crois pas que quelqu'un ait envie de m'aider, vu l'état dans lequel je suis.

— C'est faux Collun. Tout le monde veut t'aider, les hommes qui t'ont coupé du bois et qui ont chassé pour toi, les femmes qui sont venues te nourrir tous les jours. Mais on a besoin de toi ! Tu es le chef de notre village ! s'exclama la jeune femme qui était restée silencieuse jusqu'alors.

— Je ne suis plus bon à rien, pire qu'un animal, soupira Collun.

— C'est vrai que tu sens le bouc, dit Jero en riant. Allons, viens faire un tour à la rivière avec moi, je dois me laver aussi, avec toute la poussière de mon voyage qui m'encrasse.

— Collun, m'autorises-tu à faire un peu de… nettoyage dans ton foyer ? demanda Neala

— J'ai un peu honte de te demander ça, répondit nerveusement le chef du village.

— Mais tu ne me demandes rien, c'est moi qui te propose. Je suis tellement contente de te voir enfin réagir ! Ce serait pour moi une joie si tu acceptais, s'écria la jeune femme avec un sourire d'encouragement.

— Merci, Gardienne.

Les deux hommes s'en furent vers la rivière, suivis de Feu qui décida que lui aussi, avait bien mérité un bon bain.

La jeune femme s'affaira pendant un long moment à remettre en ordre le foyer délaissé depuis la fin du printemps. Le sol était jonché de détritus divers tels que des restes de repas moisis, des ossements finissant d'être nettoyés par les vers et les cafards, des excréments éparpillés, des paniers troués, des vêtements crasseux et des fourrures miteuses.

Elle sortit tout ce qui nécessitait un bon lavage à l'eau claire, tels que les plats, ustensiles de cuisine et fourrures, et les entassa dans des grands paniers qu'elle était allée récupérer chez elle. Elle mit les détritus divers dans les paniers abîmés et alla s'en débarrasser dans la fosse d'aisance située derrière le village. Elle mit à chauffer de l'eau pour préparer une potion parfumée et purifiante à base de genièvre et d'autres plantes. Quand elle eut balayé le sol de terre avec des branchages, elle aspergea le sol et les murs de la potion purifiante.

Satisfaite, elle embarqua les affaires à laver et prit la direction de la rivière. Là elle aperçut les deux hommes qui étaient en grande discussion. Même de loin, elle put remarquer qu'il n'y avait pas d'animosité entre eux. Le jeune homme semblait expliquer des choses à grands renforts de gestes, probablement qu'il lui parlait de son voyage et lui racontait ses aventures.

Neala eut un pincement au cœur en réalisant qu'elle n'avait toujours pas pris le temps de l'écouter. Trop absorbée par ses propres inquiétudes elle l'avait ignoré. Et pourtant, elle était tellement contente de le voir, elle avait tellement espéré le revoir un jour !

Souriant à la pensée que son vœu s'était finalement exaucé, elle décida de les laisser discuter tranquillement, lava en silence le tas d'objets crasseux et repartit sans se faire remarquer.

De retour chez le chef du village, elle mit les affaires à sécher devant la cabane. Plusieurs personnes s'arrêtèrent, curieuses. Leur chef ne voulait voir personne depuis des lunes et tous étaient surpris qu'il soit enfin sorti de chez lui et surtout ait autorisé Neala à mettre un peu d'ordre chez lui. Néanmoins ce changement était vu comme un soulagement pour eux, un retour à la normale rassurant.

Quand ils revinrent de la rivière, les deux hommes étaient transformés. Propres, les cheveux démêlés et attachés, souriants et plein d'entrain, la métamorphose était frappante, surtout pour Collun. Même si son visage s'était creusé de rides profondes en l'espace de peu de temps, et que sa chevelure s'était enrichie de nombreux fils argentés, il était enfin redevenu lui-même.

Il fut enchanté de retrouver son foyer propre et frais, remercia chaudement Neala et invita les deux jeunes gens à participer, avec tout le village, à une grande réunion à la tombée de la nuit devant la maison commune.

Le soir venu, tous se retrouvèrent pour le discours de Collun. Et tous furent sidérés de la transformation qui s'était opérée en si peu de temps chez leur chef bien-aimé.

La présence de Jero fut très remarquée aussi et les commentaires sur le rôle qu'avait joué le jeune homme dans la sortie de léthargie de Collun affluaient.

Voulant faire cesser le brouhaha qui montait, Collun prit la parole depuis la terrasse couverte de la maison commune.

— Chers tous, notre village a connu des drames terribles depuis cet hiver. Tout d'abord le froid glacial inhabituel, puis cette terrible maladie qui a emporté tellement de gens que nous aimions. Tous les foyers ont été touchés, pas un n'a été épargné. Et pourtant, Jero, qui revient du Nord, m'a fait comprendre aujourd'hui que dans notre malheur, nous avions eu de la chance.

Un murmure d'incompréhension s'éleva dans la foule. Collun continua sur un ton plus bas :

— Il faut que vous sachiez, mes amis, que certains villages non loin d'ici ont totalement disparu. Tous les habitants sont morts ou partis, trop peu nombreux pour survivre.

Là, la surprise et l'effroi se lut sur tous les visages.

— Nous avons eu de la chance mais j'étais moi-même trop accablé de tristesse après la mort de ma chère Adna pour m'en rendre compte.

Un sanglot entrecoupa sa dernière phrase. Mais il se ressaisit :

— Je remercie chacun d'entre vous pour votre soutien pendant cette période. Ceux qui sont venus me voir, ceux qui m'ont nourri, ceux qui ont insisté pour me parler même quand j'étais horriblement désagréable. Et globalement, merci à tous ceux qui ont fait en sorte que le village puisse continuer à prospérer.

On entendit quelques commentaires, puis Collun reprit :

— Je voudrais surtout remercier Neala, notre Gardienne, et Jero le voyageur. Aujourd'hui ils m'ont fait comprendre que notre village, s'il avait vécu des drames, était exposé à une menace plus grande encore.

Des exclamations de surprise et d'inquiétude firent leur apparition dans le bruit de fond.

— La Gardienne a communiqué avec les anciens et la Source de Vie. Dans peu de jours, une grosse tempête va s'abattre sur notre village. Et si d'ici là les récoltes ne sont pas mises à l'abri, c'est tout le village qui mourra de faim l'hiver prochain.

Laissant s'exprimer les villageois quelques instants, Collun termina sur les propos suivants :

— Dès demain, je demande à chacun de cesser les activités que vous avez en cours pour aider à moissonner les grains qui sont, par ailleurs, parfaitement mûrs, j'ai vérifié cet après-midi. Je sais que certains ont entrepris de créer des outils et de réparer leurs logis mais rien n'est plus urgent que cette récolte. Et nous avons très peu de temps devant nous. Je compte sur vous tous, il en va de la survie de notre village !

Beaucoup d'entre eux avaient déjà entendu les sombres prévisions de Neala et personne ne les avait vraiment prises au sérieux. Mais là, de l'entendre de la bouche de leur chef qui semblait être sorti de son isolement juste à temps pour faire passer son terrible message, c'était autre chose.

Chacun rentra chez soi avec la conviction que la récolte ne pouvait plus attendre un jour de plus et tous furent impatients d'être le lendemain pour démarrer.

Neala attendit que Jero finisse d'échanger quelques mots avec Collun puis ils retournèrent dans la maisonnette de la jeune femme.

Ils se restaurèrent de la belle truite pêchée un peu plus tôt, de quelques galettes et de fraises séchées puis, rassasiés, s'assirent chacun sur leur paillasse respective. Ils commentèrent les événements de la journée et Neala le remercia d'être intervenu auprès de Collun. Puis elle lui dit à voix basse

— Jero, il y a quelque chose que je ne t'ai pas dit.

— Comment ça ? demanda le jeune homme, inquiet.

— C'est juste que… Je suis très contente que tu sois revenu.

— Et moi je suis très content d'être revenu, dit-il en souriant, soulagé qu'elle n'ait pas d'autres mauvaises nouvelles à annoncer.

— Une fois que les moissons seront terminées, j'espère qu'on va pouvoir reprendre la construction. Rien n'a avancé depuis l'hiver mais maintenant que tu es là, tu pourras peut-être aider Danio et Rudd pour les sculptures extérieures, je sais que tu es très doué.

— Ce serait une idée mais…

— Ou sinon, le coupa-t-elle, tu pourrais proposer une solution pour les parements sur les côtés, je suis sûre que dans tes voyages tu as vu des techniques intéressantes que nous pourrions utiliser !

— Disons que…

— Ou alors sur l'esplanade devant l'entrée, que dirais-tu d'un parterre de pierres noires comme celles que tu as rapportées du Nord et que tu as montrées à Seena un peu plus tôt ? On pourrait aller en chercher ensemble ! s'écria la jeune femme portée par son propre enthousiasme.

— Neala, l'interrompit-il, je ne vais pas rester.

— Quoi ? s'exclama-t-elle, surprise.

— Je suis revenu juste pour voir que vous alliez bien. Mais je ne vais pas rester, ni dans votre village, ni sur votre île. Je vais rentrer chez moi.

A ces mots, un immense désarroi envahit la jeune femme. Comment avait-elle pu être aussi naïve pour croire que Jero resterait avec eux ? Qu'est-ce qui avait pu lui faire penser que c'était une possibilité ? Le sourire éclatant qu'il arborait quand il l'avait vue ? La façon dont il avait pris en main le destin du village en secouant Collun de la sorte ? Les embrassades chaleureuses échangées avec ses neveux, Seena et les autres villageois ?

— Oui je... je comprends, balbutia-t-elle. Je ne sais pas pourquoi, je pensais que tu resterais un moment avec nous, et comme tu avais déjà beaucoup voyagé, je croyais que tu avais envie de te poser quelque temps.

— J'apprécie beaucoup ce village mais comme tu dis, j'ai beaucoup voyagé et maintenant, j'ai envie de retrouver les miens.

— Oui c'est normal, dit-elle d'une voix qu'elle voulait neutre mais qui laissait transparaître beaucoup de regrets.

— Je vais rester quelques jours, pour m'assurer que les récoltes sont à l'abri et que vous n'aurez pas à souffrir de la faim. Puis je retraverserai la mer.

— Rassure-moi, tu attendras quand même que la tempête soit passée ?

— Oui, promis, dit-il en se levant et en venant s'asseoir tout près d'elle.

Il la regarda droit dans les yeux et lui dit :

— Je ne prendrai pas plus de risques que nécessaire, je connais les efforts que vous avez faits, et toi en particulier, pour me sauver. Je ne vous remercierai jamais assez pour ça et la moindre des choses, c'est de faire attention à rester en vie.

— Tu as intérêt ! s'exclama-t-elle en se jetant dans ses bras.

D'abord surpris par la spontanéité de la jeune femme habituellement si distante voire froide, Jero mis ses bras solides autour d'elle et ils restèrent un long moment ainsi enlacés, silencieux, juste appréciant le plaisir de la proximité de l'autre. Puis doucement Neala se dégagea de son étreinte et lui rappela dans un sourire que demain serait une longue journée et qu'une bonne nuit de sommeil serait nécessaire pour mener à bien tout ce qui les attendait. Jero acquiesça et regagna sa paillasse avant de sombrer presque immédiatement dans un lourd sommeil.

Bercée par la respiration tranquille de Jero, Neala ne tarda pas à s'endormir aussi.

Dès l'aube, tout le village était à pied d'œuvre pour démarrer les moissons. Le ciel était complètement dégagé et la journée promettait d'être magnifique.

Cependant Collun avait suggéré de démarrer par les champs les plus éloignés du village, plus exposés aux caprices du temps si celui-ci se mettait à tourner à l'orage plus tôt que prévu.

Tous les villageois, hormis les personnes trop âgées et les enfants en bas âge, participaient aux récoltes avec un grand enthousiasme. Les hommes coupaient les épis avec des silex tranchants attachés au bout de solides bâtons de bois. Les enfants ramassaient les épis et les amenaient aux femmes qui les détachaient des chaumes. Ceux-ci étaient récupérés principalement pour les toitures. Les grains étaient ensuite ramassés et mis dans des pots de terre, à l'abri des rongeurs et des insectes.

Quand le soleil fut au plus haut dans le ciel, une courte pause fut octroyée pour se reposer et se restaurer. Puis les travaux reprirent jusqu'à la tombée de la nuit.

Jero avait passé sa journée à couper des épis sans relâche alors que Neala supervisait la mise en pots du grain, scellant elle-même les pots pour s'assurer qu'ils resteraient étanches. Ils retournèrent à la maisonnette, trop éreintés pour parler.

Le lendemain, l'ambiance avait changé. L'air était devenu lourd et poisseux, le ciel s'était peu à peu rempli de nuages de plus en plus menaçants. Chaque villageois comprenait à présent l'urgence des moissons. S'il se mettait à pleuvoir maintenant, ce serait une catastrophe.

Collun réagit immédiatement à ce changement en demandant à stocker tous les épis dans la maison commune. Les grains seraient séparés des chaumes plus tard, l'urgence étant de mettre la récolte à l'abri et pour se faire, tous les habitants devaient participer à la coupe et au transport. Seules quelques personnes resteraient pour ranger les épis en tas ordonnés.

Les villageois se mirent très vite au travail, lançant sans arrêt des regards inquiets aux nuages qui s'amoncelaient au-dessus de leurs têtes.

La pause de mi-journée fut raccourcie, personne n'avait envie de perdre de temps et de risquer la récolte.

Rapidement les éclairs apparurent mais par chance, aucune goutte ne vint troubler leur travail. Tous s'échinèrent jusqu'à ce que la luminosité fût trop faible pour voir les épis.

Neala et Jero avaient travaillé côte à côte toute la journée, parlant peu mais appréciant la présence de l'autre. Ils rentrèrent parmi les derniers, exténués et couverts de poussière.

— J'espère qu'on aura encore un peu de répit avant la tempête qui s'annonce, dit la jeune femme en s'allongeant sur sa couverture.

— Ne peux-tu pas demander de l'aide à tes anciens ou ta Source de Vie ? se moqua gentiment Jero.

— Ils nous ont avertis depuis longtemps, c'est notre faute si la récolte est abîmée, lui rappela Neala.

— Pour l'instant le temps a l'air de se maintenir et de plus, la plupart des épis sont maintenant à l'abri.

— C'est vrai, demain tout sera terminé. Collun a proposé que l'on célèbre la fin de la récolte ainsi que la cérémonie des unions demain soir. Je serai vraiment soulagée seulement quand tout le grain sera rentré.

— Alors, reposons-nous ! Entre les moissons à terminer et la fête, nous aurons besoin de toute notre force demain !

Le matin suivant, le ciel était tellement noir qu'on aurait pu penser que le jour ne voulait pas se lever. Dès que la clarté le permit, tous retournèrent dans les champs pour finir de couper les épis et ramasser ceux qui avaient été oubliés la veille. Étonnamment, le ciel n'avait pas encore décidé de se vider au-dessus d'eux. Les éclairs étaient de plus en plus nombreux et un vent chaud s'était levé, soulevant la poussière des champs et enveloppant les villageois d'une fine couche de terre.

Vers le milieu de l'après-midi, toute la récolte était à l'abri. La maison commune étant quasiment pleine, Collun demanda que les plats de nourriture prévus pour la fête soient préparés dans chaque foyer.

Neala avait décidé de préparer une sauce avec des fraises séchées et du miel, récolté quelques jours auparavant dans le creux d'un arbre. Ce mets, elle le savait, était très apprécié de tous et encore plus des jeunes enfants. Mais avant de se lancer dans la confection de cette gourmandise, elle suggéra à Jero un bon bain à la rivière, pour se débarrasser de toute la poussière accumulée ces derniers jours. Il accepta avec une grande joie.

Arrivés sur place, ils réalisèrent que beaucoup avaient eu la même idée et les berges de la rivière étaient emplis de cris de joie et d'excitation. Tous étaient très contents d'avoir fini cette corvée harassante mais vitale pour leur survie.

La jeune femme proposa d'aller un peu plus loin, à l'écart de la foule bruyante. Ils se déplacèrent en amont, près de l'endroit où étaient attachés les radeaux. Là, Neala se débarrassa de sa tunique crasseuse et plongea dans l'eau fraîche.

Jero, qui la suivait de près, ne se fit pas prier pour aller la rejoindre.

— Quel bonheur, s'écria-t-il, de pouvoir nager après ces journées si intenses !

Pour toute réponse la jeune femme se mit à rire de plaisir et disparut sous l'eau pour libérer ses longs cheveux auburn de la sueur et de la terre accumulées.

Feu nageait tout autour d'eux en jappant d'excitation. Puis il suivit Neala quand elle retourna sur la berge pour attraper sa tunique et la frotter d'un geste vigoureux.

— Bonne idée, acquiesça Jero, nos vêtements ont bien besoin d'un bon bain aussi !

Il récupéra ses habits et les nettoya scrupuleusement avant de remonter sur la berge pour les mettre à sécher, avec la tunique de Neala, sur les rochers. Puis tous deux replongèrent dans la rivière fraîche.

— C'est un soir important ce soir, dit-elle sur un ton sérieux en émergeant, les moissons sont terminées et ma sœur va célébrer son union avec Emer.

— Oui, il m'en a parlé. Je crois qu'il fera un bon compagnon pour elle.

— Et elle fera une bonne mère pour ses enfants à lui. Je suis contente pour eux tous, ils ont tellement souffert cet hiver, c'est bon de savoir qu'ils vont pouvoir se consoler.

— Et toi, qui te console ?

— Pardon ? demanda-t-elle, surprise.

— Qui s'occupe de toi ? insista-t-il.

— Eh bien, La Source de Vie et les ancêtres, Feu, et les gens du village aussi.

— Tu sais très bien que je ne parle pas de ça, dit-il en la regardant avec insistance.

— Tu veux savoir si je vais m'unir à quelqu'un ce soir ? dit-elle sur un ton moqueur. Laisse-moi réfléchir... En fait non, je ne vais m'unir avec personne ! Je suis la Gardienne je te rappelle, et la Gardienne n'a pas de compagnon.

— Tu sais, j'ai eu le temps de réfléchir pendant mon voyage, et je pense que chaque personne devrait avoir une compagne ou un compagnon. C'est terrible de vivre seul, de ne partager ni ses peines ni ses joies.

— Et c'est pour ça que tu retournes chez toi ? Pour t'unir et fonder une famille ?

— Je rentre chez moi parce que j'ai envie de revoir les miens mais oui, j'espère m'unir et avoir des enfants.

— Donc ton voyage t'a guéri de ta peine, murmura-t-elle. Je suis très contente pour toi.

— J'ai passé beaucoup de temps tout seul, trop même, et maintenant je suis prêt à reprendre le risque d'aimer, affirma-t-il en la regardant droit dans les yeux.

En entendant ces mots l'émotion fut trop forte pour la jeune femme, elle ne put soutenir son regard. Elle disparut sous l'eau pour se laisser le temps de se reprendre, puis elle refit surface un peu plus loin.

— La compagne que tu choisiras aura beaucoup de chance, dit-elle en tentant de maîtriser les tremblements dans sa voix.

— J'aimerais que tu...

— Que je quoi ? poursuit-elle, pleine d'attente.

— J'aimerais seulement que tu connaisses toi aussi la joie d'avoir une famille, répondit-il en la regardant toujours aussi intensément.

— Écoute, depuis que je suis très jeune je sais que ça ne va pas arriver. On m'a bien fait comprendre ça, donc ce n'est pas la peine pour moi d'espérer quelque chose qui n'arrivera pas.

— Mais pourquoi ?

— Je te l'ai déjà expliqué. Parce que je suis la Gardienne et parce que de toute façon, aucun homme ne voudrait de moi.

— Comment ça ?

— Mon rôle de Gardienne effraie. Et puis, dit-elle sur un ton résigné, parce que je suis trop différente et trop laide pour que quelqu'un puisse s'intéresser à moi.

A ces mots elle se dirigea vers la rive et sortit de l'eau, laissant Jero complètement pantois au milieu de la rivière.

Il l'observa un moment, nue, s'éloignant de l'eau, telle une déesse venant de naître, ses longs cheveux ondulés cascadant jusqu'à ses reins, ses cuisses galbées et ses fesses d'une rondeur parfaite.

— Tu plaisantes j'espère ? dit-il au bout d'un instant, une fois remis de sa surprise.

Elle se retourna lentement pour lui faire face. La fraîcheur de l'eau avait accentué la fermeté de ses seins qui étaient petits mais parfaitement en harmonie avec le reste de son corps fin et souple. D'un geste elle ramena ses longs cheveux sur le côté pour les essorer, puis dit sur un ton très sérieux, presque triste.

— Non, je ne plaisante pas. C'est comme ça, il faut accepter ce que je ne peux pas changer.

Jero ne pouvait pas croire ce qu'il entendait. Il était en train d'assister au spectacle le plus beau et le plus sensuel de son existence et cette femme pensait vraiment qu'on pouvait la trouver laide ? C'était complètement insensé !

— Allez, on ne peut pas passer la journée à patauger ! lança-t-elle d'un ton plus léger. On a une sauce aux fraises à préparer !

Sur ce, elle attrapa sa tunique qui, avec la chaleur et le vent, était presque sèche, la remit et appela Feu.

Jero eut toutes les peines du monde à sortir de sa béate admiration et lui cria qu'il la rejoindrait plus tard, juste avant de plonger une nouvelle fois dans l'eau fraîche. Il espérait que le froid l'aiderait à reprendre ses esprits et à calmer le feu qu'il sentait monter en lui.

A la tombée de la nuit, tout le village se réunit devant la maison commune comme prévu. Chaque foyer avait préparé un ou plusieurs plats et tout était étalé sur la terrasse couverte de la maison commune.

Le temps était toujours aussi menaçant, les éclairs déchiraient le ciel sombre et le tonnerre se rapprochait un peu plus à chaque instant.

Collun avait cependant décidé de maintenir la fête, arguant que le temps avait été de leur côté jusqu'alors et qu'il n'y avait pas de raison que cela change. Neala avait approuvé, elle savait que sa sœur était impatiente de s'unir à Emer. Les autres couples qui s'étaient choisis n'avaient pas souhaité reporter la cérémonie non plus.

Le chef du village se tenait à présent sous la terrasse couverte, prêt à faire son discours, la Gardienne à ses côtés.

Celle-ci avait longuement peigné ses longs cheveux qui bouclaient encore plus qu'à leur habitude sous l'effet de l'humidité ambiante. Elle avait mis un magnifique collier, orné de coquillages et, en son milieu, d'un splendide éclat de cristal translucide qu'elle avait enserré dans une cage de cuir. Ses grands yeux verts étincelaient. Elle avait rehaussé sa tunique d'une ceinture de cuir tressé, marquant sa taille fine. Son visage était empreint de solennité mais quand elle aperçut Jero, elle ne put s'empêcher de lui adresser un sourire. Celui-ci était complètement subjugué.

Collun présenta les couples qui avaient décidé de s'unir. Neala sentit un pincement au cœur quand elle vit sa sœur Seena, magnifique avec ses longs cheveux bruns très lisses, ses yeux sombres et son sourire épanoui. Elle se rappela la cérémonie d'union entre sa sœur et Drennan quelques années plus tôt, elle n'était qu'une toute jeune fille à l'époque mais cette journée avait marqué sa mémoire. Que d'événements depuis !

Ne voulant se laisser aller à la nostalgie, la Gardienne redirigea ses pensées sur l'instant présent. Elle aperçut Jero qui la regardait d'un air étrange. A quoi pensait-il en ce moment ? A son retour sur son île ? A son union prochaine avec une des siens ?

Elle ne devait pas aller dans cette direction là non plus. L'idée que Jero les quitte à tout jamais l'angoissait terriblement.

Elle ramena donc son esprit dans l'ici et maintenant. Pour l'instant il était là, avec eux, et tout allait bien. Elle lui sourit de tout son cœur, et il lui répondit par un de ces sourires ravageurs dont lui seul avait le secret, accentué par ses adorables fossettes.

Collun fit un rapide discours pour les couples qui s'unissaient, demanda si la Source de Vie, par l'intermédiaire de leur Gardienne, approuvait ces unions. Neala, qui avait pris soin de vérifier l'approbation plusieurs jours plus tôt dans une de ses transes, confirma.

Les unions furent scellées et Collun invita tout le monde à venir partager le délicieux repas préparé par la collectivité.

Avant même qu'elle ne descende de la terrasse, Neala fut rejointe par Jero. Les villageois se bousculaient gentiment pour goûter à tous les plats et les deux jeunes gens se reculèrent pour rejoindre Seena, Emer et leurs enfants.

Une jeune femme interpella Jero et lui demanda d'un air enjôleur s'il voulait se joindre à elle et ses amies pour partager le repas. Un peu surpris de cette invitation, Jero déclina et se rapprocha ostensiblement de Neala.

— J'ai prévu de rester avec le nouveau couple ce soir, dit-il un peu gêné.

— Si tu veux nous rejoindre plus tard, nous serons par ici, fit-elle en montrant un groupe de personnes déjà assises en train de déguster leur repas.

— Euh, d'accord, répondit-il.

Emer lui dit en riant :

— Ne sois pas timide, tu peux aller les retrouver si tu veux !

— Je préfère rester avec vous, dit-il en mettant le bras autour des épaules des fils de Seena.

Ils s'installèrent en cercle auprès de la maison commune et allèrent à tour de rôle chercher de quoi manger. Pour l'occasion, de la boisson des fêtes avait été préparée dans une certaine précipitation et cette fois-ci, même les jeunes enfants furent autorisés à goûter. Jero en ramena un bol pour lui, pour Seena et pour Neala, à côté de qui il s'assit. Cette dernière refusa d'abord, prétextant qu'elle n'appréciait pas le goût ni la sensation éprouvée quand elle en buvait.

— Allons, tout le monde en boit, même les enfants ! Le tout c'est de ne pas en abuser, recommanda Emer.

D'abord méfiante, Neala but une gorgée du breuvage. Elle attendit un peu puis, constatant qu'il n'y avait pas de grand effet, en but une autre. Elle sentit alors la chaleur lui monter aux joues et se mit à sourire.

Après tout, Emer avait raison. Si elle restait raisonnable, il n'y aurait pas de problème. Et c'était tellement bon de se laisser aller, de lâcher ce contrôle qu'elle devait montrer en permanence !

Les derniers temps avaient été difficiles, particulièrement cette période pendant laquelle elle avait dû se battre contre tous pour lancer les moissons.

Et puis Jero était revenu, il avait convaincu Collun de l'urgence de récolter les grains pour éviter la famine. Et maintenant, La récolte était sauvée et Jero était à ses côtés.

D'ailleurs, ne venait-il pas de poser ses doigts sur sa main ? Ou avait-elle rêvé ? Non, effectivement il venait de lui prendre la main. Il la regarda furtivement puis reprit le récit de son aventure pour Emer et sa famille, tous riaient aux éclats.

Neala était complètement engloutie dans cette ambiance festive, le sourire éclatant de sa sœur qui tenait par la taille son nouveau compagnon, avec la fille de celui-ci dans ses bras, les garçons qui jouaient et se chamaillaient gentiment, Jero et Emer qui s'esclaffaient au moindre mot, le brouhaha du village autour d'eux qui riaient, s'amusaient... Était-ce seulement le résultat de la boisson des fêtes ? Non, Neala avait pleinement conscience de vivre un moment unique de pure joie.

Se laissant porter par le bruit, les odeurs, la chaleur, les visions de visages heureux à la lueur des flammes des foyers allumés pour l'occasion, Neala leva les yeux au ciel et remercia avec gratitude la Source de Vie pour ce moment magique.

Un peu plus tard, la jeune femme réalisa que les éclairs s'étaient encore rapprochés et le tonnerre se faisait de plus en plus fort.

Soudain, un éclair d'une violence extrême déchiqueta le ciel, immédiatement suivi d'un coup de foudre assourdissant. Les chiens se mirent à hurler puis, l'espace d'un instant, le silence se fit. Neala sentit une première goutte sur son front, puis une deuxième sur son bras, puis tout à coup un rideau d'eau s'abattit sur eux.

Pris dans l'euphorie de la fête, les villageois mirent un petit moment à réaliser ce qui se passait. Puis, dans une panique désordonnée, tous s'enfuirent, sans même récupérer leurs plats, pour se mettre à l'abri dans leurs foyers respectifs.

Jero se leva d'un bond et, tenant toujours Neala par la main, il l'aida à se lever puis ils coururent en riant comme des fous jusqu'à la maisonnette à la lisière de la forêt.

Ils arrivèrent trempés chez la jeune femme, hors d'haleine et toujours riant aux éclats. Feu ne les avait pas suivis, il avait dû trouver un abri en chemin. Ils reprirent lentement leur souffle et, à la lueur d'un éclair, Neala vit que le jeune homme la regardait avec une intensité inconnue jusqu'alors.

L'ambiance avait changé, passant de la franche camaraderie à la pure sensualité.

Pris d'un désir incontrôlable, Jero posa ses deux mains derrière la nuque de la jeune femme et, approchant doucement son visage, chercha ses lèvres de sa bouche avide.

Surprise un instant mais mue par le même désir, Neala répondit à son baiser, d'abord timidement puis plus passionnément. Grisée par l'allégresse de la soirée, la joie d'avoir terminé les moissons juste à temps, par la boisson fermentée absorbée en quantité inhabituellement élevée, elle vint plaquer son corps contre lui. Leurs vêtements trempés ne les empêchaient pas de ressentir leur chaleur mutuelle, la température étant subitement montée de plusieurs degrés, à l'image de leur désir.

Jero fit descendre ses mains le long des reins de la jeune femme, s'attarda sur ses fesses au travers de sa tunique et atteignit ses cuisses fermes et chaudes. Là, il se mit à remonter lentement la tunique pour avoir ses mains en contact direct avec la peau brûlante de la jeune femme.

Ses caresses se firent plus pressantes et, tout en continuant d'embrasser Neala sur les lèvres, dans le cou et sur tout son visage, ses mains étaient maintenant en train d'explorer le haut des cuisses de sa partenaire. Celle-ci sentit l'excitation l'envahir, ressentit une chaleur intense dans le bas-ventre, alors qu'elle sentait le membre de Jero se durcir contre elle.

Elle n'était plus capable de réfléchir ou de raisonner. Son corps avait pris le dessus et ne semblait qu'obéir au corps de Jero. Elle ne maîtrisait plus rien. Tous ses sens s'étaient embrasés et leurs pouvoirs s'étaient décuplés. Elle voyait, au travers de ses yeux mi-clos, le visage agonisant de désir de Jero s'illuminer à la faveur des éclairs qui se succédaient sans relâche.

Le tonnerre grondait, terrible et menaçant, mais ne pouvait couvrir les grognements presque animaux émis par le jeune homme. Elle sentait l'odeur de son corps, musquée, si révélatrice de son état d'excitation, mêlée à l'odeur de de la terre mouillée qui avait tant attendu cette pluie. Elle avait dans sa bouche le goût de sa peau salée, de sa langue et aussi un mélange de miel et de boisson fermentée, le tout étant délicieusement enivrant. Mais plus que tout, les caresses dont il couvrait son corps la mettait au supplice, la transformant en volcan en éruption.

N'y tenant plus, elle se débarrassa de ses vêtements gorgés d'eau pour pouvoir se coller au plus près de lui. Il fit de même et, s'allongeant sur la paillasse sans cesser de l'embrasser, l'attira doucement à lui.

Une fois allongés face à face, il reprit l'exploration de son corps avec ses caresses de plus en plus précises. Il s'attarda sur les seins fermes, léchant tour à tour les mamelons et déclenchant des gémissements de plaisir à Neala. Pendant ce temps, Il laissa descendre une de ses mains pour venir caresser sa toison puis s'aventura dans son entrecuisse, provoquant un mouvement de recul de la jeune femme.

— Je ne te ferai aucun mal, murmura-t-il, je te promets. Fais-moi confiance.

Laissant son appréhension se dissiper dans les encouragements de Jero, Neala réussit à se détendre pour laisser faire son amant manifestement expérimenté. Elle entrouvrit légèrement les jambes et rapidement, les va et vient des doigts habiles provoquèrent des vagues d'un plaisir insoupçonné.

Haletante, elle risqua sa main sur le membre du jeune homme qui était devenu dur comme du bois et surtout, très volumineux. Un peu effrayée à cette découverte, elle se demanda l'espace d'un instant si tout était normal mais fut très rapidement rassurée par la réaction du jeune homme qui l'encourageait clairement à continuer ses caresses.

Puis, au paroxysme de l'excitation, il la renversa sur le dos et, la laissant guider son sexe dans son creux brûlant et trempé de désir, il la pénétra soudainement.

Elle poussa un petit cri de surprise et de douleur mêlées, sentant une résistance inattendue de sa part. Il fut surpris lui aussi, surtout quand il sentit un liquide chaud s'échapper d'elle, mais son excitation était trop importante pour qu'il s'arrête. Il commença alors à aller et venir en elle, tout en l'embrassant et la rassurant.

Très rapidement, la crainte et la douleur firent place au plaisir et Neala se laissa complètement aller dans cette expérience extraordinaire. Elle caressait le dos musclé trempé de sueur de Jero, passait des mains sur ses épaules solides et ses fesses fermes, voulant prolonger à l'infini le contact avec ce corps si puissant et si doux à la fois.

Au dehors, l'orage ne faiblissait pas et au contraire, semblait s'intensifier, tout comme leur plaisir. Le rythme s'accélérait à une cadence insoutenable et soudain, Jero poussa un cri tout en donnant un coup de rein encore plus puissant que les précédents, laissant exploser sa jouissance comme s'il l'avait trop longtemps retenue.

Rapidement il s'écroula sur le côté, tenant toujours Neala dans ses bras. Épuisés et le souffle court, ils laissèrent la tension accumulée se libérer peu à peu, profitant de cet unique moment de complicité.

Neala n'osait pas bouger, se demandant si elle était en train de rêver ou de voyager comme dans ses transes de Gardienne. L'état dans lequel elle se trouvait était finalement assez similaire, elle ne sentait plus son corps, son esprit étant en même temps très lucide mais en dehors de tout espace-temps. De toute façon en ce moment précis, elle ne voulait pas analyser ce qui se passait en elle. Elle voulait juste le vivre.

Son esprit se mit alors à voyager très vite et très loin, tout s'accélérait dans sa tête mais son corps, lui, était parfaitement immobile, apaisé. Elle mit un moment à réaliser que Jero s'était endormi. Quand elle voulut déplacer une de ses jambes engourdies, il se réveilla légèrement et il vint poser son bras puissant sur son ventre, empêchant toute échappatoire. Elle se mit à rire doucement et, réalisant qu'elle était en train de vivre un pur moment de bonheur, s'endormit le sourire aux lèvres et les étoiles plein la tête.

Elle s'éveilla au petit matin, alors que la tempête faisait toujours rage au dehors. Savourant d'abord ce moment d'intimité partagée, Neala fut bientôt prise d'appréhension. Comment allait-il réagir en s'éveillant ? Regretterait-il ce qui s'était passé ? Déciderait-il de l'ignorer ? Cela changerait-il leur belle complicité ?

Ressassant ses pensées moroses, elle le sentit bouger tout contre elle.

Il ouvrit les yeux et, sans même prononcer le moindre mot, il se mit à l'embrasser, d'abord délicatement, puis plus fougueusement. Abandonnant ses stériles réflexions, la jeune femme répondit à ses caresses de plus en plus pressantes pour vivre un nouveau moment de plaisir partagé.

Beaucoup plus tard, alors qu'elle se reposait, alanguie, les cheveux étalés comme un soleil tout autour de son visage, Jero, l'observant ainsi dénudée sur sa couverture de fourrure, murmura les premiers mots.

— Tu es tellement belle...

— Belle ? Personne ne m'a jamais trouvée belle, tout le monde me trouve horrible, monstrueuse.

— Horrible ou monstrueuse, vraiment pas. Tu es différente d'eux, c'est certain. Mais crois-moi, j'ai beaucoup voyagé et tu es la plus belle femme qu'il m'ait été donné de regarder.

Un peu gênée, Neala avait du mal à accepter le compliment comme tel. Elle remonta la couverture de fourrure jusqu'aux épaules pour se soustraire au regard appuyé de Jero. Elle sourit néanmoins puis demanda :

— Comment sont les femmes de ton peuple ?

— Les femmes de mon peuple, soupira-t-il, sont plutôt blondes comme moi. Elles sont soumises à leur compagnons, s'occupent de leurs enfants et des troupeaux. Il n'y a pas de Gardienne comme ici. Une femme ne vivrait pas toute seule comme toi. Soit elle vivrait chez ses parents, soit chez son compagnon, soit chez ses enfants.

— Mais si elle n'a pas de famille ?

— Alors quelqu'un l'accueille chez lui et elle s'occupe des tâches ménagères. Les femmes n'ont pas vraiment de pouvoir de décision là où je vis.

— Un peu comme les troupeaux ? ironisa-t-elle.

— Hmmm... Je n'avais pas vu les choses comme ça mais effectivement, elles ont peu d'autonomie.

— Et ça te plaît ?

— Ça a toujours été comme ça et ça ne changera pas, donc je ne me pose pas la question de savoir si ça me plaît. Est-ce que ça te plaît que le soleil chauffe ou que la pluie mouille ? De toute façon tu ne peux rien y changer, que ça te plaise ou non.

— Es-tu impatient de rentrer chez toi ?

Cette question brûlait les lèvres de Neala depuis un moment déjà et elle n'avait pas résisté à l'envie de la poser. Mais que pensait-elle ? Qu'une nuit d'amour allait lui faire changer d'avis ? Il est vrai qu'elle s'était laisser aller au petit matin à rêver qu'il resterait au village avec elle, qu'ils fonderaient un vrai foyer et que tous vivraient en harmonie. Mais la réponse qu'il donna la déçut cruellement.

— Oui je suis impatient de revoir mon peuple, mes parents et mon village.

Elle ravala silencieusement ses larmes et, après une longue pause, il poursuivit.

— Mais je ne suis pas pressé de te quitter. Je me sens bien auprès de toi, toi qui es si différente des femmes de mon peuple. Mais je sais que tu n'accepterais jamais de venir avec moi, même si je te le demandais.

— Venir avec toi et abandonner toute ma vie ici ? demanda-t-elle, surprise. Abandonner ma sœur, les habitants de mon village et la construction du Passage ? Mais ce serait impossible !

— Je sais, c'est pourquoi je ne te demande rien, dit-il en s'allongeant sur le dos J'ai pris ma décision depuis longtemps et je ne reviendrai pas là-dessus, même si j'apprécie beaucoup ta compagnie.

Chacun se replongea dans ses pensées jusqu'au moment où Jero s'appuya sur son coude et se mit à la regarder avec intensité.

— A mon tour de poser des questions, dit-il.

Sans connaître encore l'objet de la question, Neala sentait que celle-ci allait être sur un sujet désagréable.

— Je t'écoute, dit-elle d'un ton chargé d'appréhension.

— Quand on est revenus de chez Josi, tu m'as dit que son frère t'avait... forcée, alors que tu étais très jeune.

— Oui c'est vrai.

— Et pourtant hier soir quand nous avons... quand je t'ai... enfin voilà, c'était comme si aucun homme ne t'avait encore pénétrée, d'ailleurs tu as saigné juste à ce moment-là.

— Quand Dugal a voulu me forcer ce jour-là, il m'a frappé avec toute sa rage possible. Il m'a jetée par terre, tout en me rouant de coups puis il s'est jeté sur moi, il était surexcité et il me terrorisait. Je ne voulais pas avoir de relations sexuelles avec lui, je le détestais, il sentait mauvais, et tout mon corps me faisait hurler de douleur. Il faisait très froid ce matin-là, je sentais les cailloux glacés transpercer chaque partie de mon corps mais plus que tout, j'avais peur qu'il me tue dans sa rage folle. Donc j'ai... cessé de lutter. Je n'en avais plus la force et au fond de moi, je me suis dit que si je le laissais faire, j'aurais peut-être une chance de rester en vie. Alors j'ai fermé les yeux et j'ai fait comme si j'étais morte. Quand j'y pense, d'une certaine façon, j'étais morte, à ce moment-là. Je me souviens vaguement qu'il s'énervait sur moi comme un fou parce qu'il n'arrivait pas à me pénétrer, même si je n'opposais plus aucune résistance. Je voulais juste qu'il en finisse. Ma grand-mère est arrivée à ce moment-là, parce que mon neveu, qui avait assisté à la bagarre du début, était allé la chercher. Elle a hurlé et il a eu la peur de sa vie je pense, il a fui sans demander son reste. Mais cette partie-là, c'est ma grand-mère qui me l'a racontée car je n'étais plus consciente à ce moment-là. J'avais des blessures qui saignaient sur la quasi-totalité de mon corps, des fractures à la main et sur les côtes, j'étais à moitié défigurée.

— Et ensuite, que s'est-il passé ?

— Ama m'a emmenée à la rivière pour me nettoyer et me purifier. Mon corps souffrait mais mon esprit encore plus. Je me sentais souillée au plus profond de mon âme. L'eau de la rivière était glaciale mais ce bain m'a fait un bien fou. Ensuite Ama m'a examinée sous toutes les coutures, si je puis dire, pour voir l'étendue des dégâts. Bleus, entailles, bosses et fractures, j'étais en lambeaux. Mais elle m'a aussi confirmé que je ne tomberais pas enceinte vu qu'au final, Dugal n'avait pas réussi à me pénétrer entièrement. C'est d'ailleurs pour ça qu'il m'a fait si mal, mon bas-ventre s'était complètement fermé, d'où mon appréhension hier soir…

— Et tu n'as jamais eu d'autres relations ?

— Non, je suis la Gardienne, je suis très laide aux yeux de tous donc personne n'aurait voulu de moi. Je n'ai pas cherché à avoir des relations. Cette expérience était tellement atroce, je n'aurais rien voulu vivre qui ressemble de près ou de loin à ça.

— Et donc pourquoi m'as-tu laissé faire hier soir ?

— C'est différent, je te connais et je te fais confiance, j'aime être avec toi et je ne pense pas que tu aurais envie de me faire du mal. Je n'ai jamais eu envie de faire ça avec un autre homme.

— Donc je suis ton premier amant…

— Oui, et sûrement le dernier si on ne mange pas quelque chose immédiatement ! Je suis en train de mourir de faim !

Riant à sa dernière remarque, Jero se rendit compte que lui aussi était au bord de l'inanition.

Ils se levèrent, attrapèrent quelques galettes de blé et une poignée de fruits secs et retournèrent se coucher avec leurs victuailles. Au dehors, la pluie continuait à tomber dru.

Après leur modeste repas, ils passèrent le reste de la journée à bavarder, dormir et faire l'amour, comme si le temps n'existait plus. Ils étaient seuls au monde, complètement dédiés l'un à l'autre.

La nuit tomba sans prévenir et surtout, sans qu'ils le réalisent. Ils ne se levèrent que pour grignoter quelques réserves et pour aller à la fosse d'aisance. Il n'y avait toujours pas d'amélioration du côté du ciel.

Après une nuit entrecoupée de plusieurs réveils charnels, ils se décidèrent enfin à émerger.

La pluie avait provisoirement cessé mais le temps restait menaçant et lourd, malgré la chute sensible de la température.

Ils décidèrent qu'un bon bain leur ferait le plus grand bien et prirent la direction de la rivière, suivis par un Feu fou de joie de les voir enfin sortir de leur retraite.

Ils ne croisèrent personne du village, chacun profitant de l'accalmie pour vaquer à ses occupations.

Arrivés sur la berge déserte, ils se débarrassèrent de leurs vêtements et plongèrent aussitôt dans l'eau rafraîchissante.

Ils nagèrent un moment côte à côte puis Jero entreprit d'accélérer, développant sa puissante musculature au profit d'une nage rapide, la laissant loin derrière. Feu essaya de le rattraper, sans succès. Il vint rejoindre la plage, se secouant énergiquement de toutes parts.

Neala l'observait et riait de le voir faire, vexé qu'il était de s'être fait distancer aussi facilement par Jero. Celui-ci avait d'ailleurs terminé sa séance de défoulement et s'était rapproché sans bruit de la jeune femme. Soudain il la saisit par la taille et l'entraîna sous l'eau avec lui.

Surprise, elle se débattit et vint rejoindre la surface, toussant et crachant de l'eau tout en vociférant.

— Tu es fou ? Tu aurais pu me noyer !

— Tu n'exagères pas un peu ? dit-il en riant. Tu sais parfaitement nager et on ne se noie pas parce qu'on boit un peu d'eau.

Dans l'eau jusqu'à la taille, il était splendide avec ses longs cheveux blonds détachés sur ses larges épaules, son sourire éclatant et ses yeux bleus pétillants de malice. Neala ressentit une douce chaleur dans le bas-ventre. Il dut ressentir quelque chose de similaire en la regardant car immédiatement, il s'approcha d'elle et prit son visage entre ses mains. Il l'embrassa goulûment, la saisissant par la taille.

— Tu es tellement magnifique, murmura-t-il tout en caressant ses seins fermes et tendus.

Malgré le froid, l'effet des caresses ne se fit pas attendre. Neala vérifia d'un coup d'œil qu'il n'y avait toujours personne en vue puis vint enrouler ses jambes autour de la taille de Jero.

Ils firent l'amour dans l'eau, à la découverte de nouvelles sensations et de nouveaux territoires.

Puis ils retournèrent sur la rive pour se sécher et s'habiller, le temps s'étant subitement assombri.

En chemin, ils prirent le temps de ramasser quelques mûres sucrées et juteuses, puis rentèrent au village alors que les premières gouttes de pluie venaient s'écraser sur le sol déjà détrempé.

En arrivant ils s'arrêtèrent à la salle commune. Là, une bonne part des villageois était en train de séparer les épis des chaumes, opération qui n'avait pas été effectuée lors des moissons car vu l'imminence de l'orage, on avait privilégié la taille des épis.

Maintenant une grande partie du travail restait à faire. La salle était pleine d'épis entiers, sur un des murs s'entassaient les pots de terre vide qui serviraient à conserver les grains et sur l'autre mur, les femmes rassemblaient les chaumes débarrassés des grains pour les rassembler en bottes, ficelées par des cordelettes de jonc.

— Bonjour, Neala et Jero, les interpella Collun. C'est très aimable à vous de venir nous aider.

Se sentant un peu coupable, Neala prit place auprès de Seena pour préparer les bottes de paille. Jero, de son côté, alla rejoindre les hommes pour battre les épis. Au fur et à mesure, les enfants mettaient les grains dans les pots, comme Neala l'avait fait dans son jeune âge. Chacun avait sa tâche et le travail avançait vite. Il y avait beaucoup de poussière dans la maison commune, les plus fragiles toussaient et se frottaient les yeux mais, vu le terrible orage qui grondait au dehors, il aurait été impossible de faire ces activités en extérieur.

Les discussions allaient bon train, surtout auprès des femmes et des enfants, qui parfois se chamaillaient. Les hommes, eux, étaient concentrés sur le battage de épis et bavardaient moins.

Neala surprit toutefois une conversation entre Jero et Emer qui l'attrista fortement. Jero expliqua en effet que dès que la tempête aurait cessé, il rassemblerait les affaires et provisions nécessaires pour son voyage, puis il partirait. Il n'avait donc pas changé ses plans.

La jeune femme avait consulté la Source de Vie et savait que le beau temps reviendrait bientôt. Avec un pincement au cœur, elle se promit de profiter de ces journées de sursis sans modération.

Habituellement volubile, Seena était restée très silencieuse auprès de sa jeune sœur. Neala sentait bien qu'elle l'observait et que son silence était lourd de reproches.

Profitant d'un moment où elles étaient relativement isolées, Neala se lança :

— Je sais ce que tu vas dire. Il va partir très prochainement et je serai très triste. Mais est-ce une raison pour s'empêcher de vivre ?

Prise de court, Seena réfléchit un moment puis se mit à sourire et répondant :

— Tu as raison. J'ai juste peur pour toi parce que je ne veux pas que tu sois triste. Mais tu dois vivre ce que tu as à vivre, c'est certain.

Les deux sœurs échangèrent un sourire complice et se remirent à la tâche. Elles n'avaient jamais échangé beaucoup de mots, ce n'était pas nécessaire. Leur attachement mutuel allait au-delà des mots et d'un simple regard, elles se comprenaient et s'acceptaient.

Les épreuves qu'elles avaient traversées les avaient parfois rapprochées, parfois éloignées, mais la maturité qu'elles avaient acquise, surtout après le décès de Drennan, leur avait permis de développer une relation basée sur la complicité et l'acceptation. Elles étaient certes très différentes, tant dans leur physique que dans leur destinée, mais elles avaient maintenant un respect l'une pour l'autre qui dépassait leur ego.

Vers la fin de la journée, Collun distribua les premiers pots de grains pour chaque foyer et convia les villageois à venir finir le travail le lendemain.

La pluie avait cessé et chacun regagna son foyer. Neala et Jero repartirent chacun avec un gros pot bien rempli de grains de blé mûr à point. De retour à la maisonnette, Jero ralluma le feu éteint depuis des heures et Neala broya le grain pour préparer les galettes. Ils les mirent à cuire sur la grosse pierre plate tout en continuant de bavarder gaiement.

Comme la vie pourrait être simple, se dit la jeune femme avec un soupçon de mélancolie. Ils pourraient être tellement heureux ici, tous les deux, entourés des gens qui les apprécient. Jero pourrait aider à la construction, il était très doué pour les gravures. Et Neala pourrait continuer son rôle de Gardienne, à veiller sur son village et faire le lien avec la Source de Vie. Tout pourrait être si merveilleux si seulement…

Mais avec des « si » on ne refait pas le monde, se raisonna-t-elle.

Elle retira les galettes de la pierre et les mit à refroidir dans un plat de terre cuite. Ils les dégustèrent ensuite, accompagnées des quelques mûres qui avaient échappé à leur appétit quelques heures plus tôt.

Ils restèrent un moment dehors à essayer d'observer les étoiles mais, avec l'épaisse couche de nuages au-dessus de leur tête, c'était sans espoir.

Ils allèrent donc se coucher et s'endormirent bien vite, dans les bras l'un de l'autre.

Au beau milieu de la nuit, Neala s'éveilla en sursaut. Elle avait fait un rêve étrange, envoûtant, mystérieux et inquiétant à la fois. Habituée à ses transes de méditation, elle réalisa que ce rêve était en fait un voyage auprès de la Source de Vie et contenait des révélations capitales.

Elle essaya de se remémorer la séquence, mais fut dans l'impossibilité de remettre tous les morceaux bout à bout.

Seules quelques images apparaissaient : les flots déchaînés, le vide immense au creux de son ventre, le visage en larmes de sa sœur, les pleurs d'un nouveau-né, cette détermination à accomplir sa mission. Mais de quelle mission s'agissait-il ? Est-ce que ce voyage faisait référence à cette atroce épidémie qui avait décimé le village et pendant laquelle sa sœur avait perdu son compagnon et plusieurs bébés étaient morts ? Les flots déchaînés étaient-ils liés à l'expérience angoissante de la partie de pêche dans le village de Josi ?

Elle resta un moment étendue sur le dos, bercée par la respiration régulière de Jero. Elle approcha doucement sa main près du visage du jeune homme puis vint la poser sur son torse puissant, pour ressentir les battements de son cœur. Elle se cala sur sa respiration et soudain, une foule d'image déferla dans son esprit.

Des images qu'elle ne sut interpréter mais qui, elle en avait parfaitement conscience, représentaient l'avenir. Elle fut prise d'un terrible vertige et, retirant subitement sa main de son torse, elle s'assit auprès de lui, haletante et tremblante.

Sentant que quelque chose d'inhabituel se passait, il s'éveilla.

Quand il la vit assise auprès de lui, il l'attira à lui et la prit dans ses bras.

— Mauvais rêve ? demanda-t-il.

— Je… Oui, je crois, répondit-elle, ne voulant pas épiloguer sur le sujet.

Elle vint se lover dans ses bras et essaya de chasser de son esprit toutes ces images qui n'avaient aucun sens. Bientôt, la proximité du corps de Jero éveilla en elle un désir fou, presque désespéré. Elle le couvrit de baisers et, dès qu'il fut tout à fait réveillé et que son désir à lui se fut manifesté aussi, elle entreprit de le chevaucher dans un plaisir partagé poussé à son paroxysme. Juste avant d'atteindre la jouissance, il la bascula sur le dos et prit possession de son corps comme jamais auparavant, au bord de la folie. Ils poussèrent un cri en même temps, emportés par leur plaisir dément.

Puis ils retombèrent sur leurs couvertures de fourrure, épuisés, transpirants et heureux, et le sommeil les gagna avant même qu'ils ne le réalisent. Sans pouvoir identifier ce qui était en train de se passer, Neala sentit qu'un bouleversement extraordinaire se jouait, quelque chose qui changerait sa vie à jamais. Trop lasse pour étudier ce phénomène, elle se laissa glisser dans un sommeil apaisé, se sentant pleinement heureuse.

Le lendemain matin, le vent avait dispersé les nuages, et la bonne humeur insouciante avec. Malgré un soleil radieux, Neala sentit une vague d'appréhension monter en elle dès son réveil. Jero s'éveilla d'humeur maussade aussi et, rejetant les fourrures d'un geste agacé, grommela :

— Il est temps de bouger. Je dois préparer mon départ et partir sans attendre une autre tempête qui me bloquerait ici.

— Es-tu donc si pressé de partir ? lui demanda Neala droit dans les yeux. Es-tu si malheureux ici ?

Réalisant que ses propos l'avaient blessée, il se radoucit

— Ce que je voudrais, c'est être avec toi et avec les miens, et je sais que ce n'est pas possible. J'ai pris ma décision et si j'attends trop longtemps, l'hiver arrivera très vite et je ne pourrai plus naviguer. Je dois donc partir au plus tôt.

Elle baissa les yeux, se retourna pour cacher sa tristesse, puis attrapa des morceaux de galettes cuites la veille et sortit.

— Très bien, dépêche-toi alors, nous allons chercher des provisions pour toi en forêt, s'écria-t-elle une fois dehors.

Ils passèrent une grande partie de la journée à collecter des noisettes et autres fruits secs, des racines diverses ainsi que quelques herbes comestibles ou médicinales. En rentrant, Jero fabriqua une courte lance qui pourrait lui permettre de chasser puis il ramassa les divers outils qu'il avait taillés ou polis pendant son séjour dans le village. Il remplit sa besace de tous ses biens puis se retourna vers Neala qui s'activait près du feu.

— Je dois faire quelque chose avant de partir, veux-tu m'accompagner ? lui demanda-t-il.

— Tu dois dire adieu à Collun, Seena et les autres ?

— Oui, ça aussi. Mais d'abord je voudrais aller au Passage avec toi.

— Le Passage ?

— Votre monument.

— Très bien, allons-y.

— Je dois prendre quelque chose avant.

Il retourna dans la cabane et sortit avec le petit paquet de cuir ficelé qu'il tenait près de lui la nuit, et qui avait tant intrigué Neala.

Ils grimpèrent jusqu'à la clairière où se dressait, imposante et majestueuse, la cathédrale de pierres surmontée maintenant d'une épaisse couche de terre et de cailloux mêlés.

Le site était désert, tous les hommes étant encore occupés à trier le blé et l'orge récoltés quelques jours auparavant.

Ils restèrent un moment à contempler cet extraordinaire édifice, comme si Jero voulait s'imprégner de cette fabuleuse vision.

Puis il déballa lentement le petit paquet de cuir pour en sortir un morceau de silex blanc, délicatement sculpté et merveilleusement poli, qui représentait une sorte de masque.

Très impressionnée, Neala ne pouvait détacher son regard de cet objet si inhabituel.

— Je voudrais, si tu es d'accord, que tu déposes cet objet au fond du Passage. Considère-le comme une offrande pour la Source de Vie, pour qu'elle te protège, toi et les tiens, comme vous m'avez protégé depuis que je suis arrivé chez vous.

— Jero c'est... c'est un magnifique objet ! Au nom de la Source de Vie et de tout mon peuple, je te remercie pour ce présent extraordinaire. Mais es-tu sûr de toi ? C'est un objet qui a dû demander des journées entières de travail, vu la finesse du polissage.

— Et c'est un objet auquel je tiens beaucoup. C'est mon jeune frère qui l'a fabriqué après le décès de ma compagne Tamea et de mon fils. Il disait que cette sculpture pouvait représenter toutes les personnes auxquelles je tenais et qui avaient quitté ma vie. Il a disparu en mer quelques jours plus tard…

— C'est terrible… Mais pourquoi laisser cet objet ici alors ?

— J'ai fait un rêve cette nuit, et si j'interprète correctement la signification, je dois laisser cet objet ici car ce monument représente une tombe universelle. En faisant ce geste, je confie les gens qui me sont chers à la Terre. Les morts et les vivants.

— Comment peux-tu dire des choses pareilles alors que tu ne crois en rien, ni à la Source de Vie ni au reste ? demanda la jeune femme, dubitative et soupçonneuse.

— Eh bien, il faut admettre que mes croyances ont évolué. Je repars un peu différent de ce que j'étais quand je suis arrivé. Allez, va donc porter cette offrande maintenant, dit-il en souriant et en déposant délicatement le masque de silex dans les mains de Neala.

Celle-ci regarda longuement l'objet qu'elle avait entre les mains, le laissant briller au soleil, sentant le contact si lisse de cette pierre si longuement polie. Au travers de ce travail délicat, elle pouvait ressentir la tristesse de celui qui l'avait sculptée, mais aussi l'amour qu'il portait à son frère qui avait tant souffert de la perte de sa famille. Elle ressentait aussi l'adoration de Jero pour ce jeune frère si sensible et qui avait disparu dans de terribles conditions, laissant les siens fous de douleur.

C'était un tel cadeau, un tel honneur ! Elle marcha lentement, solennellement, depuis la clairière jusqu'à l'entrée du passage. Arrivée devant la pierre sculptée, elle éleva les mains vers le ciel, comme pour montrer une dernière fois au soleil ce somptueux présent. Puis elle s'engouffra dans le Passage sombre et humide.

Elle n'avait pas besoin de lumière, elle connaissait chaque pierre, sculptée ou non, chaque irrégularité, du parcours qui la mènerait jusqu'au cœur de la cathédrale. Là, elle s'agenouilla auprès de la bassine de pierre qui contenait les cendres d'Ama, dit une prière silencieuse et déposa le petit masque dans une alcôve qui semblait avoir été créée depuis toujours pour cette occasion, juste au-dessus de l'imposante vasque.

Puis elle se mit à chanter doucement, d'une voix grave et chaude, pour remercier la Source de Vie de lui avoir permis de rencontrer un homme tel que Jero. Elle avait, à ce moment précis, la sensation d'ensemencer le monument d'une graine d'amour représentée par le petit masque. Instinctivement elle posa sa main sur son ventre et, dans un éclair de clairvoyance hallucinante, elle comprit la symbolique et la réalité de ce qui était en train de se produire.

Toutes les images de ses transes de la veille devenaient claires. Le destin devait s'accomplir.

Elle resta un moment à méditer cette révélation puis, remerciant une nouvelle fois la Source de Vie, se dirigea vers la lumière et sortit.

Jero s'était assis dans la clairière en attendant patiemment. Il savait que les rituels devaient être respectés, même s'il ne se sentait pas vraiment concerné.

Quand il l'aperçut, il montra des signes d'inquiétude.

— Que s'est-il passé ? Tu as l'air secouée.

— Tout va bien, le rassura-t-elle. J'ai juste faim. On va voir Seena ? Ainsi tu pourras leur faire tes adieux.

— Bonne idée, et je suis sûr qu'elle aura préparé de délicieuses choses à manger, se réjouit-il. Allez, en route !

Ils redescendirent de la colline, lui le cœur léger et elle, encore sous le coup des révélations qui lui avaient été faites, beaucoup plus solennelle.

Arrivés chez Seena, une délicieuse odeur de ragoût vint leur chatouiller les narines. Elle leur proposa de partager leur repas et fut désolée d'apprendre que Jero partirait dès le lendemain. Ils passèrent néanmoins une très agréable soirée, à discuter et rire tous ensemble, les quatre enfants étant enchantés d'avoir à leur table cet homme qui avait tant voyagé et tant d'anecdotes à raconter.

Collun vint les rejoindre un peu plus tard, ayant appris que Jero partait au petit matin. Il était presque redevenu lui-même, même si on pouvait voir que les épreuves des derniers mois l'avaient fait vieillir prématurément. Il voulait toutefois remercier Jero pour l'avoir sorti de sa torpeur et fait réagir.

— Si le village survit cet hiver, ce sera aussi grâce à toi Jero, avait-il dit juste avant de lui donner l'accolade et de rentrer chez lui.

Seena prépara quelques paquets de viande séchée, sachant que c'était le genre de denrée qu'on ne trouvait pas chez sa sœur, vu qu'elle ne mangeait pas de viande, et les glissa dans une poche tressée de fibres souples.

Jero les remercia chaudement, elle et son compagnon Emer, pour leur accueil et leur générosité, avant de repartir avec Neala pour leur dernière nuit ensemble.

Ils parlèrent très peu, à ce stade tout avait été dit, ou alors une vie entière ne suffirait pas à échanger sur tous les sujets qui leur tenaient à cœur.

Chacun préférait garder pour soi les pensées et sentiments qui, de toute façon, vu les circonstances, ne feraient que blesser l'autre un peu plus. Ils s'endormirent pour la dernière fois dans les bras l'un de l'autre, résignés mais décidés à profiter jusqu'au bout de cette douce intimité.

Quand Jero s'éveilla le lendemain, le jour commençait juste à poindre. Il rassembla ses affaires, remplit sa besace et un grand panier à porter dans le dos de tous ses outils, vivres et vêtements, répartissant dans les deux contenants l'ensemble de ses possessions. Il ramassa sa couverture de fourrure qui était restée inoccupée depuis plusieurs nuits, la replia et vint la caler au-dessus de sa besace déjà bien pleine.

Neala se leva à son tour, fit chauffer de l'eau et jeta quelques poignées de grains écrasées pour préparer un gruau nourrissant. Ceci permettrait à Jero d'affronter le long voyage qui l'attendait.

Ils s'assirent en silence pour partager leur repas, Feu les observant tristement depuis un coin de la maisonnette. Lui aussi sentait le départ imminent et cela ne semblait guère le réjouir.

Puis Jero mit la hotte d'osier sur le dos, attrapa la besace et la disposa en bandoulière sur son torse et sortit. Neala lui avait proposé de l'accompagner jusqu'à l'entrée du village. Elle le suivit donc et, juste avant d'atteindre le dernier foyer, retrouva Seena, Emer et les quatre enfants qui voulaient, eux aussi, assister au départ. Jero les embrassa tous, prit une dernière fois Neala dans ses bras, et lui dit en la serrant très fort :

— Prends soin de toi et des tiens.

— Bon retour chez toi, j'espère que tu seras heureux.

Un peu interloqué par sa remarque, il la regarda droit dans les yeux et lui sourit. L'espace d'un instant cependant, malgré ce sourire, Neala lut une appréhension, un doute, dans ce regard habituellement si franc et si sûr de lui.

Mais bon, se dit-elle, sa décision est prise et il ne changera pas d'avis. Elle souhaitait vraiment son bonheur par-dessus tout et le laissa donc partir.

Il fit quelques pas sur le chemin qui le ramènerait près de la rivière, puis le long de la côte avant de traverser la mer en direction de son peuple. Puis il se retourna vers le groupe silencieux et agita le bras.

Tout le monde lui répondit, Seena lui cria bonne route et prit Emer par la taille, pour se réconforter.

Neala agita aussi un bras et, d'instinct, posa son autre main sur son ventre. Jero ne le savait pas, mais il lui avait fait un cadeau merveilleux, encore plus extraordinaire et inespéré que le magnifique masque blanc qui se trouvait dans les entrailles de la cathédrale de pierre.

Et malgré l'immense tristesse qui l'envahissait, Neala, elle, savait ce qu'elle avait à faire. Déterminée plus que jamais, elle avait son plan.

Fin du premier tome.

Remerciements

Je remercie tout d'abord mes parents, Annie et Jean-Louis, de m'avoir transmis toutes ces valeurs et connaissances qui m'ont construite. Leur retour, malheureusement prématuré, auprès de la Source de Vie, m'aura permis d'explorer plus en profondeur les étapes qui permettent de passer de vie à trépas. Ils vivront éternellement, au travers de tout l'amour qu'ils ont répandu autour d'eux.

Merci ensuite à mes enfants Célia, Pierre-Louis et Sylvain, pour leur patience et leur discrétion au sujet de ce projet d'écriture. Ils ont toujours respecté mes nécessaires moments de concentration et ne m'ont jamais forcée à dévoiler le contenu de cet ouvrage en devenir.

Je remercie aussi mon compagnon Andy du soutien qu'il m'a témoigné tout au long de ce projet et pour sa relecture. Et surtout, il a bien voulu m'accompagner dans plusieurs pays d'Europe pour visiter de nombreux sites mégalithiques et des musées. C'est possible qu'il en ait un peu marre des vieilles pierres et des pointes de silex usagées mais en tous cas, il n'a jamais exprimé d'agacement et de ça, je lui en sais gré ! Au contraire, il a partagé avec moi tous les articles et informations qu'il a pu trouver sur cette période et bon nombre de références utilisées ici proviennent de ses sources.

Un grand merci à mes relecteurs Andy, Séverine, Jean, Pierre-Alain et une mention spéciale pour Maricat pour les longues heures qu'elle a passées à corriger ma prose.

J'ai été très secrète sur ce projet, n'informant quasiment personne de mon entourage. Je remercie cependant tous les membres de ma famille, mes collègues et mes amis pour leur bienveillance au quotidien, même sans savoir ce que je tramais, vous m'avez tellement aidée !

Enfin je tenais à exprimer ma gratitude auprès de mes lapins successifs, Jojo puis Winnie, pour leur soutien indéfectible. Eux, ils savaient, ils sont restés près de moi tout au long de cette aventure, sans me juger. C'est grâce à leur contribution majeure que vous tenez ce roman entre vos mains !

Retrouvez-moi sur ma page Facebook: Sybille Bastide

www.facebook.com/pg/Sybille-Bastide-109083173959581